MIX
Papier aus verantwortungsvollen Quellen
FSC
www.fsc.org
FSC® C083411

Auflage:
4 3 2 1
2019 2018 2017 2016

HAYMON tb 213

Originalausgabe

www.haymonverlag.at

ISBN 978-3-7099-7851-1

Umschlag- und Buchgestaltung nach Entwürfen von
hœretzeder grafische gestaltung, Scheffau/Tirol
Umschlag: Eisele Grafik · Design, München, unter Verwendung folgender Bildelemente: Bigstock/Slobelix (Polizist 1); Bigstock/grynold (Polizist 2); Bigstock/Soyka (Rose); Bigstock/Serp (Lichter); Bigstock/ia_64 (Seil)
Satz: Da-TeX Gerd Blumenstein, Leipzig
Autorenfoto: Franziska Wohlmann

Gedruckt auf umweltfreundlichem,
chlor- und säurefrei gebleichtem Papier.

Günther Pfeifer

Hawelka & Schierhuber spielen das Lied vom Tod

Ein Wiener Mordbuben-Krimi

Günther Pfeifer

Hawelka & Schierhuber spielen das Lied vom Tod

Gewidmet Werner Schoberwalter (1955–2016)

Alltag

Dienstag, 8. September, 8–11 Uhr

Es gibt Polizisten, die sind vom Schicksal begünstigt. Alles gelingt ihnen. Sie treffen beim Schießtraining regelmäßig ins Schwarze, sie treffen, wenn sie einen Verdacht äußern, stets den Nagel auf den Kopf, und sie treffen sich regelmäßig mit den schärfsten Bräuten der Stadt zum rhythmischen Horizontalturnen.

Diese Polizisten fahren bevorzugt BMW oder Audi, und zwar nicht die Einstiegsmodelle, sondern jene knapp unterhalb der Obergrenze, die vom Alter her gerade über dem Jahreswagen, aber meist unter 5 Jahren sind.

Solche Beamte sind ausgezeichnete Skifahrer, regelmäßige Blutspender, überdurchschnittlich oft Motorradbesitzer, und sie haben auch ohne Solarium den begehrten Surflehrer-Teint. Meist sind sie durchtrainiert, haben einen starken Willen, gesunde politische Ansichten und einen gleichmäßig hohen Testosteronspiegel über dem Durchschnitt. Es ist ihre zupackende Art, ihr energisches Auftreten, ihre laute Stimme – bei alldem aber auch eine gewisse Ruhe und Festigkeit, die ihnen natürliche Autorität verleiht, die ja die Voraussetzung für einen guten Polizisten ist. Kurzum, diese Polizisten sind tatsächlich Musterbeispiele für kultivierte Kraft und Männlichkeit.

Hawelka war es nicht.

Das wurde ihm an diesem Morgen einmal mehr von seinem Chef, Hofrat Johann P. Zauner, hinterrücks nur „Erzherzog“ genannt, vor Augen geführt.

„Das brauch ich nicht, dass mir die ihre Zähne zeigt, weil so schön sind die auch wieder nicht, und wenn das ein Lächeln sein soll, dann muss ich leider sagen: ‚Geh noch einmal heim, tu's schön üben, und wenn du es dann kannst, darfst du dich wieder melden bei mir.' Deshalb hab ich ihr ausrichten lassen, dass der Henk da sein wird, und der zeigt ihr und die ganzen anderen – Wie sagt man? – ‚Großkopferten' dann den Laden. Ich bin nicht feig – setzen S' mich auf eine Bombe mit Zeitzünder, dann greifen S' mich an, und Sie werden spür'n, wie kalt mich das lasst, aber die auswendig gelernten Sprüche und die Phrasen aus dem Schubladl, die schlagen sich bei mir auf den Magen und dann speib ich mich an bis übers Kreuz und das gehört sich nicht, wenn die Frau Ministerin zu Besuch kommt."

Der Erzherzog hatte bereits auf dem Gang zu sprechen begonnen und erst geendet, als er am Kopfende des Besprechungstisches Platz genommen und von der Frischauf die Unterlagen in Empfang genommen hatte. Jeder der Anwesenden war trotzdem mühelos in der Lage gewesen, ihn zu verstehen, dezentes Flüstern war nicht die Art von Hofrat Zauner. Seine Laune war immer schwer einzuschätzen, seine Gedankengänge nahmen oft völlig unerklärliche Wendungen, aber eines konnte mit Sicherheit vorausgesagt werden: Wenn er zu reden begann, bevor er das Besprechungszimmer betrat – dann war er geladen.

Sie waren alle nicht gutgelaunt an diesem Tag. Besprechungen waren meistens nicht lustig. Besprechungen mit dem Erzherzog waren es nie. Noch dazu hatte das Auskunftsbüro[1] schon vor dem Auftritt des Alten

---

[1] Auskunftsbüro Berlakovic, eine als Administrationsbüro der Mordkommission getarnte Spezialeinheit, benannt nach Herta Berlakovic, die auch persönlich als wandelndes Auskunftsbüro bezeichnet wird.

durchsickern lassen, dass eine Visite der Ministerin samt Fernsehteam und ausländischer Delegation bevorstand.

„Der große Tag wird der Donnerstag sein und das Büro von der ... na, der ... – Wie heißt das Pferd?“ Die Frischauf nannte pflichtschuldig den Namen der Ministerin, den jeder Polizeischüler im Schlaf wusste. Normalerweise hätte sie der Erzherzog jetzt zur Sau gemacht, weil sie ihm etwas souffliert hatte, was er natürlich wusste, er verzichtete aber darauf und sagte nur: „Nein, ich sag ‚Ministerin‘, weil ‚Frau‘ will ich da gar nicht in den Mund nehmen, da hab ich zu viel Achtung vor die Frauen, als dass ich da eine Querverbindung herstellen will – Nimmervoll!!“

Das war normal. Während seiner Tirade hatte er mit routinierten Handbewegungen ganz nebenbei die Unterlagen durchgesehen und dabei etwas gefunden, das er zum Anlass für einen Themenwechsel nahm. „Nimmervoll! Es ist nicht meine Manier, dass ich mich wo einmisch, weil ich bin ein großer Freund von Leut, die wissen was sie tun – wenn sie wissen, was sie tun, die Leut. Da hat es einmal den schönen Film gegeben *Denn sie wissen nicht, was sie tun*, aber das gilt ja nicht für alle da herinnen ...“

Tatsächlich schien der Erzherzog den Kollegen Nimmervoll, einen jungen, engagierten Offizier, als nicht ganz so schwachsinnig wie den Rest der Mannschaft einzuschätzen. Ein Privileg, das außer ihm nur Henk, der souveräne Stellvertreter des Alten genoss.

„... aber auch wenn Sie die Kreuch’sche G’schicht jetzt seit fast einem Jahr verfolgen – Wie heißt es so schön? ‚Einmal muss geschieden sein‘ – Sie werden die an einen Kollegen Ihres Vertrauens abgeben und fahren zu die Wilden nach Amerika für diesen Kurs, und ich bin sicher, wenn Sie in zwei Monaten wiederkommen, dann ist der Kollege noch keinen Schritt weiter und der Kreuch ist noch da, und Sie können das in aller Ruhe aufklären, aber dann haben S' das FBI-Cowboydiplom an der Wand hängen und der Sojka wird neidisch sein, weil Cowboy war bis jetzt er und ..."

Es bestand ein feiner Unterschied zwischen dem aufstrebenden Nimmervoll und dem erwähnten Kollegen Sojka. Nimmervoll sollte an einem sündteuren Spezialkurs beim FBI teilnehmen und war wegen seiner hervorragenden Eigenschaften ausgewählt worden. Sojka, der seit Jahrzehnten „der Cowboy" genannt wurde, war seit ebensovielen Jahrzehnten strafweise zwischen den Abteilungen hin und her versetzt worden, denn für eine Kündigung hatten seine zahlreichen Verfehlungen nie richtig gereicht. Er hatte nicht die Dienstauffassung eines Cowboys, sondern die eines Gelegenheitsarbeiters. Seine Kontakte zum Rotlichtmilieu nutzte er nicht etwa, um Ermittlungen voranzutreiben, sondern um sich gratis zu verschaffen, wofür andere bezahlen mussten, und auch sonst führte er ein eher lockeres Leben zwischen Alkoholmissbrauch und schnellen Autos. Lieblingsstück seiner Sammlung war „die heilige Cow", ein riesiger Amischlitten, den er auf sehr komplizierte Art und Weise fast legal erworben hatte. Da er mittlerweile kurz vor der Pensionierung stand, hatte er Narrenfreiheit in allen Belangen, und nicht einmal dem Erzherzog wäre es eingefallen, ihn mit einer ernsthaften Aufgabe zu behelligen.

„... aber jetzt noch ein Wort unter uns, ein kleines Wörterl möchte ich da schon noch sagen, weil da gibt es einen Fall, und auch wenn das nur ein Halbstarker ist, der offenbar bei die Falschen angestreift ist, dann gehört der Fall trotzdem aufgeklärt, damit man die Akten z'sammheften und ablegen kann. Sowas dauert zwei, drei Wochen, das seh ich schon ein, weil am Sonntag sollst du ruhen und dazwischen muss man den Krankenstand vom letzten Jahr konsumieren, weil sonst verfällt er, und wenn das erledigt ist, muss man bei der Berlakovic Kaffee trinken und über ganz wichtige Sachen reden, aber so nach drei Wochen hat man dann die paar Hanseln befragt, die mit dem Lackl unterwegs waren und dann verhört man die zwei, drei Verdächtigen, macht ein bisserl Druck und die G'schicht ist erledigt – wieder ein Schwammerl mehr im Häf'n. Aber wenn man aus dem Waldviertel kommt und glaubt, die ganze Welt ist wie das Puff in Kleingloms, wenn man sich mehr auf die gemütlichen Dinge im Leben konzentriert, dann kann man mühelos auch zwei Monate mit so einem Pimperlfall verbraten. Das ist ja nicht so schlimm, die Mörder laufen einem ja nicht davon, und wenn es heuer nicht mehr ist, so ist es eben nächstes Jahr, da brauchen wir ja auch noch was zu tun, also nur schön langsam mit die jungen Ross, das gehen wir ganz ruhig an, da nehmen wir nicht einmal die Hände aus dem Hosensack, weil die haben's schön warm da drinnen und ..."

Hawelka hätte mitreden können. Natürlich nicht wörtlich, der Erzherzog war stets um neue Formulierungen bemüht, was er gestern als dritten Satz gesagt hatte, konnte heute ganz am Ende der Litanei stehen und morgen vielleicht als Eröffnung dienen, aber grundsätzlich wusste man, was die Grundaussage war und worauf der Alte hinauswollte.

„... da sag ich sonst zu einem normalen Beamten: ‚Stell dich nicht wie das Kind zum Dreck, spuck in die Hände und mach das, wofür dich Vater Staat bezahlt und fertig.' Aber wie gesagt, das sag ich einem normalen Beamten und einem – Wie heißt das so schön? – einem verhaltensoriginellen sag ich das auch und sogar dem Sojka würd ich das so sagen, wenn ich mit ihm was reden tät. Aber einem Muli sag ich sowas nicht, weil der schaut mich nur groß an mit seine Kinderaugen und fragt, ob vielleicht der Schweinsbraten schon fertig ist."

Das war eben eine der unvorhersehbaren, erzherzoglichen Verschiebungen innerhalb eines vorgefertigten Anschisses. Normalerweise ließ er sich zuerst über Hawelka, der in diesem Fall die Verantwortung hatte, aus, und dann, sozusagen als kleine Aufmunterung mit auf den Weg, gab es noch ein paar verbale Ohrfeigen für Schierhuber. Diesmal hatte er also mit dem Zwettler Riesen begonnen, aber Hawelka konnte sicher sein, dass ihn Zauner nicht vergessen würde.

„Einen Muli interessiert ja grundsätzlich nur das Fressen und das Saufen, und das versteh ich ja auch, weil der wird als Tragtier verwendet, der muss tagelang schwere Lasten schleppen, und da braucht er hernach natürlich ein ordentliches Futter und schlabbert ordentlich Wasser, weil er sich so angestrengt hat. Jetzt frag ich mich nur, bei was sich der Schierhuber so anstrengt, dass er so viel Bier und Backhendl braucht, da bin ich dankbar für jeden Tipp, weil ich komm nicht drauf, ich weiß nur, dass es beim Dienst nicht sein kann, sicher nicht beim Dienst!"

Die Stimme des Erzherzogs war lauter geworden und klang mittlerweile wie die Posaunen von Jericho, verstärkt durch ein billiges Kinderpolizeimegafon. Nicht wirklich angenehm. Der Vorteil war, dass die zunehmende Lautstärke meist den Höhepunkt einleitete und danach wäre die „Dienstbesprechung" bald vorbei.

„Ich sag Ihnen was – nicht bei mir! Bei mir nicht! Wir sind eine anständige Polizei, und wir haben was vorzuweisen! Alle haben was vorzuweisen: der Henk hat was vorzuweisen, und der Nimmervoll hat was vorzuweisen, und sogar der Pollmann hat letzte Woche was vorzuweisen gehabt, weil das gibt es nicht bei mir, dass wir nichts zum Vorweisen haben! Deshalb krieg ich die Krise, wenn ich sowas seh, dass die Herren Waldviertler nichts zum Vorweisen haben, obwohl sie schon seit zwei Monaten an ihrem Halbstarkenmord herumdoktern! Seit zwei Monaten! Hawelka! Wissen S', was ich von Ihnen halte?"

Hawelka konnte es sich lebhaft vorstellen, der Alte hatte in den letzten Jahren kein Geheimnis aus seiner Meinung über die „Waldviertler Dorfgendarmen" gemacht. Dezenz gehörte nicht zu den Schwächen von Hofrat Johann P. Zauner.

„Ich will keinen Ärger mit der internen Verpetzungskommission, oder wie das Pferd heißt, haben, deshalb rede ich nur allgemein von Halbtrotteln, weil die volle Wahrheit kann ich gar nicht sagen, und wenn ich jetzt den Hawelka und den Schierhuber anschau, wenn ich ‚Halbtrotteln' sag, dann ist das zufällig und Sie müssen sich nicht angesprochen fühlen. Aber Sie dürfen!!! Das verbiete ich Ihnen nicht, weil ich bin ein Humanist, der was jedem seine freiwillige Anpassung überlasst! Ihr zwei kommt's nachher zu mir, mit die Papiere von der Halbstarkeng'schicht und dann mach ich mit euch einen Fahrplan – aber einen Fahrplan für ein zügiges Vorgehen, da wird dem Schierhuber schwindlig werden, wenn er einmal vom Beamtenschritt in den zweiten Gang schalten muss und auf einmal die Zeitlupe wegfällt. Heute, vierzehn Uhr, Kanzlei! In drei Tag ist der Fall erledigt."

Wider Erwarten zog sich die Dienstbesprechung dann doch fast bis elf Uhr. Grund war die permanente Personalknappheit und die immer häufiger werdenden abteilungsübergreifenden Ermittlungen. Es war auch bei Hawelka und Schierhuber so, dass sie liebend gerne intensiver an dem vom Erzherzog angesprochenen Fall gearbeitet hätten, aber pausenlos waren Abkommandierungen, Urlaubsvertretungen, Sondereinsätze und Amtshilfeansuchen dazwischengekommen. Das hatte der Alte natürlich nicht erwähnt, weil er ... – sie einfach nicht leiden konnte. Punkt. Um ein Uhr waren sie zu ihm befohlen, die Papiere hatten sie schnell bei der Hand, Berichte auch, es konnte also nichts schiefgehen. Zur Schnecke würde er sie auf jeden Fall machen.

Fairerweise muss allerdings gesagt werden, dass Zauner oftmals neue Impulse für eine Ermittlung gab, ein paar zusätzliche Hilfskräfte für eine Observation aus dem Hut zauberte oder sonstige Tipps auf Lager hatte, die nicht selten tatsächlich Schwung in einen festgefahrenen Fall brachten. Hawelka versuchte Schierhubers Reaktion auf die erzherzoglichen Untergriffe auszuloten.

„Heute hat er einmal dich lieber gehabt als mich“, sagte er, als sie den Gang zu ihrem Büro entlangtrotteten.

Schierhuber nickte.

„Er tut ja gerade so, als würde uns außer Fressen und Saufen gar nichts interessieren.“

Schierhuber nickte.

„Aber er übertreibt ja sowieso immer alles, das kennen wir eh schon, oder?“

Schierhuber nickte.

„Und was machen wir bis zwei?“

„Geh'n wir essen“, schlug Schierhuber vor.

Hawelka nickte.

Kaplan

Dienstag, 8. September, 15–15:30 Uhr

„Mir ist wichtig, dass alle, die mühselig und beladen sind, einen Ort haben, wo sie ein wenig Frieden finden können. Einen Ort, an dem sie ihre Sorgen, ihren Kummer und ihr Leid vergessen und für eine Weile glücklich sind. Das ist doch etwas Wunderbares!"

„Ja. Eh", sagte Schierhuber.

„Und dieses tiefe Gefühl von Menschen miterleben zu dürfen, bin ich privilegiert. Das gibt mir das Gefühl von einem großen, sinnstiftenden Ganzen, man denkt nicht mehr, man fühlt nur, man ist Teil eines wunderbaren universellen Gefühls und man ahnt die Nähe des großen, im wahrsten Sinn des Wortes, lieben …"

„Ja. Eh", wiederholte nun Hawelka, „das finde ich auch sehr … na ja, sehr … super. Du auch, oder?" Er sah kurz zu Schierhuber hinüber.

„Sehr super", bestätigte dieser.

„Ich finde es halt nur komisch, dass in Ihrem Heim …"

„Sagen Sie Asyl bitte, Heim klingt so furchtbar, es ist so negativ behaftet, und daher ziehe ich Asyl bei weitem vor."

„Also schön, dann in Ihrem Asyl, wie gesagt, ich finde es ein bisschen komisch, dass Sie in Ihrem Asyl nur Mädchen, vorwiegend aus Rumänien und Bulgarien, aufnehmen, das ist es, was mich ein bisschen stutzig macht", erklärte Hawelka seinem Gegenüber.

„Das hat uns leider die Not befohlen, so gerne ich auch Burschen aufnehmen würde, es fehlt hinten und vorne und oft wissen wir nicht …"

„Okay, ich habe verstanden", unterbrach Hawelka jetzt. „Wissen Sie, wie ich die Sache sehe, Herr Kaplan?"

Er war ein wenig lauter geworden, als beabsichtigt, aber die ewigen Reden des anderen hingen ihm zum Hals heraus, und es war Zeit, ein paar offene Worte zu sprechen.

Der Kaplan hatte tatsächlich einmal ein Priesterseminar besucht, war aber nach zwei Jahren hinausgeflogen, weil er sich doch mehr für Mädchen als für Gott interessierte. Leider musste er dann feststellen, dass sich die Mädchen für einen angehenden Priester mehr interessierten als für einen gewöhnlichen Schulabbrecher. Um seine Chancen wieder zu steigern, gab er sich fortan erneut als Seminarist aus. Manchmal auch als Novize eines Ordens. Zu diesem Zweck hatte er schon bald mehrere Soutanen und Kutten im Schrank hängen und lebte seinen *Dornenvögel*-Bonus bei interessierten Studentinnen voll aus. Allerdings entwickelte er mit der Zeit eine regelrechte Sucht und die brachte ihn in schlechte Gesellschaft und bald schon in Abhängigkeit von gewissen Rotlichtgrößen.

Seither stand er einer Einrichtung vor, in deren Statuten festgeschrieben war, dass sie Waisenkinder, vorwiegend aus Bulgarien und Rumänien, in einem „Asyl“ in Österreich unterbrachte. Die Waisenkinder waren durchwegs hübsche Mädchen um die achtzehn und das „Asyl“ wurde vom Besitzer Wiens größter Bordellkette großzügig unterstützt. Der Kaplan war nach außen hin der Direktor des Heimes, das als Drehscheibe funktionierte.

Das Ganze lief schon seit Jahren, und es war Hawelka unerklärlich, warum man es nicht abdrehen konnte. Dass es lief, wussten seit langem die Kollegen der Sitte, die Staatsanwaltschaft und die Stadtregierung, aber wie man die Sache abdrehen sollte, wusste scheinbar niemand.

„Wie man die Sache bei euch abdreht, weiß scheinbar niemand, aber wenn Sie glauben, dass ich nicht weiß, was in Ihrem ‚Asyl' läuft, dann beleidigen Sie meine Intelligenz“, erklärte Hawelka dem Kaplan. „Leider ist das Ganze sowieso nicht meine Sache, sondern die der Kollegen von der Sitte, und irgendwann werden die schon einen Weg finden, aber wir sind wegen etwas ganz anderem da.“

Der Kaplan verzog keine Miene.

„Vor zwei Monaten wurde ein junger Mann ermordet“, begann Hawelka.

„Ermordet“, echote Schierhuber, erhob sich und ging langsam um den Tisch herum.

„Schrecklich“, sagte der Kaplan und sah erschüttert aus.

„Ja“, fuhr Hawelka fort, „das ist schrecklich. Aber was noch schrecklicher ist, er war in ein Mädchen verliebt.“

„Verliebt“, wiederholte Schierhuber anklagend.

„Oh“, bemerkte der Kaplan. Es war nicht klar, ob dieses „Oh“ dem Umstand, dass das Opfer verliebt oder Schierhubers neuerlichem Nähertreten geschuldet war.

„In ein Mädchen, das in einem Club gearbeitet hat. Das Mädchen ist verschwunden, der Bursche ist tot, und um es kurz zu machen, ein guter Freund hat mir geflüstert, dass das Mädchen kurz bevor es vermutlich nach Holland verfrachtet wurde, ein paar Tage Ihr Gast war.“

„Guter Freund?“, fragte der Kaplan.

„Guter Freund!“, bestätigte Schierhuber.

Der gute Freund hieß Sojka, und er hatte ihnen die Information nur sehr widerwillig gegeben. Aber nachdem sich der Erzherzog in den Fall eingemischt und Hawelka befohlen hatte, in drei Tagen eine Verhaftung vorzunehmen, war einiges ins Rollen gekommen. Die Tipps des Erzherzogs waren meistens mit viel Laufarbeit verbunden, aber diesmal hieß sein Tipp Sojka. Eigentlich klar, denn wenn sich irgendetwas auch nur am Rande des Rotlichtmilieus abspielte, wusste der Cowboy Bescheid. Das hieß aber noch lange nicht, dass er sein Wissen teilte. Schon gar nicht mit Kollegen! Der Erzherzog hatte in dieser Sache vermittelt. Und der Cowboy hatte eine Ausnahme gemacht und Hawelka ein paar Auskünfte und die Adresse des Kaplans gegeben. Dass er das freiwillig tat, bezweifelten alle, aber welches Druckmittel der Erzherzog angewendet hatte, wusste niemand.

„Also, Herr Kaplan", erhob Hawelka jetzt seine Stimme, „was sagen Sie dazu?"

„Was sagen Sie dazu?" Schierhuber hatte den Tisch ein wenig zur Seite geschoben, um sich bequemer auf die Kante setzen zu können, ungefähr dreiundvierzig Zentimeter vom Kaplan entfernt. Der breitete die Arme aus.

„Die Pflicht, meine Schäfchen zu schützen, erfordert einen festen Charakter, der auch im Sturm der Zeiten nicht wanken wird. Heißt es nicht: Du bist mein Felsen, auf dich ..."

„Da fällt mir ein", unterbrach Hawelka und wandte sich an Schierhuber, „der Kaiblinger sitzt gerade wieder einmal im Häf'n. Kannst du dich an ihn erinnern?"

„Ist das der, der die Pfarrer so hasst?"

„Er behauptet, dass er Pfarrer liebt. Letztes Mal hat er bei der Verhaftung als Entschuldigung gesagt: ‚Wen der Herr liebt, den züchtigt er.' Ich glaube, er sieht die Sache wirklich so."

„Ja", meinte Schierhuber und kratzte sich am Kopf. „Aber der Pfarrer hat nicht gut ausgeschaut."

Die beiden konnten sich über mangelnde Aufmerksamkeit seitens des Kaplans nicht beklagen. Seine Augen waren groß geworden, denn er verstand die versteckte Drohung durchaus. Der genannte Kaiblinger war nach eigenen Aussagen als Kind in einem katholischen Internat missbraucht worden und musste diese Erfahrung jetzt auf seine eigene Art und Weise aufarbeiten – sagte er. Andere wiederum behaupteten, dass sein Faible für die Vergewaltigung von Priestern ein ganz normaler sadistischer Zug war, den ein kranker Typ wie er nun einmal hätte. Hawelka hatte keine Ahnung, was wahr war, aber dass der Kaplan schon von dem Typen gehört hatte, bemerkte er mit Wohlgefallen.

„Selbst wenn man mich", erklärte der Kaplan jetzt kopfschüttelnd, „aus fadenscheinigen Gründen vorübergehend einsperren würde – ich käme doch nie auch nur in die Nähe von diesem Verrückten."

„Die einen sagen so, die anderen sagen so", orakelte Schierhuber schulterzuckend.

„Ja", bestätigte Hawelka, „man kann nie ganz sicher sein. Einer passt nicht auf und sperrt einen U-Häftling irrtümlich in den falschen Trakt ..."

„Ein anderer holt einen Häf'nbruder zur Vernehmung und weil sich da was verzögert, parkt er ihn in einer leeren Zelle im falschen Trakt. Was will man da machen?" Schierhuber hob entschuldigend die Hände und sah resignierend gen Himmel.

„Ja, und dann passiert wieder was", fasste Hawelka zusammen.

„Aber umgebracht hat der Kaiblinger noch keinen, oder?", fragte Schierhuber jetzt Hawelka. Er schaffte es, seiner Stimme einen besorgten Unterton zu verleihen.

„Nein, nein ... Er liebt und züchtigt nur."

„Das ist doch alles nur eine Drohung", begehrte der Kaplan jetzt auf.

„Gar nicht!", rief Hawelka und schaffte es tatsächlich, empört auszusehen.

„Gar nicht!", echote Schierhuber – und schaffte es nicht ganz so gut.

„Aber", wurde Hawelka mit einem Schlag ernst, „wir wollen den Mord an dem Seyfried aufklären, so heißt der nämlich, und Sie, Herr Kaplan, wissen sehr genau, dass er sich in das Mädel verliebt hat und sie rausbringen wollte, aber das hat dem ... soll ich Arbeitgeber sagen? Oder lieber Zuhälter, Menschenhändler, Vergewaltiger, Mörder? Jedenfalls hat dem das nicht gefallen, das Mädchen wurde offenbar ins Ausland verfrachtet, war aber vorher ein paar Tage hier zwischengelagert. Fast wie ihr Romeo, nur war der bei den Mülltonnen am Naschmarkt zwischengelagert. Und Sie, Herr Kaplan, sagen mir jetzt, wer das Mädchen hierhergebracht hat!"

Schierhuber hatte sich während des Vortrags seines Partners ein bisschen gereckt und gestreckt und schlug jetzt dem Kaplan aufmunternd auf die Schulter, wobei er durch die Größe seiner Pranken unabsichtlich auch den Nacken des anderen traf. Dessen Kopf schlug beinahe auf der Tischplatte auf.

„Entschuldigung", sagte Schierhuber. In dem Moment meldete sich Hawelkas Handy.

„Pepi?" Die Berlakovic klang gestresst. „Pepi, wo immer ihr seid's, was immer ihr macht's, ihr müsst's gleich herkommen. Der Erzherzog hat sofortiges Einrücken befohlen. Alle und sofort. Wir haben einen Promifall."

Anderthalb Minuten später schoss Schierhubers alter Mercedes aus der Parklücke und fuhr gegen die Einbahn in Richtung Gürtel.

„So ein Dreck!“, schimpfte Hawelka. „Noch fünf Minuten und er hätte uns den Typen geliefert. Nur noch fünf Minuten! Aber bei uns kann ja nie was glattgehen, irgendwas ist immer. Irgendwas kommt immer dazwischen und dann ist wieder was. Na, stimmt’s nicht? Irgendwas ist immer. Immer! Oder?“

„Immer“, bestätigte Schierhuber und stieg aufs Gas.

Promifall

Dienstag, 8. September, 16–17 Uhr

Das große Besprechungszimmer platzte aus allen Nähten. Die Fenster waren geöffnet worden, trotzdem blieb die Luft zum Schneiden dick.

„Heute Vormittag, gegen elf Uhr, hat eine Dekorationsassistentin in der *Gigacity*, genauer gesagt in der dortigen Filiale der Modekette *Hurra!*, eine Leiche gefunden. Genauer gesagt, die Leiche der dreiundzwanzigjährigen Regina Neuwald, genannt Amy, die etlichen aus der Fernsehshow *Egomania* bekannt sein dürfte. Die Leiche befand sich in halb sitzender Stellung im letzten Schaufenster des Geschäftes, das auf einen Seitengang des Einkaufscenters hinausgeht, der wenig frequentiert ist. Ich sage das, weil sich vielleicht einige von euch fragen, warum die Leiche nicht früher entdeckt worden ist. Dieses Schaufenster liegt – von innen aus betrachtet – im hinteren Bereich des Erdgeschosses der Modekette und somit auch in einem wenig frequentierten Bereich des Geschäftes. Die Dekorationsassistentin, genannt Cindy, mit vollem Namen Cinderella Tausendschön ...“ Henk ließ den Zettel sinken und wandte sich nach links, wo die Uniformierten saßen, die als erste vor Ort waren. „Wer hat die Personalien von der Kleinen aufgenommen?“

„Das war ich“, meldete sich ein junger Beamter.

„Und? Ist Ihnen nichts aufgefallen, Kollege?“

„Na ja, kein sehr häufiger Name. Außerdem unpassend. So schön war die gar nicht ...“ Der Mann war sich tatsächlich keiner Schuld bewusst. Die Versammelten wieherten vor Vergnügen. Es war klar, dass dieser Fall noch große Wellen schlagen würde, aber von dem Kollegen, der ohne mit der Wimper zu zucken den erfundenen Namen einer spätpubertierenden Dekoassistentin notiert und weitergegeben hatte, von diesem Kollegen also, wäre noch lange die Rede an den polizeilichen Lagerfeuern. Der Erzherzog hätte in so einem Fall den Betreffenden vor die Anwesenden treten lassen und ihn eine Viertelstunde lang derartig niedergemacht, dass sich der andere nie wieder davon erholt hätte. Aber die Zusammenfassung und erste Besprechung wurde auf Befehl des Alten von Henk geführt – und Henk war anders. Noch ehe der Erzherzog, der, wegen der besseren Luft, draußen im Gang auf und ab ging und durch die offene Tür mithörte, einschreiten konnte, ging Henk zu dem jungen Kollegen und legte ihm die Hand auf die Schulter. „Sie hat sich einen Spaß mit Ihnen erlaubt, Herr Kollege. Das ist nicht ihr richtiger Name. Fahren Sie hin und klären Sie das so schnell wie möglich. Danke!" Der junge Polizist hatte begriffen. Er war rot geworden, sprang auf und eilte hinaus, gerade noch rechtzeitig, bevor der Erzherzog ihn aufhalten konnte.

„Also, diese Cindy hat die Tote gefunden, ihre Filialleiterin verständigt und diese hat dann den Notruf gewählt. Die Kollegen vom Wachzimmer Vogelweiderplatz haben die Alarmkette ausgelöst. So. Alles deutet aktuell auf ein Gewaltverbrechen hin, da das Opfer mit einer Schere einen Herzstich erhalten hat und an Ort und Stelle verblutet ist. Über die Tatzeit wissen wir noch nichts, es könnte aber gestern Abend kurz vor Ladenschluss gewesen sein. Die Teilnehmer der Castingshow haben nämlich gestern auf der Bühne des Einkaufszentrums einen Playbackauftritt gehabt und anschließend Autogramme gegeben. Alle Geschäfte in der *Gigacity* sind bis 21 Uhr offen geblieben. In der Filiale von *Hurra!* hatten zwei Verkäuferinnen Spätdienst, die heute Vormittag nicht da waren, ich hab Namen und Adressen hier, Martin, du fährst bitte zu denen heim und fragst sie das Übliche: Ob sie sich erinnern können, diese Amy im Geschäft gesehen zu haben, wer bei ihr war, ob ihnen sonst was aufgefallen ist und so weiter."

Der dicke Pollmann nickte. Nach ihm teilte Henk noch Hohlstein und Gerlitz für die Nachforschungen im Einkaufszentrum ein, dann Nimmervoll für den Kontakt mit den Medien. Die heiklen Befragungen der „Egomaniacs" und des ganzen Show-Trosses würde Henk selbst übernehmen, und den jungen Schütz nahm er mit. Blieb nur noch eine Frage ...

‚Bleibt nur noch eine Frage', dachte Hawelka. ‚Was ist mit dem Sepp und mir?'

„Bleibt nur noch eine Frage", sagte Henk. „Wem bleibt die traurige Aufgabe, den Angehörigen die schlechte Nachricht zu überbringen?"

‚Oh nein', dachte Hawelka und sah zu Boden, was überhaupt keinen Sinn hatte, da er spürte, wie Henk in seine Richtung sah. Also blickte er wieder hoch und schielte zu seinem Partner, um herauszufinden, wie der darüber dachte, was überhaupt keinen Sinn hatte, da Schierhuber wie immer ausdruckslos vor sich hin starrte. „Ich glaube, du kannst das gut, Josef", sagte Henk jetzt. „Der Sepp und du, ihr macht das. Die Adresse der nächsten Angehörigen hat das Auskunftsbüro Berlakovic. Erledigt's die traurige Pflicht heute noch und fragt's, wie es mit anderen Freunden, Verwandten, Bekannten ausschaut. Wir treffen uns morgen Früh um acht wieder da. Sollte was Außerordentliches passieren, informiert die Herta alle. Und noch etwas: Außer dem Kollegen Nimmervoll redet keiner mit den Medien. Das ist mir wichtig.“

Henk war fertig, und eigentlich hätten alle sofort an die Arbeit gehen wollen, aber der Segen des Erzherzogs fehlte noch, und er kam so sicher, wie die Nacht dem Tag folgt.

„Wir haben also einen sogenannten Promifall. Wobei ich nicht weiß, warum jemand prominent ist, wenn er im Fernsehen auftritt und irgendwelche Lieder singt. Aber ein paar hunderttausend Schwindlige wissen es besser. Weil die hören sich das Katzengeschrei an und klatschen und zahlen dafür. Auch gut. Aber nicht gut ist, wenn da so eine Prominente abgestochen wird, weil dann haben wir hunderttausend Schwindlige, die Polizei spielen und Zeuge spielen und wissen, wer es war und wie man ermitteln muss und dies und das und sonst noch was. Mir persönlich macht das nichts aus, aber der Herr Polizeichef und die Frau Ministerin, die werden nervös, wenn sowas nicht in fünf Minuten aufgeklärt ist und sie jeden Tag in der Zeitung lesen müssen, dass sie zurücktreten sollen, weil der Mordbub noch frei herumläuft. Und dann sekkieren sie mich bis aufs Blut, und das kann ich nicht brauchen in meinem Alter, da werd ich grantig, das sag ich Ihnen.“

Der Erzherzog hatte sich während seiner Einleitung vom Gang nach vorne zu Henk bewegt, schien sich zunächst vor der Mannschaft aufbauen zu wollen, wie sonst, überlegte es sich aber dann und begann zwischen seinen Untertanen auf und ab zu marschieren und gelegentlich einen direkt anzuschauen, wobei er allerdings seinen Vortrag nicht unterbrach.

„Da hat der Henk vorhin etwas gesagt, das war sehr richtig, tun S’ mir nicht reden mit die Medien, hat er gesagt. Das ist richtig, aber ich sag Ihnen noch was: Reden S' auch mit sonst niemand! Nicht mit dem Gspusi[2] und nicht mit dem Wirten, und mit dem Nachbarn reden S' auch nicht. Weil die Reporter sind nicht blöd, das heißt, schon blöd, aber so blöd auch wieder nicht, dass sie nicht g'scheit g'nug wären, dem Wirten vom Pollmann seinem Stammlokal ein bisserl einen Schmartes[3] rüber z'reiben und ihn ein bisserl aushorchen, was denn der Held nach Dienst so ausplaudert am Stammtisch. Und morgen steht's dann in der Zeitung. Ich geb Ihnen einen Tipp: Hüten Sie sich vor diese Grobheiten! Wenn ich was les in der Zeitung, dann staubt's! Erst staubt's, dann kracht's und dann scheppert's. Es steht eh schon genug Blödsinn in die Zeitungen, da braucht nicht euer Blödsinn auch noch drinnen stehen. Und noch was ... da wird jetzt vermehrt fotografiert werden, erstens, weil Sie sich mit – wie sagt man? – Prominente herumschlagen müssen und die ziehen die Journaille an wie Kuhfladen die Schmeißfliegen, und zweitens, weil man uns natürlich scheitern sehen will. Aber bei mir gibt es kein Scheitern! Nicht bei dem Fall und überhaupt nicht im Dienst. Scheitern können S' von mir aus daheim oder im Urlaub. Dafür sind solche Sachen erfunden worden. Aber im Dienst gibt es kein Scheitern. Also, frisieren S' Ihnen g'scheit, damit Sie in der Zeitung nicht wie der Räuberhauptmann Grasl ausschauen! Und gegen gute Kleidung spricht auch nichts. Und Hohlstein ..."

Er hatte sich vor dem Angesprochenen aufgebaut und fixierte ihn mit stechendem Blick. Der Kollege

---

2 Gspusi: Liebschaft, Affäre. Man kann ein Gspusi haben oder auch das Gspusi von jemand sein. Platonische Beziehungen sind eher nicht gemeint.

3 Schmartes: kleine Aufmerksamkeit in monetärer Form

Hohlstein galt als besonderer Frauenfreund, was ihn immer wieder in Schwierigkeiten, oft auch dienstlicher Natur, brachte.

„... wenn einer eine Schwäche für das sogenannte schwache Geschlecht hat, dann soll er halt schwach werden, mit allen möglichen Körperteilen, aber nicht mit dem Mund, weil Reden ist Silber und Schweigen ist Gold, und das sogenannte schwache Geschlecht ist gar nicht schwach, sondern sehr stark, wenn's ums Reden geht. Also überlegen S' Ihnen, was Sie sagen, wenn es so weit ist. Weil es gibt Reporter, die sind darauf spezialisiert, dass sie das schwache Geschlecht nach dem ausfragen, was das starke Geschlecht in einer schwachen Stunde so erzählt hat."

Es war unklar, ob Hohlstein[4] den komplizierten Ausführungen des Erzherzogs hatte folgen können, und Zauner hatte das offenbar auch erkannt, daher fügte er gleich selbst die Zusammenfassung hinzu. „Egal, wer Ihnen schöne Augen oder sonst was macht, reden S' mit niemandem über den Fall, haben S' das verstanden?" Hohlstein nickte. Damit war der Erzherzog auch schon bei Hawelka und Schierhuber angekommen. „Es ist nicht meine Art, dass ich über die Personalknappheit jammere, weil wir haben nicht, was wir wollen, sondern was wir haben, und so haben wir halt auch den Hawelka und den Schierhuber, also tun S', was der Henk Ihnen angeschafft hat, und reißen S' sich Ihnen zusammen, damit ich keine Klagen höre. Die gemütliche Zeit ist jetzt erst einmal vorbei, und ich will eigentlich nur eines: die verflixte G'schicht bald vom Tisch

---

4 Hohlstein: Von Kollegen gerne – teils anerkennend, teils neidisch – auch „Schnackselstein" genannt.

haben, damit wieder Ruhe einkehrt, weil ich brauch keine verflixten G'schichten."

Alles klar. Der Erzherzog brauchte keine verflixten G'schichten, also würde man ausnahmsweise arbeiten und nicht den ganzen Tag faul herumlehnen, wie man es in der Wahrnehmung des Alten scheinbar immer gemacht hatte.

Bevor Hawelka und Schierhuber losfuhren, schauten sie noch rasch im Auskunftsbüro Berlakovic vorbei, um sich moralische Unterstützung zu holen.

„Wollt's einen Tee?" Grundsätzlich hätte Hawelka auf eine solche Frage mit einem Kopfschütteln geantwortet und geseufzt, aber die Frage war von Bettina Sommer[5] gestellt worden, und das hoffnungsvolle Lächeln auf ihrem Gesicht ließ bei ihm keine andere Antwort zu als „Ja, danke". Schierhuber war resistenter, lehnte ab und zog ein Fläschchen Jägermeister aus seiner Rocktasche. „Wir haben einen schweren Gang", meinte er entschuldigend und leerte das kleine Gebinde mit einem Schluck.

„Ich hab's schon gehört", ließ sich die Berlakovic vernehmen, „ihr müsst's die traurige Nachricht überbringen. Ich möcht nicht mit euch tauschen. Ich hab die Adresse schon da."

„Ich geh wieder einmal ...", verkündete Janne Frischauf und stürzte aus dem Büro.

„Wohin geht sie wieder einmal?", fragte Hawelka niemand Bestimmten.

„Kotzen", antwortete die Forstner aus ihrer Ecke, ohne eine Miene zu verziehen und ohne das rasche Stakkato ihres Tippens zu unterbrechen.

---

[5] Bettina Sommer: eine Art Marilyn Monroe der Wiener Kriminalpolizei

„Ja, die Arme“, erklärte die Berlakovic, während Bettina Sommer Hawelka eine Tasse Tee reichte und mit ihrem Lächeln jeglichen Süßstoff ersetzte, „bei der ersten Schwangerschaft ist es ihr so gut gegangen, und diesmal rennt sie andauernd aufs Klo – wahrscheinlich wird’s ein Bub.“

„Aha.“

Henk trat rasch ein und legte der Forstner einen Stapel Papiere auf den Schreibtisch: „Kannst du mir das noch heute zusammenfassen und mailen, Karin?“ Die Forstner nickte und würdigte ihn keines Blickes. Das war keine besondere Feindseligkeit, sondern ihre ganz normale Reaktion. Henk warf einen Blick auf die Teetasse in Hawelkas Hand. „Dauert das noch lange?“, fragte er in Richtung Berlakovic.

„Es dauert, so lange es dauert.“

„Äh ... ja. Ich meine nur, das ist ... schade. Weil euer Kaffee war immer ...“

„Wir wollen ein bisschen gesünder leben, das tät euch auch nicht schaden“, meinte sie ein wenig schnippischer als sonst, „außerdem solidarisieren wir uns mit der Janne, die soll kein Koffein ...“

„Solidarität schön und gut, aber ich finde deine Stimmung leidet ein bisschen darunter. Demnächst werdet ihr noch selbstverordnete Vegan-Wochen einführen, dann trau ich mich gar nicht mehr rein“, meinte Henk im Hinausgehen. ‚Wahrscheinlich hat er Recht‘, dachte Hawelka. Der legendäre Auskunftsbürokaffee fehlte vermutlich der Berlakovic selbst am meisten.

Sie erhielten die Adresse, er trank tapfer seinen Tee aus und sie zogen los. Im Auto bat Hawelka seinen Partner auch um einen Jägermeister. Das bevorstehende Gespräch lag ihm schwer im Magen.

Tante

Dienstag, 8. September, 20–23 Uhr

Hawelka und Schierhuber waren auf dem Weg zurück ins Präsidium. Das Ganze war nicht schön gewesen. Amy war von ihrer Tante aufgezogen worden und ein unauffälliges Kind gewesen. Sogar eine Art Musterschülerin. Bis sie siebzehn war. Dann war sie „entdeckt" worden. Irgendein Typ, dessen Namen die Tante nicht einmal kannte, hatte von einer Mörderstimme geredet, ihre Karriere in die Hand genommen und sie fortan „gemanagt". Das Image der No-Future-Bitch hatte er ihr verpasst und Amy hatte sich sehr fleißig bemüht, es zu erfüllen. Sie war mit grottenschlechten Bands aufgetreten, die durch ihren Gesang zwar nicht besser wurden, sie aber in die Szene einführten.

„Das war vor zwei Jahren", hatte die Tante erzählt. „Seit damals haben wir keine gemeinsame Gesprächsbasis mehr gehabt. Sie war felsenfest davon überzeugt, dass sie diesen Weg gehen musste. Irgendwann habe ich dann gehört, dass sie sich von ihrem Manager getrennt und für diese Show angemeldet hat. Es war von Anfang an klar, dass sie dort nur eine Außenseiterin sein würde, aber sowas brauchen die natürlich, um einen Wettbewerb mit vielfältigen Charakteren vorzutäuschen. Irgendwann, als sie wieder einmal um Geld da war, hat sie erzählt, dass die Reihenfolge längst feststeht. Aber ihre Publicity würde trotzdem steigen. Jetzt hat sie ihre Publicity!" Dann hatte die Frau geweint und Hawelka hätte am liebsten gleich mitgeheult.

Später besichtigten sie das Zimmer des Opfers – es war vollkommen steril gewesen, Amy hatte es nur mehr gelegentlich als Notunterkunft benutzt, ihre persönlichen Sachen waren von ihr längst fortgeschafft worden. Wo sie momentan wohnte oder gewohnt hatte, konnte die Tante nicht sagen, bei irgendeinem Freund, vermutete sie.

„Was meinst du, Sepp?"

Sie fuhren seit zehn Minuten schweigend durch das abendliche Wien. Zuerst von Hütteldorf die Linzer Straße stadteinwärts und dann den Gürtel entlang, um zum Franz-Josefs-Bahnhof zu gelangen, in dessen Nähe der *Reznicek*, ihr Stammlokal, lag. Wie jeden Sommer wurde irgendwo am Gürtel herumgebaut, irgendetwas aufgerissen oder neu asphaltiert, es entstand der obligatorische Stau und entgegen seiner sonstigen Gewohnheit fuhr Schierhuber diesmal langsam und verzichtete darauf, seinen alten Benz auf den Straßenbahngleisen am Stau vorbeizujagen. Der Besuch musste also auch ihn mitgenommen haben. Seine Antwort auf Hawelkas Frage war jedoch die übliche.

„Na ja ..."

„Traurig, oder?"

„Ja, schon ..."

„Aber so ist das Leben."

„Genau."

„Da kannst du nichts machen."

„Gar nichts."

„Oder?"

„Sicher nichts."

Hawelka nickte. Es tat gut, sich mit Schierhuber auszutauschen. Die Zeit verging und der Stau zog sich in die Länge, weil bei der Baustelle drei Spuren auf eine zusammengeführt wurden und die meisten Fahrer den halben Kilometer auf dieser einen Spur mit knapp dreißig zurücklegten. Seit die Straßenprostitution vor einigen Jahren in die Industriegebiete verbannt worden war, erschien Hawelka ein Stau am abendlichen Gürtel unerträglich langweilig.

„Glaubst du, dass es wer von ihren ... Punkern? Rockern? Wie sagt man eigentlich heutzutage? Ich meine, glaubst du, dass es jemand aus diesem Umfeld war? Die sind doch gegen das System und Kommerz und alles Mögliche. Irgendwie ... weil sie sich ja jetzt dem Kommerz genähert hat, oder? Mit der Teilnahme an so einer Show? Oder eine Beziehungssache? Ein enttäuschter Liebhaber?“

„Eher eine Konkurrentin“, meinte Schierhuber und schaltete das Radio noch leiser. Im Benz wurde meist Marschmusik gehört, was Hawelka mittlerweile kaum noch störte.

„Ja, das kann natürlich auch sein. Oder ein Konkurrent?“

Schierhuber schüttelte zweifelnd den Kopf.

„Warum glaubst du das nicht?“

„Die Schere.“

Hawelka nickte nachdenklich, der Schierhubergedanke war nicht blöd. Die Schere deutete auf einen Mord im Affekt hin, vielleicht im Zuge eines Streites, aber ein Mann hätte im Affekt eher zugeschlagen oder das Opfer erwürgt. Zumindest statistisch betrachtet. Die erste Voruntersuchung hatte keine weiteren Verletzungen bei Amy ergeben, aber Genaueres würden sie morgen bei der Frühbesprechung erfahren, zu der sie außer einer weinenden Tante und dem, an ein selten benutztes Gästezimmer erinnernden, Amy-Zimmer nicht viel beizutragen hatten.

Um den Fall wirklich zu verstehen, um sich in diese Welt einzuleben, wollten sie sich diesmal besser vorbereiten als alle anderen. „Der Erzherzog wird noch schauen, Sepp, diesmal liefern wir die Lösung frei Haus.

Noch vor dem Henk oder dem Nimmervoll!“ Schierhuber nickte, sein Gesicht zeigte Spuren von Begeisterung.

Sie hatten sich deshalb vorgenommen, beim *Reznicek* alles über die Show und ihre Kandidatinnen zu lesen und sich darüber auszutauschen, zu diesem Zweck hatten sie noch vor dem Tantenbesuch eine Trafik überfallen und alle Klatsch- und Tratschblätter, Jugendmagazine, Wochenendbeilagen und Tageszeitungen konfisziert. Das war zumindest Schierhubers Vorschlag gewesen, aber Hawelka hatte dann doch darauf bestanden, das Zeug zu bezahlen. Jetzt stapelte sich die abendliche Lektüre auf dem Rücksitz. Aber eine Zusammenfassung, worum es bei dem Bewerb überhaupt ging, hörten sie während des Staus am Gürtel von Radio Berlakovic. In letzter Zeit hatte es sich eingebürgert, dass gelangweilte Kollegen während einer nächtlichen Observation die Chefin des Auskunftsbüros anriefen und sich auch außerhalb der Dienstzeit Informationen beschafften – oder sich einfach von ihr unterhalten ließen.

„Gecastet werden Hunderte, Tausende in ganz Österreich, das ist eine Rieseng'schicht' für die Buben und Madeln, die stehen da Schlange, schon Stunden bevor die lokalen Castings überhaupt losgehen.“

„Woher weißt du das?“

„Na, weil da auch schon Kamerateams dabei sind, das wird natürlich nicht live übertragen, sondern zusammengeschnitten und dann bei den Live-Shows als Aufputz eingespielt. Meistens irgendwas Gemeines, die Jury verarscht die Kandidaten laut Drehbuch, das ist alles abgesprochen und schlecht gespielt, nur die Kandidaten wissen nichts davon, die Armen, aber die müssen da vorher zustimmen, dass das alles gezeigt werden darf. Dann werden halt zwanzig oder so ausgesucht, die kommen in die ersten Shows, die sind auch noch nicht live, die werden aufgezeichnet, geschnitten und zu einer guten Sendezeit gebracht. Au, was ist denn das? Eine Gelse, geh bitte! Jetzt ist es einmal zweieinhalb Tage schön und schon kommen die Gelsen, die Gfraster[6] und ..."

Radio Berlakovic sendete an diesem lauen Abend vom Balkon aus. Hertas Wohnung lag in Floridsdorf, unweit der alten Donau, eine schöne Gegend, aber – die Gelsen ...

„Hast du dich nicht eingesprüht?"

„Nein, ich hab jetzt ein neues Mittel probiert, das wirkt wirklich, aber es stinkt dermaßen ... und ich bekomme heute noch Besuch. Hab gerade ein Flascherl Rotwein aufg'macht und gekostet. Gar nicht so schlecht, gar nicht so schlecht. Holzreiter ..."

Trotz ihres fortgeschrittenen Alters bekam die Berlakovic des Öfteren Besuch von einem Kollegen, ebenfalls fortgeschrittenen Alters, dessen Identität sie allerdings geheim hielt, woraus die Eingeweihten schlossen, dass er, um sie zu besuchen, von der Ehefrau fort schritt. Aber die B. dachte da ganz fortschrittlich: „Mir tut's gut und ihm schadet's nicht", hatte sie einmal der Frischauf anvertraut.

Allerdings bedeutete der erwartete Besuch, dass die heutige Sendezeit begrenzt war, jetzt galt es, das Letzte an Information aus dem Radio herauszuquetschen.

„Super, Herta, aber wie ist das jetzt mit der Show?"

„Ach so, ja, also ... Jede Runde müssen die Kandidaten ein Lied präsentieren. Einer fliegt raus und die anderen kommen weiter. Gegen Schluss sind es dann

---

6 Gfrast: ein boshaftes, hinterhältiges Wesen

so wenig, dass sie schon zwei Lieder singen müssen. So ein Lied dauert knapp drei Minuten und das heißt, wenn sechs Kandidaten im Rennen sind, ist nach ungefähr sechsunddreißig Minuten alles vorbei. Aber die machen eine Show von über zwei Stunden draus. Könnt's euch vorstellen, was da für heiße Luft produziert wird … Apropos heiße Luft, es gibt eine Jury, die vergibt Punkte, und das Fernsehpublikum vergibt auch Punkte, per Anruf oder SMS. Am Schluss werden die Punkte zusammengezählt, und wer am wenigsten hat, fliegt raus."

„Ich hab gedacht, dass das abgesprochen ist, wer weiterkommt und wer nicht, aber wenn das Publikum mitstimmt, kann man ja gar nichts beeinflussen, oder?"

„Geh Pepi", tadelte das Radio jetzt sanft, „die meisten Leute lassen sich von der Jury beeinflussen, außerdem hat es ja der Sender in der Hand, wer wie rüberkommt. Wer ist wie oft im Bild, welches Outfit wird der Kandidatin verpasst, wie wird die Homestory aufgezogen, wie geht der Moderator mit den Einzelnen um? Manchmal behandelt die Jury bestimmte Kandidaten auch voll ungerecht, um eine Trotzhaltung beim Publikum zu erzeugen, manchmal ist die Kamera erbarmungslos und zeigt die unvorteilhaftesten Szenen, manchmal spielt die Band so, dass die Sänger aus dem Konzept kommen, da gibt es viele Möglichkeiten."

„Okay, und wer sind die jetzt, die Kandidaten?"

„Die Finalisten, wohlgemerkt, weil jetzt geht es schon um die Wurscht, also da gibt es eine Johanna, das ist die Natürliche, dann die Natascha, die Powerfrau, dann Amy, das Opfer, die ist … oder sagen wir, die war, mehr oder weniger die Revoluzzerin, Marke ‚schwarze Lippen – grüne Haare', wenn du verstehst, was ich meine. Na ja, und von den Jungs ist David, der

Wunsch-Schwiegersohn übriggeblieben und außerdem ein Kraftlack'l namens Hansi und dann noch Jeff, die Diva, eine Art Kunstfigur, bei der man nicht weiß, ob's ein Mandl oder ein Weibl ist."

„Und wie sind die alle?"

„Na ja, ein bisschen singen können sie schon. Hast du wirklich noch keine einzige Sendung gesehen?"

„Nein. Das ist nicht die Art Programm, die ich mir ansehe. Du, Sepp?" Schierhuber schüttelte stumm den Kopf. „Siehst du", übersetzte Hawelka das Kopfschütteln ins Telefon, „der Sepp hat da auch eine Bildungslücke fernsehshowtechnisch."

„Ja, ja", gluckste die Berlakovic, „ihr seid's mehr für die Erwachsenenfilme, gell?"

„Du sagst es, mein Täubchen", erwiderte Hawelka.

„Ha ha!", wieherte das Täubchen ins Telefon. „Also, gewinnen wird – und das ist wirklich eine kleine Sensation – diese Johanna. Das schreiben alle Zeitungen, das ist schon fix."

„Und warum ist das eine Sensation?"

„Weil ... aber ich kann dir das jetzt nicht erklären, das dauert zu lange, mein Besuch kommt gleich und ich muss noch. Wisst ihr was? Wir haben heute vom Sender Kopien der letzten paar Sendungen angefordert und gleich durch eine Streife holen lassen. Die DVDs liegen auf meinem Schreibtisch. Das Beste ist, ihr schaut euch einmal so eine Show an. Als euer persönliches Abendprogramm, sozusagen. Dann wisst ihr Bescheid ..."

„Okay, Herta. Und – viel Spaß noch bei *deinem* persönlichen Abendprogramm."

„Der Kollege Sojka hat mir ein Abendessen in einem exquisiten Restaurant angeboten, wenn ich live übertrage, aber ich hab aus moralischen Gründen abgelehnt."

„Geh, du willst doch nur den Preis hochtreiben", sagte Hawelka lachend, dann legte er auf. Schierhuber war unterdessen in Richtung Präsidium abgebogen, um die Aufzeichnungen abzuholen. Den *Reznicek*-Besuch würden sie trotzdem nicht auslassen.

Diva

Dienstag, 8. September, Mittwoch 9. September, 23–02 Uhr

Die Leute schrien auf, als sie aus der Straßenbahn stieg. Zwei Mädchen neben ihr fingen vor Begeisterung hemmungslos zu heulen an. Sie trug eine hässliche braune Strickjacke. Es war die ihrer Oma.

‚Sieht eigentlich ganz normal aus', dachte Hawelka. ‚Die Strickjacke ist vielleicht ein bisschen ... hässlich. Aber das Mädel selber ist gar nicht der Typ für so eine Sendung. Eher durchschnittlich.' Er lag auf dem Sofa und arbeitete an dem Fall. Das heißt, er hatte sich vorgenommen, zuerst die Doku über Johanna anzusehen und dann die beiden vergangenen Shows. Mehr Material, um in die Welt der Egomaniacs einzutauchen, hatte er nicht.

„Sie trägt eine hässliche braune Strickjacke, es ist die ihrer Oma", sagte der Kommentator der Doku. Während man Bilder der glücklichen Fans am Bildschirm sah. Und weiter: „Noch vor drei Monaten wäre einem jeder auf der Straße ausgewichen, wenn man so eine Strickjacke angehabt hätte. Aber seit sie darauf bestanden hat, diese Strickjacke bei ihren Auftritten als Glücksbringer anzuziehen, ja – seither trägt man solche Strickjacken wieder. Und das in einem Sommer, der heißer nicht sein könnte."

Aus der offenen Straßenbahntür reichte ihr jemand die beiden schweren Körbe und sie bedankte sich bei ihm mit einem so strahlenden Lächeln, als hätte er ihr ein ganzes Königreich zu Füßen gelegt. Dann fing sie an, selbstgebackenen Marillenkuchen unter den Leuten zu verteilen.

Hawelka hatte genug gesehen. Sicher eine wundervolle Dokumentation für Fans der Sängerin. Für ihn aber nur mäßig spannend. Er zappte zur nächsten Aufzeichnung auf der DVD, eine Sendung von vor über zwei Wochen. Er verzichtete auf die Begrüßungen und Rückblenden und schaltete gleich zum ersten Beitrag.

Man sah einen alten Mann in der ersten Reihe sitzen, dem Johanna offenbar spontan ihr Lied gewidmet hatte. Seine Freudentränen waren minutenlang in Großaufnahme zu sehen, während Johanna mehr schlecht als recht „Großvater" von STS sang. Nach dem Ende des Liedes holte sie den alten Mann auf die Bühne und bat das Publikum, noch einmal mit ihr gemeinsam „Großvater" für ihn zu singen. Es wurde ein Fest! Bei der letzten Wiederholung war sie in Großaufnahme zu sehen. Die Musik stoppte und sie sagte leise „Großvater", während alle anderen andächtig schwiegen. Die Augen hatte sie niedergeschlagen. Das Wort hallte in der Stille noch nach, dann sah sie direkt in die Kamera. Genau in diesem Moment fiel der Schuss.

Hawelka erschrak richtiggehend, vielleicht auch deshalb, weil er bei der Wiederholung des Liedes eingedöst war. Von dieser Sendung war natürlich vor zwei Wochen in den Zeitungen geschrieben worden, daran erinnerte er sich schon. Aber wie der genaue Ablauf war, hatte er sich nicht gemerkt. Er genoss eine Zeitlang das nun folgende Chaos am Bildschirm.

Die Kameras schwenkten wild über den Köpfen des Publikums, dann war in Großaufnahme Johanna zu sehen, die überhaupt nicht verstand, was rund um sie vorging. Man sah den alten Mann, der sich ans Herz griff und mit verzerrter Miene von seinem Stuhl rutschte. Gleich darauf wurde in den Backstagebereich geschaltet, wo sich Folgendes abspielte:

Amy dürfte durch den Schuss aus ihrer Dauerlethargie erwacht sein und hatte nichts Besseres zu tun gehabt, als sich ohne ersichtlichen Grund auf ihre Erzrivalin, die perfekte Natascha, zu stürzen. David, der superkorrekte Musterschüler und Lieblingsschwiegersohn, war entgegen seinen sonstigen Gewohnheiten richtig energisch geworden und hatte versucht, Amy von Natascha herunterzuzerren. Superdiva Jeff war daneben gestanden, die Augen weit aufgerissen, die Hände vor den Mund geschlagen, am ganzen Körper zitternd und leichenblass, während er hohe, spitze Schreie ausstieß, bis Hansi, der Naturbursch, ihm schließlich ein paar Ohrfeigen verpasst und mit den Worten „Beruhig di, Oida, beruhig di“ Jeffs hysterischen Anfall wenigstens akustisch eingedämmt hatte.

‚Was für ein Chaos‘, dachte Hawelka. ‚Da sind die im Regieraum ganz schön ins Schwitzen gekommen.‘

Wenig später wurde ein Nachrichtensprecher eingeblendet, der erklärte, die Live-Übertragung der Sendung werde auf Grund unvorhergesehener Ereignisse unterbrochen, man würde die Zuschauer so rasch als möglich informieren, was tatsächlich passiert war. Dann begann ein Werbeblock, aber da schlief Hawelka bereits.

Schneideraum

12 Tage zuvor, Freitag, 28. August, 22–00 Uhr

Was in keiner der Aufzeichnungen zu sehen war und Hawelka somit, auch wenn er wach geblieben wäre, nicht erleben konnte, war die Diskussion der Verantwortlichen in der Chefetage des Senders gewesen.

„Wahrscheinlich erwarten die Wappler jetzt jede Sendung eine Schießerei, oder zumindest eine Keilerei“, grunzte der Programmchef.

„Wenn du willst, schreib ich das ins Drehbuch“, sagte der Autor.

„Die Frage ist: Sollen wir sie ausschließen oder nicht?“ Der Programmchef sah in die Runde. Alle schüttelten den Kopf.

„Das Publikum würde uns das nie verzeihen. Das erwartet doch jetzt eine Art ... Fortsetzung“, brachte es die Assistentin auf den Punkt.

„Also bleibt sie dabei und alles geht weiter wie bisher. Nur mit mehr Zusehern“, schloss der Unterhaltungschef. Dann ging die Tür auf und der Generalintendant trat ein. „Was war jetzt eigentlich los?“, fragte er zur Begrüßung.

„Das soll der Kurtl sagen“, der Programmchef deutete auf den Regisseur. Der stand auf und erzählte die Story zum dritten Mal an diesem Tag.

„Also“, begann Kurtl. „Ich sitze am Regietisch und alles ist ganz normal, bis auf die Johanna, die ihr Lied unbedingt dem alten Mann widmen wollte und ihn zu einer Wiederholung auf die Bühne geholt hat. ‚Auch gut‘, denk ich mir, ‚ist einmal was anderes.‘ Und ich spiel am Schluss des Liedes mit den Einstellungen von der Einser und der Dreier, also Nahaufnahme von ihr,

Nahaufnahme von dem Opa und so ... Und genau da fiel der Schuss."

Er sah es vor sich: Sein Adrenalinschub war so heftig gewesen, dass es körperlich weh getan hatte. Am Anfang der Fluchtinstinkt. Davonlaufen! Was in diesem Fall geheißen hätte: die Liveübertragung sofort ab- oder zumindest unterbrechen (später hätte man sagen können, es wäre aus Pietätsgründen geschehen, noch später hätte man das gedrehte Material immer noch an den meistbietenden Sender verkaufen können). Aber dann hatten die Professionalität und der Jagdinstinkt gesiegt. Trotzdem hatte er wertvolle Sekunden verloren, was vielleicht auch daran lag, dass alle im Regieraum durcheinandergeschrien hatten. Und alle hatten sie ihn gemeint! Und ständig dieselben kindischen Fragen: „Was war das?" – „Draufbleiben?" – „Ist sie tot?" – „Aussteigen?" – „Könnt ihr was sehen?" – „Unterbrechen?" – „Wo ist da was?" – „Wahnsinn!" – „Ja!" – „Abschalten?" – „Draufbleiben?" – „Du, Kurtl ..." – ...

„AUS! RUUUUHE!! ENDE!!!" In den gesamten 32 Jahren, die er für den Sender arbeitete, hatte er noch niemals so geschrien. Er war eigentlich mehr für seine unerschütterliche Ruhe bekannt. Wie ein Fluglotse bewahrte er den Überblick, und diese Ruhe verschaffte ihm Anerkennung. Aber jetzt hatte er geschrien. Die Wirkung war erstaunlich. Trotz der Ausnahmesituation waren alle schlagartig verstummt. Sofort hatte er die volle Aufmerksamkeit gehabt. Und ab diesem Zeitpunkt war es ohne Nachdenken gegangen: „Egal, wer es ist, egal, was passiert ist: die Einser Totale auf die Johanna, die schaut aus, als ob sie noch lebt, Einser auf Sendung, Ton: Saalmix, Zweier auf die Zuschauer, Kran schwenkt über dem Ganzen, vielleicht findest du den Schützen, Dreier auf den Moderator, Vierer auf die Gesichter der Kandidaten in der Lounge, Peda, renn rauf zum Co-Moderator und sag ihm, ab jetzt ist er Kriegsberichterstatter, er soll sich was einfallen lassen, Dreier auf Sendung, was?, nein, nicht der Moderator, der redet nur Blödsinn, der Co soll's machen, nein, ich will das nicht übers Intercom sagen, verstehst du?, wieder die Einser auf Sendung, Zweier, Zoom auf die erste Reihe, Zweier auf Sendung, was ist da los?, Einser auf den alten Mann neben der Johanna, schnell, Zoom, Einser auf Sendung, der kippt gerade vom Hocker, der Alte, den hat's erwischt, was?, was?, die Natascha hat was?, leck mich, das hat Zeit, Rudi, schau mit dem Kran, wo die Sanitäter kommen, Susi, sag dem Moderator übers Intercom, er soll übers Saalmikro einen Arzt zur Bühne rufen, ich red nix mit dem Trottel, was ist mit dem Alten?, zoom wieder raus und schau, wo er getroffen wurde, und dann langsam auf die Wunde, aber in der Zwischenzeit die Vierer auf Sendung, damit wir sehen ... was ist das?, was machen die?,..." In dem Auftrittsraum der Kandidaten hatten sich dramatische Szenen abgespielt. Der Co-Moderator war auf Befehl des Regisseurs in den Saal gelaufen, um von dort aus zu berichten, es war also niemand in der Lounge gewesen, der das Schauspiel beenden hätte können, zumal Werner, der Kameramann von der „Vierer" samt Assistent damit beschäftigt gewesen war, die Action für die Zuseher einzufangen.

Amy hatte der anderen die Waffe entrissen und hinter das Kandidatensofa geworfen. Dann war sie von ihr heruntergerollt und hatte sich mühsam hochgerappelt. David hatte Natascha geholfen, die in Tränen aufgelöst war. Während der ganzen Rangelei hatte sie immer wieder, „Ich kann nicht mehr, ich will nicht mehr, lasst mich doch!" geschrien. Dann war sie, von David umsorgt, schluchzend auf dem Sofa zusammengesunken und hatte die Hände vors Gesicht gehalten.

„Die hat abgedrückt. Wahnsinn! Voll abgedrückt. Voll!“, hatte Hansi außer sich gerufen. Immer wieder hatte er den Kopf geschüttelt und dann wiederholt: „Voll abgedrückt, Wahnsinn!“ Endlich waren auch die Sanis in die Lounge gekommen, froh, sich nicht um die Massenhysterie, die im Saal ausgebrochen war, kümmern zu müssen. Dort waren Security, Polizei und zwei Dutzend andere Sanitäter damit beschäftigt gewesen, die Leute rauszulotsen, ohne dass sie die Ohnmächtigen tottrampelten. Die drei Helfer in der Lounge hatten hingegen nur Jeff wiederbeleben müssen, der weinend zusammengesunken war. Der alte Mann auf der Bühne hatte durch den Schreck einen Herzinfarkt erlitten und wurde im Notarztwagen weggebracht. Johanna war mitgefahren.

„Und ich hab dann abgebrochen und ins Nachrichtenstudio geschaltet.“

Nach der dritten (aber sicher nicht letzten) Wiederholung der Erzählung schwieg der Regisseur und die anderen schauten den Generalintendanten gespannt an. „Wir wären Trottel, wenn wir nicht weitermachen würden“, sagte er nur. Damit war die Sitzung beendet.

Alles in allem eine gute Show, hatte der Regisseur später befunden. Er war noch mit seiner Cutterin im Schneideraum gesessen, als der Morgen bereits dämmerte. Die Sichtung des Materials hatte volle Konzentration erfordert. In der Lounge war Folgendes geschehen: Während des Liedes „Großvater“ war die schöne Natascha plötzlich aufgesprungen und hatte von Gott weiß woher eine kleine Automatic hervorgezaubert. Sie hatte die anderen Kandidaten der Reihe nach angesehen und immer wieder gesagt: „Ich kann nicht mehr, ich kann nicht mehr, ich kann nicht mehr." Dann hatte sie die Pistole gehoben und langsam gegen ihre Schläfe gerichtet. An dieser Stelle hätte der Regisseur sich am liebsten selber erschossen. Vorher aber hätte Werner, der Viererkameramann dran glauben müssen. Die Einstellung war einfach ... scheiße! Es war keine Totale auf der verzweifelten Selbstmordkandidatin, sondern lediglich eine Halbtotale von links, die anderen Kandidaten waren dadurch zwar im Bild, aber auch wieder nur so klein, dass man ihre Mienen gerade noch erahnen konnte. „Kannst du dir vorstellen, was wir aus dem hier hätten machen können, wenn wir zwei ... nein warte ... drei Kameras da hinten gehabt hätten?" Die Cutterin nickte: „Eine total auf der ganzen Szene ... eine macht die Großaufnahme von Nataschas Gesicht mit der Pistole an ihrer Schläfe im Vordergrund ... und eine nimmt sich die einzelnen Kandidaten in Großaufnahme vor, während ihnen die Gesichtszüge entgleisen ..." Zwei weitere Stunden später verließen die beiden das Sendegebäude, todmüde, aber bestens gelaunt. Sie hatten wie besessen geschnitten und einen echten Nervenschocker geschaffen. Obwohl niemand zu Schaden kam, war es ein richtiger Horrorfilm geworden. Auf eine Szene hatten sie verzichtet, sich allerdings für schlechte Zeiten Kopien gezogen und auf DVD gebrannt: Als nämlich Arzt und Anwalt und Psychologin und Security und Polizei mit der armen Natascha an der noch laufenden Viererkamera vorbeigezogen waren, hatte die aufgezeichnet, was niemand sonst beobachtet oder gehört hatte. Als sie sich unbeobachtet glaubte, hatte Natascha die Fäuste geballt und wie ein Fußballer nach einem entscheidenden Tor mit vor Euphorie leuchtendem Gesicht gezischt: „Yesssss, I'm back!" Dann war sie wieder in erschütternde Lethargie verfallen.

Staatsanwältin

Mittwoch, 9. September, 7–9 Uhr

Auch an diesem Morgen drohte der große Besprechungsraum zu platzen, die jüngeren Beamten mussten stehen, Fenster und Türen standen sperrangelweit offen, trotzdem war es schon um diese Uhrzeit unerträglich heiß. Viele dankten Gott dafür, dass vom Erzherzog weit und breit nichts zu sehen war, stattdessen kam Henk in Begleitung einer kühlen Schönheit im Business-Kostüm, die keiner kannte und die sich bald als neue Staatsanwältin entpuppen sollte. Sie war mit dem festen Vorsatz aufgestanden, Karriere zu machen und betrat den Raum nicht mit Henk gemeinsam, sondern achtete darauf, immer drei Schritte vor ihm zu gehen und die Menge der wartenden Beamten mit hocherhobenem Haupt zu durchpflügen. Sie schritt aus wie ein General, der seine Truppen inspiziert. Hohlstein, der neben Hawelka und Schierhuber saß, schnalzte mir der Zunge, als sie mit energischen Schritten an ihnen vorbeimarschierte.

Hawelka seufzte leise. Er wusste genau, was kommen würde. Diese Frau würde an diesem Abend irgendjemand, dem sie vertraute, erzählen, dass die Beamten der Mordkommission primitive Trottel wären, sexistische, frauenfeindliche Machos, für die ihre Mindeststudiendauer, ihre mit „summa cum laude" bestandene Zulassungsprüfung, ihre hervorragende bisherige Arbeit und ihre unbestreitbare Kompetenz nichts, aber auch schon gar nichts zählten. Blöde Ewiggestrige, die damit Probleme hätten, Anweisungen von einer Frau entgegenzunehmen, die sie, die Staatsanwältin, nur auf ihren Körper reduzieren wollten, und die das biologische Alter für eine große Leistung und automatische Legitimation zur Führerschaft ansahen. Vieles von den Ausführungen der Staatsanwältin würde stimmen. Vielleicht sogar alles. Eines aber würde sie in ihrem Zorn wohl nicht erwähnen. Dass sie es mit einem Haufen von Männern zu tun hatte, die seit vielen Jahren Tag für Tag ihr Leben riskierten, die seit vielen Jahren in verlässlichen Teams zusammenarbeiteten, die seit vielen Jahren ihrer Pflicht nachkamen und durchaus auch Kompetenz in ihren Gebieten aufgebaut hatten. Großteils brave Familienväter, auch wenn die meisten bereits wieder geschieden waren. Verantwortungsvolle Polizisten. Solche Männer lassen sich nicht gerne von oben herab behandeln, und sie lassen sich nicht gerne überprüfen, ob sie denn auch aufgepasst haben. Fragen wie „Haben wir uns verstanden?“, „Ist Ihnen das klar?“ oder „Begreifen Sie das?“ kommen bei solchen Männern leider gar nicht gut an. Und wenn eine ungefähr Dreißigjährige dem souveränen Henk, den alle mochten, weil er sich so wohltuend vom Erzherzog unterschied, das Wort abschnitt und ihn wie ihren Assistenten behandelte, dann regte sich Widerstand. Das wäre auch so gewesen, wenn es ein Mann gewesen wäre. Bei einer Frau allerdings war es zugegebenermaßen noch schlimmer.

„Staatsanwältinnen küsst man nicht“, flüsterte Hohlstein Hawelka zu, „stattdessen legt man ihnen zuerst die Hand ...“ Es folgte eine recht anschauliche Beschreibung, was man in welcher Reihenfolge und unter Zuhilfenahme welcher Requisiten tun musste, um hochnäsige Staatsanwältinnen in zitternde Bündel der Lust zu verwandeln. „Ich mag es, wenn sie am Anfang ein bisserl streng sind“, gestand der Experte am Ende seiner Ausführungen noch, „dann sind sie nachher umso streichfähiger.“

Nachdem die Dame ihre umfangreichen Belehrungen über die Wichtigkeit des Falles abgeschlossen hatte, durfte endlich Henk die einzelnen Berichte abfragen und auf der großen Pinnwand die relevanten Personen und Sachverhalte in Bezug zueinander bringen.

Der Erste, der berichtete, war Pollmann, er hatte die beiden Verkäuferinnen aufgetrieben und über besagten Abend ausgefragt.

„Die waren ganz schön aufgeregt, sind halt junge Mädels, na ja, die sind totale Fans von der Show und halten beide zu dieser Natascha, soll heißen, dass sie hoffen, dass sie gewinnt. Als die ganze Truppe da auf der Showbühne das Playbackkonzert gesungen hat, haben sie abwechselnd zugeschaut. Soll heißen, die eine hat eine Nummer lang auf das Geschäft aufgepasst und die andere ist zuschauen gegangen, dann haben sie gewechselt und dann wieder und so weiter. Wer bei Natascha zuschauen durfte, haben sie ausgelost, es war die Ältere von den beiden, eine gewisse Hanni Huber."

„War Amy die ganze Zeit auf der Bühne?"

„Die Finalisten haben am Anfang und am Schluss einen Gemeinschaftssong gesungen, außerdem jeder einen eigenen, Amy auch. Dazwischen standen sie in einem von der Security bewachten Bereich neben der Bühne. Die Huber, die auch den Schlusssong gehört hat, sagt, dass sie da dabei war. Nachher war Autogrammstunde, aber da weiß sie nichts Genaues, da war sie wieder im Geschäft."

„Und die andere?"

„Heißt Saskia Wurzinger und hat die Aussage ihrer Kollegin bestätigt. Während so eines Auftrittes auf der Bühne vom Center ist in den Geschäften so gut wie nichts los, aber nachher ziehen die Leute durch die Geschäfte. Soll heißen, dass die zwei Verkäuferinnen nachher alle Hände voll zu tun gehabt haben. Sie sagen, dass die meisten zwar nichts kaufen, aber anprobieren und stöbern tun sie trotzdem."

„Wie spät war es da?"

„Als die Huber sich losgerissen hat und ins Geschäft zurückgekommen ist, hat sie auf die Uhr geschaut und zu der anderen gesagt: ‚Noch über eine Stunde, bis wir zusperren können.' Also muss das so kurz nach drei viertel acht gewesen sein."

Henk hatte mittlerweile einen großen Grundriss vom Geschäft aufgehängt, auf dem der Fundort der Leiche mit einem Kreuz markiert war. Jetzt zeichnete er in der Nähe der Kassa zwei Kreise und schrieb die Namen der Verkäuferinnen daneben. Die Staatsanwältin musterte die Anwesenden währenddessen scharf, und Hawelka hätte sich nicht gewundert, wenn sie begonnen hätte, stichprobenartig Wiederholungen der Fakten von ausgesuchten Beamten zu fordern. „Huuuuh. Sie ist so herrlich streng", flüsterte Hohlstein Schierhuber zu. Der nickte, ohne eine Miene zu verziehen. Henk stellte inzwischen die entscheidende Frage: „Können sich die beiden erinnern, Amy im Geschäft gesehen zu haben?"

Der dicke Pollmann strahlte, auf diese Frage hatte er seit dem Vorabend gewartet. „Ja", sagte er stolz, als habe er selbst Amy in den Laden gelotst. Ein Raunen ging durch die Reihen, und die Staatsanwältin machte ein Gesicht, als wolle sie gleich mit der Saalräumung drohen.

„Erzähl!", forderte Henk den Star der Stunde auf.

„Sie hatte offenbar keine Lust, Autogramme zu geben, sondern ist ein paar Minuten nach dem Schlussapplaus im Geschäft gestanden. Mit einem ziemlich wild aussehenden Typen und einer halben Flasche

Wodka. Die Wurzinger hat sich noch geärgert, dass es nicht Natascha war. Sie hat zu ihrer Kollegin etwas gesagt, wie: ‚Da verirrt sich einmal eine von denen ins *Hurra!* und dann nur die da. Die Natascha wäre mir lieber gewesen, da hätte ich mir ein Autogramm geben lassen.' Die war eben nicht ganz so umjubelt wie Johanna oder Natascha, trotzdem haben sie etliche Mädels erkannt und getuschelt und zwei, oder drei haben sich auch ein Autogramm von Amy geholt."

„Das Mordopfer heißt Regina Neuwald, soviel ich weiß, ich schlage vor, dass wir sie auch so nennen", unterbrach die junge Staatsanwältin Pollmans Erzählungen. Leises Murren aus den hinteren Reihen wurde hörbar, Pollmann selbst reagierte mit einem leichten Schulterzucken.

„Haben wir uns verstanden?", setzte die Frau nach. Neben Hawelka stöhnte Hohlstein leise auf, es fehlte nicht viel, und er hätte zu hecheln begonnen. Hawelka musste unwillkürlich lachen, so dankbar war er über die Ablenkung vom herrischen Gehabe der Frau. ‚Blöde Kuh', dachte er. Dann nahm er das Gedachte sofort wieder zurück. Er fand Kühe reizend und keineswegs blöd. Der dicke Pollmann, viel zu gutmütig und viel zu wenig schlagfertig, um ihr Paroli zu bieten, zuckte nur nochmals mit den Schultern und ließ ein leises „Von mir aus" hören, was der Staatsanwältin offenbar nicht genügte, sie holte nämlich tief Luft und begann: „Herr Gruppeninspektor ..."

Henk unterbrach geistesgegenwärtig und fragte: „Haben die Verkäuferinnen den Begleiter vom Opfer gekannt? Aus dem Fernsehen, aus der Show selbst, oder ..."

„Nein", Pollmann schüttelte den Kopf, „sie haben gemeint, dass sie ihn nicht gekannt haben, aber sie haben auch gemeint, dass es einer aus der Band gewesen sein könnte."

„Von der Band aus den Live-Shows?"

„Nein, von der Punkband, mit der sie normalerweise spielt: *Lost Life*, die Huber und die Wurzinger haben mich aufgeklärt, wir haben dann ..."

„Wir sollten so viel Respekt vor allen beteiligten Personen haben, dass wir uns wenigstens die Mühe machen, ‚Frau Huber' und ‚Frau Wurzinger' zu sagen, wenn Sie das bitte berücksichtigen, Herr Kollege, wäre ich Ihnen sehr dankbar."

Pollmann wurde rot, das Murren wurde lauter und Henk wurde bewusst, dass er einschreiten musste, sonst bräche eine Meuterei aus. Aber dazu kam es nicht.

„Geh Frau Kollegin, Frau Staatsanwältin, sind Sie so lieb, haben Sie einen Moment für mich? Entschuldigen Sie die Störung, ich unterbrech wirklich nicht gerne, nur wenn es wirklich sein muss, die Herren können ja vielleicht derweil was Organisatorisches klären, gell, Henk, etwas, wo die Frau Staatsanwältin nicht dabei sein muss, über die Diensteinteilung von die nächsten Tage vielleicht, und wenn die Frau Staatsanwältin dann wieder da ist, dann können S' ja weitermachen mit die Zeugeng'schichten. Aber ich hab da ein kleines Anliegen, gnädige Frau, wenn Sie so liebenswürdig wären ... in meinem Büro können wir ... das ist wirklich sehr freundlich von Ihnen ... darf ich bitten ..." Mit dem charmanten Lächeln eines alten Gentleman, mit zuckersüßer Stimme und mehreren angedeuteten Verbeugungen komplimentierte der Erzherzog die Staatsanwältin zur Türe hinaus (selbstverständlich ließ er ihr den Vortritt), und sie entschwanden in Richtung seiner Kanzlei. Niemand wusste, wie lange er schon zugehört hatte, scheinbar war er in der hinteren Seitentür gestanden und hatte das Geschehen von dort aus verfolgt.

„Siehst du", ereiferte sich der Schnackselstein, „der Alte weiß, wie man solche Weiber abschleppt." Schierhuber nickte fachkundig. Alle sahen fragend zu Henk, er wusste, dass er sich mit einer befohlenen Pause sehr beliebt machen würde, widerstand aber tapfer. „Den Gefallen tu ich euch nicht. Aber einer kann der Herta Bescheid sagen."

„Mach ich", tönte es von hinten und der junge Schütz sauste hinaus. Was weder Henk noch die anderen ausgesprochen hatten, war ungefähr Folgendes: Wenn es eine Pause gegeben hätte, wäre vor der Tür der erzherzoglichen Kanzlei eine Rangelei entstanden, weil sich die Männer, beim Versuch zu lauschen, gegenseitig von der Tür weggedrängt hätten. Das hatte Henk verhindert, indem er diese Aufgabe per Bote an das Auskunftsbüro Berlakovic delegiert hatte. Sie konnten sicher sein, dass sie noch am selben Tag ein detailliertes Gesprächsprotokoll erhalten würden.

Die Besprechung ging weiter, als nächstes berichteten Hohlstein und Gerlitz, sie hatten Angestellte der Zentrumsleitung befragt, die hatten den Zeitablauf der Veranstaltung bestätigt und konnten sich ebenfalls daran erinnern, dass Amy die Autogrammstunde geschwänzt hatte. Ansonsten hatten die beiden hauptsächlich die Videoaufzeichnungen der *Gigacity* gesichtet.

„Es gibt unglaublich viele Kameras", erzählte Gerlitz, „gut die Hälfte davon sind allerdings Attrappen, aus Kostengründen. Die abschreckende Wirkung ist trotzdem gegeben. Wir haben das gesamte Material sichergestellt und werden vermutlich heute noch den ganzen Tag für die Auswertung brauchen. Die Kamera beim Eingang von dem G'wandgeschäft ist zum Glück keine Attrappe gewesen, aber wir konnten beim ersten Schnuppern nur sehen, wie die beiden hineingegangen sind."

„Okay", sagte Henk, „schaut euch ab dem Zeitpunkt auch alle anderen Aufzeichnungen an, Ausgänge, Eingänge, Tiefgarage. Martin, haben die im *Hurra!* auch Kameras?"

Pollmann schüttelte den Kopf. „Nicht einmal Attrappen, die haben beim Eingang die üblichen Diebstahlsicherungsständer, die auf die Sicherheitsetiketten bei unbezahlter Ware anspringen und auch sonst hundert Mal am Tag lospfeifen. Soll heißen, dass sie Kameras für überflüssig halten."

„Na schön, aber wir haben die Kamera vor dem Eingang. Wer auch immer die Frau auf dem Gewissen hat, ist irgendwann rein- und irgendwann rausgegangen, und genau das findet ihr heute raus." Hohlstein nickte, Gerlitz nickte. Schütz kam zurück und meldete: „Das Auskunftsbüro ist informiert." Leises Gelächter ging durch die Reihen.

„Wir haben", begann jetzt Henk zu erzählen, „gestern einen ziemlichen Marathon hingelegt, wir haben alle Kandidaten und Kandidatinnen besucht und dazu den Tourmanager, den Moderator, den Programmdirektor des Senders und eine Menge Leute, die da gestern noch dabei waren ... Kameraleute, Visagistinnen, Techniker und so weiter. Im Prinzip haben sie den Ablauf des Abends bestätigt, genaue Vergleiche müssen wir noch durchackern. Die Reaktionen fielen unterschiedlich aus, manche wirkten ehrlich erschüttert, manche wirkten eher gleichgültig, und etliche haben ein bisschen zu dick aufgetragen, als dass ich ihnen die Trauer abnehme. Unabhängig davon kann sich niemand ein Motiv vorstellen. Von einem Tourmanager und von den Verantwortlichen des Senders ist durchgeklungen, dass Amy eigentlich keine reelle Chance auf den Sieg gehabt hat und deshalb ein Mord aus Konkurrenzdenken ausscheidet, aber wer weiß? Josef und Josef? Was war bei euch?“

Hawelka gab einen kurzen Bericht über die Veränderung von Amy vor drei Jahren ab, erzählte von der erschütterten Tante und von dem unpersönlichen Zimmer, das ihn eher an ein Gästezimmer erinnerte und irgendwie traurig gemacht hatte. Das erzählte er allerdings nicht.

„Findet raus, wo sie in letzter Zeit gewohnt hat, Hansi, von den Egomaniacs hat erwähnt, dass sie mit ihrer Band eine WG teilte, aber dort auch nicht immer geschlafen hat. Wenn wir die Bilder vom Videoband haben und darauf das Gesicht von ihrem Begleiter in dem Geschäft erkennbar ist, dann lasse ich das euch allen aufs Handy schicken. Das ist momentan natürlich unser heißester Ermittlungsansatz.“

Es dauerte noch eine gute halbe Stunde, Henk machte ein Zeitdiagramm, stellte Listen von zu befragenden Zeugen zusammen, verteilte die Arbeit und ging mit Nimmervoll die Informationen durch, die dieser an die Medien weitergeben würde. Die Staatsanwältin tauchte nicht mehr auf.

Produzent

Mittwoch, 9. September, 14–22 Uhr

Der Programmverantwortliche des Senders redete vor dem Aufsichtsrat. Er war ziemlich überzeugend. „Glauben Sie, dass irgendein Privatsender diese Skrupel hätte? Glauben Sie, dass uns irgendwer einen Blumenstrauß bringt und sagt: Danke. Ihr habt Würde, ihr habt Klasse, ihr achtet die Toten, ihr seid keine Geschäftemacher, ihr schielt nicht auf die Quoten, deshalb werden ich und acht Millionen anderer Österreicher fortan nur noch einen Kanal einprogrammieren, und das wird der eure sein ...? So funktioniert das eben leider nicht. Niemand gibt uns was. Alle werden die Nase rümpfen und sich mokieren, aber dann genau den Sender einschalten, der die Sache bringt. Wir Menschen sind so. Punkt. Deshalb schreien immer alle: ‚Dieser Konzern behandelt seine Angestellten schlecht, jener verbietet ihnen dies und das, und der dort bespitzelt seine Angestellten sogar ...' Und was? Am nächsten Tag rennen alle wieder hin und kaufen, dass sich die Einkaufskörbe biegen. Und genau so ist ihr Fernsehverhalten. Deshalb sage ich: Wir bringen das volle Programm, Begräbnis, Hintergrundreportagen, Fortsetzung der Show in zwei Wochen, Kriminalreport – ein Team, das die Ermittler ständig begleitet –, bis der Scheiß aufgeklärt ist. Wer ist dafür, wer ist dagegen?"

Niemand war dagegen und die Zusammenkunft des Krisenstabs somit beendet.

Man gab bekannt, dass die Show vorläufig für zwei Wochen unterbrochen werden würde, über die weitere Fortsetzung wollte man nach dem Begräbnis beraten. Das Begräbnis! Der Produzent bekam feuchte Hände, wenn er daran dachte. Als Erstes verbot er sich, voreilige Entscheidungen zu treffen. Er befahl sich selbst, an etwas anderes zu denken, und suchte nach einem geeigneten Platz, um zu überlegen. Tatsächlich fuhr er am Nachmittag ins Waldviertel, wanderte durch die Blockheide und setzte sich dort auf einen riesigen Stein. Er rauchte einen Joint, streckte sich aus und sah eine halbe Stunde lang in den Himmel. Er war ganz ruhig. Er wusste, dass der große Durchbruch zum Greifen nahe war. Jetzt nur keinen Fehler machen! Eine weitere halbe Stunde verstrich. Dann zog er einen weiteren Joint in Betracht. Nach gut zwanzig Minuten drehte er sich tatsächlich noch einen. Erneut verstrich eine Stunde himmlischen Friedens. Nie zuvor hatte er so deutlich gefühlt, dass er vor einer Tür stand, hinter der ungeheure Schätze, Macht, Geld und Erfolg für ihn bereitlagen. Und das Schönste war – diese Tür war unversperrt! Er brauchte nur die Klinke zu drücken. Auf den richtigen Zeitpunkt kam es an. Nach einiger Zeit stieg er von dem Stein herunter und ging zu seinem Wagen zurück. Er erreichte ihn im letzten Tageslicht. Zugleich mit der Autotür öffnete er die Schatzkammer. Der Zeitpunkt war gekommen! Er zog sich eine Portion Koffein für Erwachsene in die Nase. Dem traurigen Anlass entsprechend portionierte er nachhaltig. Kleiner Brauner war das keiner mehr, eher ein doppelter Mocca, kurz. Dann fuhr er los. Noch bevor er die Waldviertler Bundesstraße erreicht hatte, begann er den Schatz zu bergen. Zuerst rief er seine beiden Lieblingskomponisten an.

„Jacky? Ich bin's. Hör zu, ich ... Was? Ach so, ja, tot, ja, furchtbar ... Ich pack's überhaupt nicht, ich hab gerade zwei Stunden durchgeheult, weil ... Scheiße, ich bin einfach zu sensibel für diese Welt, ich ... egal, pass auf, ich will ihr etwas schenken, etwas ... nein, nicht dir, ihr, Alter, IHR ... ja, es soll der ärgste Nachruf werden, den je ein Mädel bekommen hat, Prinzessin Di inklusive ... Ich will, dass du eine Nummer komponierst, gegen die *Goodbye Norma Jean* ein seichter Klingelton zum Mitschunkeln ist ... Streng dich echt an, leiser Anfang, soulig, pompöser Schluss und dann noch ein paar verzögerte, leise Klavierakkorde, nein, noch besser einzelne Töne von weit her ganz am Ende, aber der Hauptteil, die Hookline, nicht mehr aus dem Ohr zu kriegen, gegen Schluss hymnisch und den ganzen Scheiß, gospelchortauglich ... Checkst du's? Die Sache ist wichtig, verstehst du? Das muss ein Hit werden. Was? Nein, pass auf, du weißt, dass *Out of the Dark* verdammt weit nach vorne gekommen ist, als es Falco erwischt hat, oder? Aber was glaubst du, wie weit die Nummer gekommen wäre, wenn er ermordet worden wäre, hä? Und jetzt stell dir noch vor, er wäre eine Tussi wie die da gewesen: schlimme Kindheit, Schläge, Missbrauch, später Alkohol, Drogen, Abtreibung mit fünfzehn, nein warte, mit dreizehn klingt besser, dann Superstimme, trotzdem Außenseiterin, ein verletztes wildes Tier. Genau, ein Tier, verletzt, wild, gefangen im Körper einer Drogensüch... Woher ich das weiß? Ich weiß gar nichts, mein Bester, aber so werden wir es schreiben lassen. Letzte Chance für ein Mädchen am Abgrund! Wahrscheinlich hätte sie gewonnen. Was? Wer? Johanna? Welche Joh... Ach so, die hab ich fast vergessen. Ja, sicher, die ist die Favoritin, aber das lassen wir auch umschreiben, vergiss die Kleine, eine Tragödie wie diese beschäftigt die Leute mehr ... Apropos Tragödie, das Schönste ist, wenn der Sender die Exklusivrechte für das Begräbnis bekommt, werden die anderen Fernsehanstalten erst richtig neugierig und dann bekommen sie was geboten fürs Geld: Am offenen Grab singen die fünf anderen Kandidaten dieses Lied, dieses Lied als Abschiedsgeschenk a capella ... Was? Na? Ist das was? Ist das was? Scheiße, ich bekomme schon ein feuchtes Höschen, wenn ich daran denke. Verdammt ist das geil! Hör zu, du fängst noch heute an und lieferst mir morgen Abend zwei, drei verschiedene Entwürfe, ich sag dir's gleich – ich will nichts riskieren, streng dich an, du trittst gegen Franky an, ich habe ihn auch schon angerufen, er will das Lied unbedingt schreiben, aber ich hab ihm gesagt, ich muss dir auch eine Chance geben. Ich entscheide das dann morgen. Was? Na, ganz einfach ... Ich spiel die Entwürfe meiner kleinen Russin vor, die ist sowas von unsentimental, hat nur Geld und Koks im Schädel, die ist das beste Testobjekt ... Der Song, der sie zum Heulen bringt, ist automatisch der Sieger, verstehst du? Was? Du ... zu wenig Zeit? Blödsinn ... Zu wenig Zeit, gibt's nicht, Alter, nächste Woche ist das Begräbnis, da müssen die Presswerke schon heiß laufen. Okay, denk an die Tantiemen, Augen zu und durch, kliroklarokaro? Okay, tanz morgen gegen fünf bei mir an, Text ist bis dahin fertig, einmal deutsch, einmal französisch, einmal italienisch, aber hauptsächlich der englische, ich hol mir fünf Versionen von drei verschiedenen Schreibern, erste Sahne inklusive, okay? Goody. Ciao!"

Das Erwachsenenkoffein wirkte. Er war voll auf Touren. Während er durch Schwarzenau fuhr, hatte er den nächsten Komponisten in der Leitung.

„Franky? Ich bin's. Hör zu, ich ... Was? Ach so, ja, tot, ja, furchtbar ... Ich pack's überhaupt nicht, ich hab gerade zwei Stunden durchgeheult, weil ... Scheiße, ich bin einfach zu sensibel für diese Welt, ich ... egal, pass auf, ich will ihr etwas schenken, etwas ... nein, nicht dir, ihr, Alter, IHR ... Was? Du hast gar nicht geglaubt, dass ich dir was schen... egal ... hör zu, es soll der ärgste Nachruf werden, den je ein Mädel bekommen hat, Prinzessin Di inklusive ...“

Das Tolle an diesem Stoff war, dass er richtig gut nachdenken konnte, während er redete. Während er jetzt bei Franky haargenau den gleichen Text abspulte wie eine Minute zuvor bei Jacky, dachte er schon darüber nach, wie er die Kids von der Grabnummer überzeugen konnte. Er würde sagen, dass Amy ihm in einer stillen Stunde gestanden hatte, dass sie sich so ein Begräbnis wünschte, egal, wann sie sterben würde. Aber unwichtig, die Kids würden ohnehin mitmachen, sie waren publicitygeil, hungrig und skrupellos. Genau richtig für eine Karriere im Showbiz. Und mit diesem Begräbnis würde er ihnen die beste Startbasis schaffen. Fünf Melkkühe statt einer! Routinemäßig horchte er in seinen Monolog für Franky:

„... weißt, dass *Out of the Dark* verdammt weit nach vorne gekommen ist, als es Falco erwischt hat, oder? Aber was glaubst du, wie weit die Nummer gekommen wäre, wenn er ermordet worden wäre, hä? Und jetzt stell dir noch vor, er wäre eine Tussi wie die da gewesen: schlimme Kindheit, Schläge, Missbrauch, später Alkohol, Drogen, Abtreibung mit dreizehn, nein warte, mit elf klingt besser, dann Superstimme, trotzdem Außenseiterin, ein verletztes wildes ...“

Verdammt, war er gut! Er war richtig gut! Jetzt lief der Motor schön an, aber so richtig schön an. Der Text musste ein Hammer sein, schließlich ging es nicht darum, österreichische und deutsche Teenager zum Mitsingen und zum Heulen zu bringen, sondern die Lyrics mussten auf dem amerikanischen Markt bestehen. Ob seine Leute das bringen würden? Wer käme noch in

Frage? Routinecheck des Telefonates: „... ich spiel die Entwürfe meiner kleinen Russin vor, die ist sowas von unsentimental, hat nur Geld und Koks im Schädel, die ist das beste Testobjekt ... Der Song, der sie zum Heulen bringt, ist automatisch der Sieger, verstehst du? Was? Du ... zu wenig Zeit? Blödsinn ...“

Okay, gleich würde er Franky abgefertigt haben. Sollte er noch einen dritten Komponisten beauftragen? Nein, die zwei waren gut, eine der Varianten würde passen, das spürte er. Aber der Text, der Text, der... Was? Wer? Was hatte Franky da eben gesagt? Er stieg voll auf die Bremse. Der Porsche schlingerte, drehte sich anderthalbmal um die eigene Achse und kam quer zur Fahrtrichtung auf der nächtlichen Straße zum Stehen. Der Produzent stieg aus.

„Was hast du gerade gesagt?“

„Ob irgendwas passiert ist, hab ich gefragt, ich hab Bremsen kreischen gehört und jetzt ist es so still bei dir.“

„Nein, Alter, davor! Davor, Alter!“

„Was? Na ja, ich hab dich daran erinnert, dass der Kaltenböck nicht gerade ein Shakespeare ist, ich bin mir nicht sicher, ob der den englischen Text wirklich ...“

„Jaaaaaaaaa! Du hast es gesagt, du hast es echt noch mal gesagt, ich hab mich nicht verhört ... Ich liebe dich, Alter, weißt du das? Echt wahr, ich liebe dich. Scheiße, ist das geil! Du bist ein Genie! Du hast gerade einen Welthit gerettet. Okay, pass auf, bevor du mit der Arbeit beginnst – hol dir ein Reclam-Heft mit den Sonetten von Shakespeare, schau es dir an und komponier auf dieses Versmaß hin. Wir suchen uns dann eines aus, das irgendetwas mit einem toten Mädchen oder einer toten Liebe oder am besten mit beidem zu tun hat, lassen es von Kaltenböck oder Hausgnost ein bisschen adaptieren und Rrrrrrrummmmmms haben wir den Schlager. Was sagst du? Gut, was? Okay. Bis morgen, bis morgen, ciao!“

Er legte auf. Das war es! Cool. Sehr cool! Sehr, sehr cool! Das hatte noch niemand gebracht. Er war verdammt cool! Er nahm gleich noch eine Line von der Motorhaube und registrierte verwundert, dass der herannahende LKW seinen Wagen und ihn selbst gar nicht zu bemerken schien. Denn die Geschwindigkeit des Monsters verringerte sich nicht im Geringsten.

Friedhof

Mittwoch, 9. September, 14–22 Uhr

Während der Produzent zu seinem Waldviertelausflug aufgebrochen war, hatten Hawelka und Schierhuber mit der Suche nach dem Begleiter der Ermordeten begonnen. ‚Er hat sich bis jetzt nicht selbst gemeldet, das ist auf jeden Fall verdächtig', dachte Hawelka. ‚Das tut man doch normalerweise, wenn man erfährt, dass seine Freundin Opfer eines Gewaltverbrechens geworden ist. Vielleicht haben wir ja da schon unseren Täter.' Er hätte nichts dagegen gehabt, einmal einen großen Fall quasi im Alleingang[7] aufzuklären. Bisher waren sie aber noch nicht sehr weit gekommen. Zunächst einmal musste man die Wohngemeinschaft finden. Die anderen Kandidatinnen hatten wenig Kontakt zu Amy gehabt und wussten nicht, bei wem sie übernachtete. Beim Sender hatte sie die Adresse der Tante angegeben und nur dort war sie auch amtlich gemeldet.

„Ihr werdet's euch durch ihre Stammlokale trinken müssen", hatte die Berlakovic geseufzt und ihnen eine Liste überreicht. „Da müssen wir durch", hatte Schierhuber ebenfalls seufzend geantwortet.

Regina Neuwalds Lieblingslokale hießen *Friedhof*, *Waste* und *Slepa Ulica*. Am Nachmittag hatte nur das *Slepa Ulica* offen, aber weder die Bedienung noch einer der gezählten fünf Gäste erkannte Amy auf dem gezeigten Foto. Also wollten sie wieder zurück ins Präsidium,

---

[7] „Im Alleingang" schloss Schierhuber automatisch mit ein. Schließlich waren sie Partner, das heißt ein Team, also eine Einheit.

um die Zettelwirtschaft von zwei anderen Fällen fertig zu machen, als die Bombe platzte.

Radio Berlakovic hatte via SMS eine Sondersendung angekündigt und alle, die bei der morgendlichen Besprechung dabei gewesen waren, wussten sofort, worum es ging, und starteten den Berlakovic'schen Live-Stream auf ihren Smartphones. Die ursprüngliche Idee hinter Radio Berlakovic war das direkte Gespräch gewesen. Von Handy zu Handy. Der Nachteil dieser Methode war, dass jeweils nur ein Kollege (oder, mittels Freisprecheinrichtung, zwei Kollegen) in den Genuss des anerkannt besten Radioprogrammes der Wiener Kriminalpolizei, wenn nicht sogar der gesamten österreichischen Polizei kam. Deshalb hatte der ebenso eifrige wie technisch begabte Inspektor Schütz den Web-Live-Stream für Herta B. eingerichtet. Den konnten alle via Internet auf ihren Smartphones empfangen, und sollte jemand das Bedürfnis verspüren, in der Sendung mitdiskutieren zu wollen oder der Herta etwas Nettes zu sagen, dann konnte er sie ja immer noch unter der altbekannten Nummer erreichen.

„Achtung, Achtung, hier ist Radio Berlakovic mit einer Sondersendung! Burschen, die Herta is! Viele unserer Zuhörer wollen jetzt von mir den Inhalt eines besonderen Gespräches erfahren, und ich will sie nicht auf die Folter spannen. Ich werde nicht lange herumreden, sondern den Mitschnitt sofort abspielen."

Früher hatten die Mitglieder des Auskunftsbüros bei speziellen Anlässen noch an der Tür der Kanzlei von Zauner gelauscht, aber mittlerweile waren die technischen Möglichkeiten fortgeschritten und man war dazu übergegangen, unter der stets abgesperrten Verbindungstür zwischen Kanzlei und einem Nebenraum ein Smartphone zu platzieren. Die Aufnahmen waren meistens ganz brauchbar, und wenn man die Lautstärke nachregelte, konnte man alles wunderbar verstehen.

„Also, Frau Staatsanwältin?“

„Also, Herr Hofrat?“

„Ich will dir ja nichts dreinreden, aber so wirst du dich nicht unbedingt beliebt machen bei dem Sauhaufen.“

„Ich glaube nicht, dass dein Erfolg mit dem ‚Sauhaufen‘ darauf beruht, dass du so wahnsinnig hohe Beliebtheitswerte hast.“

„Das ist die Wahrheit und da red ich auch nichts dagegen, weil was wahr ist, muss wahr bleiben. Aber da ist ein feiner Unterschied – ungefähr dreißig Jahre und ein bisserl eine Erfahrung. Mir persönlich könnt das wurscht sein, wie du bei die Kollegen ankommst, aber wenn du was willst und was brauchst von denen – und du wirst was brauchen, dann ...“

„Ach Papa, ich hab bisher auch ganz gut ohne deine Ratschläge meinen Weg gem...“

„Habt ihr das gehört?“, unterbrach Radio Berlakovic die Einspielung. „Sie hat ‚Papa‘ zu ihm gesagt, sie hat wirklich ‚Papa‘ zu ihm gesagt. Ich spiel euch das gerne nochmals vor ...“

„Ach Papa, ich hab bisher auch ganz gut ohne deine Ratschläge meinen Weg gemacht. Nicht einmal deinen Namen habe ich gebraucht. Ich hab unter dem Namen von Mama studiert, mein Gerichtsjahr gemacht, meine Staatsanwaltschaftszulassungsprüfung und alles. Also ...“

„Aber meine Kontakte zu die richtigen Leute hast du dir schon gefallen lassen, oder? Glaubst du, du bist nur wegen deiner schönen Augen und guten Noten die jüngste Staatsanwältin aller Zeiten geworden und hast jetzt gleich einen Promifall zugeteilt bekommen?“

Das Geplänkel ging noch einige Zeit weiter, bis die strenge Tochter schließlich Kanzlei und Polizeipräsidium wütend verließ.

„Und nun, liebe Zuhörerinnen und Zuhörer, schreiten wir zur Analyse dieser Einspielung. Wie immer lade ich Sie herzlich ein, sich per SMS oder Anrufen bei mir an der Diskussion zu beteiligen."

Niemand hatte gewusst, dass Zauner verheiratet war. Er sprach manchmal davon, dass er „am Abend seiner Frau von der Blödheit mancher Kollegen" erzählen musste, aber man nahm allgemein an, dass das ein rein rhetorischer Trick war. Von Kindern war sowieso nie die Rede gewesen. Wenn man den Dialog der beiden richtig deutete, war die Staatsanwältin das Kind einer früheren Beziehung des Erzherzogs. Und jetzt hatte also der Alte, der als unabhängig, unbeeinflussbar und unbestechlich galt, scheinbar auch mitgemacht im allgemeinen Postenschacherspiel und (vielleicht aus schlechtem Gewissen, weil er sich nicht früher um sie gekümmert hatte) seiner Tochter einen Riesenschritt auf der Karriereleiter ermöglicht. Das war allerdings ein starkes Stück.

„Aha, deshalb ist sie es gleich so wild angegangen", meinte Hawelka nach der Sondersendung. „Der Apfel fällt nicht weit vom Stamm, was?"

„Von irgendwem muss sie's ja haben", stimmte Schierhuber zu.

Abends waren sie erneut aufgebrochen, um Amys Stammlokale zu durchforsten. Die waren sich übrigens ziemlich ähnlich.

In keinem dieser Etablissements entsprachen die Toiletten den mitteleuropäischen Hygienestandards, die Wände waren, nicht besonders kunstvoll, aber einer gewissen frivolen Kreativität nicht entbehrend, bemalt oder auch nur beschmiert, und die Gäste aller Altersgruppen rauchten hauptsächlich selbstgedrehte Zigaretten, tranken Bier aus Flaschen und trugen Lederkleidung. Die Musik war laut und schnell und aggressiv. Die Kommunikation wurde daher meistens nonverbal ausgetragen. Anerkennendes Nicken (dein Tattoo, dein Busen, deine Frisur,... ist bemerkenswert), langsames, zweifelndes Kopfschütteln (das Lied, der Schnaps, das Gras,... ist fragwürdig), oder rasches energisches Kopfschütteln mit entsprechender Grimasse (diese Tussi, jener Fremde, dein eindeutiges Angebot,... ist unter jeder Sau) ersetzten hier allzu lange Diskussionen und sagten dennoch das Wichtigste. Und natürlich klopften, tanzten oder nickten alle im Takt des jeweiligen Liedes mit. Musste wirklich einmal gesprochen werden, brüllte man seinem Partner ins Ohr oder verzog sich auf den verstopften Gang vor dem Klo, wo es leiser war und man nebenbei vielleicht einen Schluck oder ein paar Züge abbekam. Hier war Amy also zu Hause gewesen.

Die Befragungen waren schwierig. Erstens wegen der Lautstärke, zweitens, weil Hawelka und Schierhuber hier einfach nicht hergehörten, und das hatte jeder bemerkt und war dementsprechend vorsichtig, um nicht zu sagen ablehnend gewesen.

„Kennst du die da? Heißt Amy, war angeblich öfter da."

„Keine Ahnung. Wer soll das sein?"

„Amy, die aus der Castingshow."

„Sowas schau ich mir nicht an."

„Vielleicht du?"

„Was?"

„Die junge Frau auf dem Foto da. Hast du die schon einmal gesehen?"

„Nein."

„Und du?"

„Ich bin nicht von da."

„Da hätten wir uns verkleiden und schminken und tätowieren können", meinte Schierhuber später, „oder von mir aus zwei, drei Nasenringe anhängen haben können, die hätten gemerkt, dass wir von der Polizei sind."

Schließlich fanden sie eine Frau hinter der Bar vom *Friedhof*, die Amy gekannt hatte.

„Ja, die Amy, klar, die war eh okay, hab das gehört, dass sie einer abgestochen hat. In einem Einkaufscenter, arg, oder?"

„Hat die einen Freund gehabt, mit dem sie manchmal da war?", fragte Hawelka.

„Ja, nein, keine Ahnung, natürlich war die mit Typen unterwegs, aber soviel ich weiß immer mit anderen, keine Ahnung, hier ist viel los in der Nacht, und ich bin meistens im Stress."

„Weißt du, wo sie gewohnt hat?"

„Was? Ihr wisst nicht einmal, wo die gewohnt hat?"

„Da, wo sie gemeldet war, hat sie jedenfalls schon länger nicht mehr geschlafen."

„Und da heißt es immer, die Polizei weiß alles ..."

„Kannst du uns jetzt sagen, wo sie übernachtet hat?"

„Nein."

„Kennst du wen, der das wissen könnte?"

„Nein ... na ja, vielleicht. Aber ... der ist heute nicht hier. Ich ... weiß auch nicht, wie ich den erreiche, aber ... lasst mir eure Nummer da, wenn ich ihn seh, frag ich ihn, und wenn er was weiß, ruf ich euch an."

Das war zumindest ein kleiner Lichtblick. Der Funke einer Chance. Hawelka drückte ihr seine Karte in die Hand.

„Danke! Du warst die Einzige, die uns nicht von vornherein schon als Feinde betrachtet hat."

„Versprechen kann ich aber nichts."

Wenn sich die Barfrau morgen nicht meldete, müssten sie über die Medien um Hilfe bitten und hoffen, dass irgendwer aus dieser „Band-WG" anrief.

Sie fuhren heim und Hawelka beschloss, sich noch die andere Aufzeichnung anzusehen, um die anderen Kandidaten besser kennen zu lernen. Er verzichtete darauf, Schierhuber einzuladen, nicht, weil er ihn nicht gerne dabei gehabt hätte, aber ihre gemeinsamen Abende wurden meist recht lange und flüssig, und das konnte er momentan überhaupt nicht brauchen.

Die Show, die jetzt über Hawelkas Bildschirm flimmerte, war am letzten Freitag aufgezeichnet worden, also vor mittlerweile sechs Tagen. Es war die erste Sendung nach dem Schuss. Holger, der Moderator, machte ein paar blöde Witze über die Ereignisse der letzten Sendung, merkte allerdings mit ernstem Gesicht an, dass der alte Herr seinen Herzinfarkt den Umständen entsprechend gut überstanden hatte und auf dem Weg der Besserung sei. Die Jury wurde vorgestellt, der Produzent, der sich Jonny nannte, nahm seinen Thron ein und die Band heizte die Stimmung an. Dann kam der erste Beitrag. Hansi, der Naturbursche, im Ledergilet, trat forsch auf und sang *Born to be wild*. Er tigerte kraftvoll über die Bühne, röhrte wie ein brunftiger Hirsch und schüttelte seine hablangen Locken. Beim zweiten Refrain warf er das Gilet ab und zeigte seine prächtigen Muskeln. Frauen über achtzehn johlten begeistert. Am Schluss ließ er sich auf die Knie fallen, hob das Mikro über seinen Kopf, den er in den Nacken geworfen hatte, und beendete seine Nummer mit einem beeindruckenden Gebrüll. Riesenapplaus!

Holger, der Moderator, ließ es sich nicht nehmen, den kernigen Burschen um die Schulter zu fassen und ein wenig am Schweiß zu schnuppern.

„Hansi, Hansi, Hansi. Das war ja ein richtiger Kraftakt. Die Zuschauerinnen mussten mit Gewalt daran gehindert werden, auf die Bühne zu stürmen. Wie geht's dir jetzt?"

„Wahnsinn! Super! Das Lied ist genau meins. Ich hab am Anfang der Woche nie geglaubt, dass ich das bringen kann, aber irgendwann beim Proben hat's ‚Klack' gemacht und ich hab genau g'wusst: Das ist meins, das bin genau ich. Wahnsinn!"

„Tosender Applaus. Wie fühlt man sich da, Hansi?"

„Ja super. Unpackbar ist das. Die ganzen Leute ... Wahnsinn! Ich freu mich echt so. Mein Bruder ist auch da, der hat früher immer die Platte gespielt, und jetzt hab ich's gesungen. Wahnsinn. Echt super!"

„Okay, dann schauen wir einmal, was die Jury zu sagen hat." Wieder legte der Moderator seine Hand um Hansis Schulter (er musste sich ein bisschen strecken) und führte ihn zum Jurytisch.

Ganz links saß Rudi, ein alternder Entertainer, und grinste übers ganze Gesicht. Wie alle alternden Entertainer bekam er sein Gnadenbrot durch kleine Gastauftritte in diversen Showformaten, versuchte vor der Sendung nur wenig zu trinken und verbreitete pflichtschuldigst gute Laune. Seine Kritiken waren auch nach katastrophalen Auftritten milde und machten Mut.

„Ja, Hansi. Da muss ich wirklich ... Nein, so was. Letzte Woche war ich schon total begeistert von dir. Bei diesem *Brennan dats guat* vom Ambros ..."

„Hubert von Goisern ...“, korrigierte Holger und konnte sich ein süffisantes Grinsen wegen Rudis offensichtlicher Gedächtnisschwäche nicht verkneifen. Scheinbar hasste er den anderen.

‚Wahrscheinlich hassen alle zukünftig alternden Entertainer die gegenwärtig alternden Entertainer, weil sie dadurch an ihr eigenes bevorstehendes Schicksal erinnert werden‘, überlegte Hawelka.

„Haha, Hubert von Goisern, natürlich. Richtig. Haha. Wenigstens einer, der aufpasst, was ich sage. Haha!“ Rudi lachte herzlich und blickte beifallheischend in die Runde. Man lachte, und der Rest des Publikums stimmte freundlich mit ein. Rudi strahlte wie ein Hutschpferd. Er sagte noch ein paar Nettigkeiten und dann durfte Jurorin Nummer 2 ihren Kommentar abgeben. Ein ehemaliges Model, das später mit Softpornos und kleinen Filmrollen auf sich aufmerksam gemacht hatte und heute hauptsächlich Provinzveranstaltungen moderierte. Sie spielte ein bisschen mit ihrer Weiblichkeit, ließ durchblicken, dass sie Hansi total scharf fand, ihn als ihren persönlichen Favoriten betrachtete und von der Vorstellung begeistert war.

Hansi grinste zufrieden. Jetzt war der Produzent an der Reihe, der mit seinen bösartigen Kommentaren ein wenig Pfeffer in die Sendung bringen sollte, meist aber nur peinliche Phrasen vom Stapel ließ.

„Ich möchte dir eines sagen, Hansi. Mir würdest du gut gefallen, wirklich gut gefallen, wirklich sehr gut gefallen.“

Geraune im Publikum. Startete der Produzent da einen seiner seltenen Lobgesänge?

„Aber in einer anderen Sendung, Hansi.“

Murren im Saal. Erste Pfiffe.

„Und weißt du auch, in welcher Sendung, Hansi?“

Hansi zuckte die Schultern. Jonny, der Produzent machte alle schlecht. Die weiblichen Kandidatinnen mit sexistischen Peinlichkeiten, Jeff, die Diva, mit blöden Schwulenwitzen und David, den Musterschüler, mit den üblichen alten Sprüchen, die die Minderbegabten im Rudel immer für ihre erfolgreichen Mitschüler auf Lager haben. Jonny versuchte sich jetzt an hämischem Grinsen, das ziemlich aufgesetzt wirkte.

„Im *Musikantenstadl* würdest du mir sehr gut gefallen, Hansi. Im *Musikantenstadl* würdest du wirklich eine sehr gute Figur machen."

Pfiffe. Buhrufe. Der Moderator schüttelte in gespielter Verzweiflung über den Produzenten den Kopf. Die Jurymitglieder wiederum schüttelten den Kopf, um zu signalisieren, dass sie ganz und gar nicht der Meinung des Produzenten waren.

„Weißt du", setzte dieser fort, „du triffst ja ab und zu unabsichtlich den Ton, Hansi. Aber du hast den Rock'n'Roll nicht begriffen. Du hast kein Gefühl für Rockmusik, tut mir leid. Aber in der sogenannten volkstümlichen Musik – da bist du richtig. Das ist ja für dich als Naturmensch auch besser, die drehen ihre Videoclips auf den Almen, in Wiesen und Wäldern, da wird's dir gefallen. Aber die Showbühne oder gar die Rockbühne, das ist nichts für einen Jägermeister." Genüsslich grinsend lehnte er sich zurück. Er war der „Bad Cop", dafür war er engagiert. Und er war es gerne.

Anwalt

Donnerstag, 10. September, 1–2 Uhr

Während Hawelka einmal mehr vor dem Fernseher eingenickt war und somit die Auftritte der anderen Kandidatinnen verschlafen hatte, erlebte der erwähnte „Bad Cop" der Sendung unangenehme Stunden.

Denn das Leben kann sehr ungerecht sein. Der Tod übrigens auch. Da hatte er einmal eine Idee, eine unglaubliche Idee und sogar den richtigen Rahmen dafür, das heißt, das irre Gefühl einmal, ganz genau einmal, ein einziges Mal zur richtigen Zeit am richtigen Ort zu sein. Einmal! Und dann ... aus der Traum! Dabei war er so nahe dran gewesen. Er hatte nach der zweiten Portion Erwachsenenkoffein die Stufen nach ganz oben schon vor sich gesehen. Monster-Begräbnis, Monster-Welthit, Monster-Welttournee, dann: Macht, Geld, noch mehr Macht, noch mehr Geld, noch viel mehr Macht ... und so weiter. Und jetzt? Dieser Lastwagen! Was tut überhaupt ein verdammter Lastwagen im Dunkeln auf der Waldviertler Bundesstraße, in der Nähe von Göpfritz?

Es war jämmerlich. Wirklich jämmerlich. Zuerst die große Idee, dann der große Crash, dann das viele Blut und dann der Tod.

Jetzt saß er in der Polizeistation von Horn, wartete auf Conny, seinen Anwalt, und zählte sich in Gedanken zum hundertsten Mal seine Probleme auf. Problem Numero eins: die Fahrerflucht. Das war ungerecht. Er hatte seinen Porsche ja nicht plattgemacht, er war ja gar nicht gefahren, war ja neben dem Auto gestanden und in letzter Sekunde ausgewichen. Der LKW-Fahrer war gefahren. Ach ja, der war Problem Numero zwei.

Tot: verblutet in seinem zerquetschten Führerhaus. Aber da war der doch selber schuld! Wer hatte denn das Steuer verrissen, sodass der Laster in den Graben gefahren war und dann zur Seite kippte? Und er, in seinem Schock, war davongelaufen. Dummerweise immer der Straße entlang, die Polizei hatte ihn dann bei den Wildhäusern, einer kleinen Siedlung in der Nähe, aufgelesen. Und das hieß Fahrerflucht? Unterlassene Hilfeleistung? Fahrlässige Tötung? Das war doch ein Witz! Und dann Problem Numero drei: Drogenkonsum. Nach dem erfolglosen Alko-Test hatte ein erfahrener Beamter die Hinzuziehung des Amtsarztes gefordert und der hatte natürlich sofort gewusst, auf was er ihn testen sollte. Problem Numero vier: sauschlechte Publicity. Das war das Schlimmste. Das konnte er jetzt gar nicht brauchen. Aber so was von gar nicht! Publicity – gut. Gute Publicity – sehr gut. Schlechte Publicity – auch gut (Hauptsache Publicity). Sauschlechte Publicity – nicht so gut. ABER: Sauschlechte Publicity mit einem Toten, Fahrerflucht und Drogendelikten (Sie hatten den Porsche durchsucht, sein kleines Vorratspäckchen gefunden und behauptet, dass man diese Menge ganz sicher nicht selbst verbrauchen könnte, also müsse er dealen. Pah! Hatten die eine Ahnung, was er alles verbrauchen konnte, wenn er so richtig in Fahrt war!) – nicht gut. Gar nicht gut! Vor allem nicht zum jetzigen Zeitpunkt. Vor allem nicht, bevor die verbliebenen Egomaniacs unterschrieben hatten. Der Vertrag, den sie mit ihm geschlossen hatten, betraf nämlich nur die gemeinsame Tour durch Österreich nach Ende der laufenden Show und ein paar Werbe-Auftritte zwischen den Sendungen, wie zum Beispiel den einen verhängnisvollen in der *Gigacity*. Und jetzt? Jetzt waren natürlich neue, scharfe Verträge notwendig. Gut, die Egomaniacs waren jung, hungrig, karrieregeil, geldgierig, publicitysüchtig, rücksichtslos und niederträchtig, aber sie waren leider eines nicht: dumm. Zumindest nicht so dumm, dass sie nicht auf ein paar private „Berater" aus ihrem Umfeld hörten. Der Punkt war, dass er jetzt sicher nicht der Einzige war, der die Egomaniacs unter Knebelverträge nehmen wollte. Auch war er sicher nicht der Einzige, der den Mord an der einen mit Hilfe der anderen ausschlachten wollte. Und wenn er jetzt sauschlechte Publicity mit einem Toten, Fahrerflucht und Drogendelikten hatte, würden die privaten Einflüsterer vielleicht zu einem anderen Produzenten raten und ... adieu Monster-Begräbnis, Monster-Welthit, Monster-Welttournee, adieu Macht und Geld. Die Situation war keineswegs leicht, und dass diese Landgendarmen ihm nicht einmal eine kleine Prise aus seinem eigenen Vorrat genehmigten (Obwohl er versucht hatte, ihnen klarzumachen, dass er das Zeug nach so einem Schock schon rein aus medizinischer Sicht brauchen würde und eine Verweigerung des dringend Gebrauchten ihrerseits eine klare Menschenrechtsverletzung darstellte, was ihnen allen die Karriere ruinieren würde), machte sie noch fataler.

Langsam wurde es unerträglich, und er konnte nicht mehr still sitzen, und das Kribbeln unter der Haut konnte er nun auch nicht mehr verdrängen, und er hasste es, und wie lange dauerte es denn noch, bis dieser blöde Conny seinen alten Land Rover von Wien hierher kutschiert hatte und was ...? Endlich sah er eine Glatze. Conny war da! Jetzt konnte er zeigen, ob er sein Geld wert war.

Die Polizisten waren gnädig und ließen die beiden in einem Raum mit Aschenbecher, den der Anwalt in einem langen Plädoyer erkämpft hatte, alleine. Dann erzählte der Produzent und dann schwiegen sie kurz, dann begann Conny seine Arbeit. Er rauchte die dritte Marlboro, als er Jonny die ersten Anweisungen zuraunte. Er war kaum zehn Minuten da, schon hatte er ihm die Eckpfeiler seiner Strategie auseinandergesetzt und am Rest der dritten zündete er sich die vierte Zigarette an.

„Leugnen bringt nichts. Aber nur zugeben, was sie ohnehin wissen. Was wir nicht abstreiten können. Keine Spielchen! Bringt nichts. Koks ist da. Okay. Früher nie. Jetzt schon. Seit ihrem Tod. Schwere Belastung. Die Menge ist ein Problem. Wir machen es so: Du hast sie geliebt. Sie dich auch. Ihr wolltet heiraten. Kinder. Drei. Besser vier. Nach der Show hättet ihr es bekannt gegeben. Dann der Mord. Du warst nicht mehr du selbst. Verrückt vor Trauer. Wolltest dich umbringen. Mit Koks. Überdosis. Du hast keine Erfahrung. Keine Ahnung, wie viel man da braucht. Ein Dealer bietet dir ein Briefchen an. Du fragst, ob du davon sterben kannst. Er sagt nein. Du sagst du brauchst mehr. Er wittert einen zahlungskräftigen Trottel. Einen, den er ausnehmen kann. Verklopft dir am nächsten Tag das ganze Päckchen. Das haben sie dann im Porsche gefunden. Du fährst zum Sterben ins Waldviertel. Dann Panik. Du steigst aus. Willst dich vor den Laster werfen. Leider daneben. Morgen Pressekonferenz. Du musst heulen. Ihren Namen rufen. Verstanden?“

Die fünfte Marlboro in zweiundzwanzig Minuten. Der Produzent nickte, Conny hatte eine beruhigende Wirkung auf ihn. Langsam schien sich doch noch irgendwo der Funken einer Chance aufzutun, dass die Sache auch ihr Gutes hatte.

„Geld. Muss mir die Familie des LKW-Fahrers ansehen. Viel Geld spenden. Die Egomaniacs müssen wir auf dich einschwören. Drei Zeitungsleute sind mir verpflichtet. Die bringen die Geschichte so, dass dich ganz Österreich adoptieren wollen wird. Mein Honorar beträgt achtzigtausend. Wenn es nicht klappt. "

„Und wenn es klappt?"

„Beteiligung an den Einnahmen."

„Was für Einnahmen?"

„Spiel jetzt nicht den Überraschten. Misstraust du deinem Anwalt? Hältst du mich für unfähig, eins und eins zusammenzuzählen? Glaubst du, ich fahre von Wien bis ins Waldviertel, ohne zu kombinieren? Du hast etwas Großes vor. Spuck es aus, dann ist dir leichter."

Das hätte er ihm nicht extra sagen müssen. Der Rest von Kokain in seinem Hirn, der Schock wegen des Unfalles, der Schreck wegen der Verhaftung, die Angst wegen des Imageschadens, aber im Hinterkopf immer noch die Superidee, der Megaplan, die ... Er musste ohnehin mit jemandem reden, sonst wäre er geplatzt. Außerdem hatte Conny ihm Mut gemacht, warum ihn also nicht an den Einnahmen beteiligen? Er musste ihm ohnehin wieder eine Menge Cash zahlen, erstens dafür, dass er ihn hier rausboxte, seine Medienkontakte aktivierte und in die richtige Richtung steuerte, zweitens für das Abfassen wasserdichter Verträge für die Egomaniacs, drittens rechtliche Beratung wegen der Welttournee und so weiter ... egal.

„Hör zu, Conny, ich möchte die Trauerfeier für Amy zu einem Event machen, das die Welt so schnell nicht vergisst. Das Michael-Jackson-Begräbnis muss dagegen wie eine flüchtige Armenbestattung wirken. Die Egomaniacs singen am Grab ein Abschiedslied, das wird die Trauerhymne für Generationen, ein Welthit. Ich hab schon zwei Komponisten und zwei Texter beauftragt, wegen Merchandisingartikel telefonier ich gleich morgen in der Früh. Die Rechte für die weltweite Übertragung muss ich mir noch überlegen, wahrscheinlich geht nichts ohne den Sender, den brauchen wir jetzt noch, aber in zwei Monaten sind wir international unterwegs. Ich sag dir: Monster-Begräbnis, Monster-Welthit, Monster-Welttournee, kurz: Macht und Geld. Und ja, du hast Recht – wenn du die Sache hier hinkriegst und mir sogar noch einen Mitleidsbonus in der öffentlichen Meinung verschaffst, Alter – dann beteilige ich dich an den Einnahmen. Was sagst du?“

Der Anwalt schwieg und sah ihn lange an. Für über eine Minute zündete er sich nicht einmal eine Zigarette an. Dann räusperte er sich.

„Irrtum, mein Bester. So hab ich das nicht gemeint. Du musst mich nicht an den Einnahmen beteiligen. Die Leichenfledderer-Idee haben schon eine Menge andere Leute gehabt. Bei den zuständigen Behörden sind heute die Telefone heiß gelaufen. Aber ich hab ein paar Leute, die mir verpflichtet sind. Hab alle Rechte bekommen, die man braucht. Weltweit. Wenn es klappt, wenn du durch Mitleidsbonus quasi als trauernder Witwer Sympathieträger bist, hole ich dich ins Boot. Dann beteilige ICH dich an den Einnahmen.“

Die vier Horner Polizisten waren gut gebaut, discothekenraufereierprobt und äußerst entschlossen, dennoch hatten sie einige Mühe den Tobenden in eine Extrazelle zu verfrachten. Anwalt Conny bekam einiges ab. Er hatte zwar mit einer unerfreulichen Reaktion von Jonny gerechnet, aber dass dieser ihm über den Tisch hinweg an die Gurgel springen und seinen Hinterkopf dreimal gegen die Wand schlagen würde, bevor die Polizisten aus dem Nebenraum auch nur aufgesprungen waren, das hatte er nicht erwartet. Der Rotkreuzwagen brauchte kaum fünf Minuten, und die Sanitäter versprachen ihm, während der Fahrt ins Krankenhaus eine kurze Rauchpause einzulegen. Bevor sie losfuhren, ging er an die Tür zur improvisierten Zelle, klopfte und antwortete auf das heisere „Was?“ aus dem Inneren: „Du hast gerade Blödsinn gemacht. Mein Honorar im Falle des Misserfolgs steigt auf hundertzwanzigtausend. Deine Beteiligung im Falle des Erfolges deiner Imagekampagne sinkt auf fünf Prozent. Vorher hätte ich dir zehn gegeben. Denk drüber nach.“ Dann folgte er den Sanitätern, ohne sich um das Brüllen aus der Zelle zu kümmern.

Wohngemeinschaft

Donnerstag, 10. September, 8–11 Uhr

„Was wir herausgefunden haben ist ... na ja, also wir haben eine Barfrau, die vielleicht jemand kennt, der vielleicht ... von der WG, also...", Hawelka kam ins Stottern. Es war wirklich nicht viel, was sie vorweisen konnten. Wenigstens war die Staatsanwältin nicht bei der Besprechung dabei. Ein weiterer schwacher Trost war, dass die anderen auch nicht viel vorweisen konnten. Zeugen aus dem Geschäft in der *Gigacity* hatten sich bis dato wenige gefunden, das heißt, Tatzeugen ohnehin nicht, aber auch die Zeugen, die das Ankommen von Amy und ihrem Begleiter im Geschäft mitbekommen hatten, waren schwer zu finden. In diesen Geschäften gab es so gut wie keine Stammkunden, und mit der Polizei wollte ohnehin kaum jemand zu tun haben. Das Team, das für die Auswertung der Videoüberwachung zuständig war, hatte die Stelle in der Aufzeichnung gefunden, als die beiden das Geschäft betreten hatten, und auch die Stelle, als der Begleiter den Laden wieder verließ. Das vergrößerte Standbild zeigte einen Punk, wie man ihn sich eben vorstellte – vom Gesicht war kaum etwas zu erkennen.

„Für mich sehen die alle gleich aus", meinte Schierhuber kopfschüttelnd.

„Wir haben also jetzt den Beweis", beendete Gerlitz seine Videopräsentation, „dass der Typ den Shop alleine verlassen hat. Ohne die Neuwald. Das macht ihn momentan zum Hauptverdächtigen."

Noch ehe Henk etwas erwidern konnte, sprang der Erzherzog vor: „Natürlich hat er das G'schäft verlassen! Oder glauben S', die Spurensicherung hat ihn übersehen und er sitzt immer noch dort und spielt sich mit sein'm Kasperl? Und natürlich ist er ohne das Mäderl hinaus, weil sonst hätt man's ja draußen gefunden und nicht drinnen! Was sind das für ..."

In dem Moment klingelte Hawelkas Handy und er stürzte auf den Gang hinaus, um die Besprechung nicht zu stören.

„Sigi. Die aus dem *Friedhof*, ich hab den Bekannten erreicht. Er hat sich noch an die Amy und die Wohnung erinnert, wenn sie noch dort wohnt. Er war vor drei oder vier Wochen mit ihr dort. Singrienergasse 11." Dann hatte die Barfrau auch schon wieder aufgelegt.

„Na?" Der Erzherzog durchbohrte ihn mit seinem Blick.

„Ich hab die Adresse von der WG", sagte Hawelka nicht ohne Stolz.

„Dann nehmen S' den Schierhuber und schauen sich die Bude und die Leute einmal an. Und wenn der Bub vom Video dabei ist, legen S' ihm die Achter[8] an und bringen ihn gleich mit." Damit entließ sie der Alte und sie machten sich auf den Weg nach Meidling[9].

‚Das geht auf unser Konto. Immerhin', dachte er.

„Sollen wir uns zwei Streifenwagen dazuholen, Sepp? Wenn der Bursche auf dem Video es war, dann wird er vielleicht Ärger machen."

„Ah geh", entgegnete Schierhuber gemütlich, „wenn wir zu viele sind, steigen wir uns nur gegenseitig auf die Zehen. Dann wird's unübersichtlich."

---

8 Achter: Handschellen

9 Meidling: Der 12. Wiener Gemeindebezirk. Berühmt für die, von den Native-Speakern gepflegte, besondere Aussprache des „L" („Meidlinger L")

Die Wohnung war im dritten Stock, Lift gab es keinen. Sie hatten unten fünf Mal geklingelt, ohne dass die Haustür geöffnet worden wäre. Wahrscheinlich war die Sprechanlage kaputt. Schließlich war ein Mann aus dem Haus gekommen und sie gingen rein, stiegen die abgenutzten Steinstufen hinauf und klopften an die Wohnungstür. Von drinnen drang aggressive Rockmusik auf den Gang. Nach dem dritten Klopfen öffnete ein vielleicht zwanzigjähriger Bursche die Tür und sah sie fragend an.

„Wir kommen wegen Amy", Hawelka hielt es für unnötig, den bürgerlichen Namen des Mordopfers zu sagen, es war fraglich, ob ihre Freunde den überhaupt kannten.

Der Junge nickte und bedeutete ihnen, ihm zu folgen. Die Wohnung war groß, dennoch wirkte sie nicht so, weil sie komplett vollgestopft war. Überall konnte man Instrumentenkoffer, Secondhand-Möbel und verstreutes Gewand sehen. Außerdem Fahrräder, ein Schlagzeug und zwei Dobermänner, die auf dem Gang herumlagen. Alle Türen waren offen. In einem Zimmer stillte ein Mädchen ihr Baby, in einem anderen stritt sich ein Pärchen, wieder in einem anderen tanzte eine junge Frau mit geschlossenen Augen. Der junge Mann deutete auf ein Zimmer am Ende des Ganges und sie folgten ihm. Hawelka warf einen Blick auf sein Handy und besah sich das vergrößerte und geschärfte Standbild von der Videoüberwachung der *Gigacity*, das vor einer halben Stunde an alle Beteiligten gesendet worden war. Der Typ, der vor ihnen ging und sie jetzt in das Zimmer lotste, hatte keine Ähnlichkeit mit Amys Begleiter auf dem Video. Der war größer und auch älter. Unter dem aufmerksamen Blick des Burschen durchsuchten sie das Chaos im Zimmer, ohne etwas

Aufschlussreiches zu finden. Amy hatte offenbar nur Kleidung hier gelagert, ein Computer oder Notizen fanden sich nicht.

Sie setzten sich, ihr Gastgeber schloss die Tür, die Lautstärke der Musik nahm dadurch nur unwesentlich ab.

„Wir sind von der Kriminalpolizei." Sie zeigten ihre Ausweise, die sich der Junge aber gar nicht ansah. Stattdessen fragte er zuvorkommend: „Darf ich Ihnen etwas zu trinken anbieten?" Sie lehnten dankend ab, waren überrascht, hatten eher mit einer feindseligen Haltung gerechnet. Instinktives Misstrauen gegenüber der Polizei. War aber nicht so. Sie waren an den Bassisten der Band geraten und der studierte Betriebswirtschaftslehre, machte Yoga und hatte vor zwei Jahren einen Kompositionswettbewerb gewonnen. Trotzdem liebte er es, in einer Punkband zu spielen.

„Na ja, Band in dem Sinn sind wir ja eigentlich nicht, eher so eine loser Haufen mit wechselnden Mitgliedern, die manchmal zusammen auftreten."

„Wie kam Amy dazu?"

„Genau kann ich das auch nicht sagen, irgendwer kennt immer irgendjemand, der gerade ein Zimmer sucht oder wenigstens einen Schlafgelegenheit für eine Nacht, so ist sie vor ein paar Monaten bei uns aufgetaucht, war dann bald wieder weg, dann wieder da, irgendwann hat sie mitgeprobt und alle haben bemerkt, was für eine gute Stimme sie hat. Das wusste sie natürlich auch ... Sie hat ja da irgendeinen Manager gehabt, der sie ganz groß rausbringen wollte. Aber das ist nichts geworden. Dann hat sie in einer Vorarlberger Punkband gesungen, dann in einer Wiener Rockband, dann in einer Bluesband, dann wieder in einer Punkband, und Gitarre geübt und gesungen und gesungen und gesungen. Letzlich ist sie bei uns gelandet. Aber sie hat auch gemerkt, dass sie mit uns sicher nicht den Durchbruch schaffen würde. Unsere Bühnen sind immer nur in dreckigen Kellerlokalen und heruntergewirtschafteten Beisln. Meistens spielen wir um ein paar Bier oder werden um das bisschen Gage geprellt, immer nur von ein paar Säufern oder Junkies beklatscht, gelegentlich auch von romantisch veranlagten Teenagern, die in zwei, drei Jahren ihre Sturm und Drang-Phasen hinter sich gelassen haben werden, um sich vorsichtig wieder dem bürgerlichen Leben zu nähern. Aber Amy wollte weiterkommen. Einmal vom Singen leben können! Musik war das Einzige, was sie wollte, was sie konnte, und was sie aus dem Scheiß-Alltag befreien sollte. Und so hatte sie sich beworben. Aus Trotz und aus Verzweiflung. Und dann ... haben sie angerufen. Sie war dabei. Einmal hatte sie Glück – hat sie geglaubt. Aber ..."

„Aber was?"

„Na ja, sie war eben die Quotenpunkerin, sie haben sie halt gebraucht, als Kontrastprogramm, quasi. Das folgt alles einem Drehbuch, da ist alles schon in trockenen Tüchern: wer gewinnt, wer weitervermarktet wird, mit wem die Verträge gemacht werden und so weiter ... Verstehen Sie?"

Hawelka verstand. Schierhuber auch. Zumindest nickte er.

„Wart ihr ... ich meine, waren Sie, oder sonst wer von der Band vorgestern in der *Gigacity* dabei?"

„Nein. Wir gehen nicht zu Karaoke-Shows."

„Kennen Sie den?" Hawelka zeigte dem BWL-Studenten das Bild des Punks auf dem Smartphone.

„Ja. Das ist Lohengrin."

Krisensitzungen

Donnerstag, 10. September, 12–16 Uhr

„Ja“, sagte die Berlakovic am Telefon, „die Fahndung ist draußen, der Erzherzog hat mit der Staatsanwältin telefoniert, das Bild ist an alle Streifen und Wachzimmer gegangen. Er lässt fragen, ob nicht doch einer in der WG den richtigen Namen kennt.“

„Nein, Lohengrin ist alles, was sie wissen. Norddeutscher, Ende zwanzig, ungefähr eins achtzig, schlank, Haarfarbe kunterbunt, diverse Piercings und unauffällige Tattoos ...“

„Was sind unauffällige Tattoos, Pepi? Was stell ich mir da vor? Sind die so blass, dass man sie gar nicht sieht, oder was?“

„Nein, ich hab eh nachgefragt, mit unauffällig meinen sie, dass es nicht irgendwelche Motive waren, die man sich merkt: Drachen, Nackte, Tigerköpfe oder so, sondern nur irgendwelche Ornamente, unzusammenhängendes Zeug wahrscheinlich ...“

„Okay. Seid’s ihr jetzt noch in der Singrienergasse?“

„Nein, die Befragung ist abgeschlossen, eigentlich waren die eh sehr kooperativ. Wir fahren jetzt auch los, schauen uns ein paar U-Bahn-Stationen an und so. Vielleicht finden wir ja wenigstens wen, der ihn kennt, oder ...“

„Also, wenn er es wirklich war, dann ist er sicher schon lange wieder in Deutschland, da könnt’s ihr lang suchen.“

„Du machst uns echt Mut, Herta.“

„Ja, so bin ich ...“ Sie legte auf.

„Was meinst du, Sepp?“

„Mariahilfer Straße."
„Okay, probieren wir's."

In der Zwischenzeit fand ungefähr fünfzig Kilometer entfernt eine ernste Aussprache statt.
„Was ist das?"
„Was ist was?"
„Deine Achseln."
„Meine Achseln. Ja. Was ist mit meinen Achseln?"
„Hast du dir die Haare rasiert? Die Achselhaare abrasiert?"
„Das mach ich, seit ich dreizehn bin. Das ist normal, wir leben nicht mehr in den 1980er Jahren."
„So g'scheit bin ich auch, aber wir haben uns ein paar Sachen ausgemacht, meine Liebe."
„Ja, ja, das weiß ich ja, aber dass ich wie ein Uhu ausschauen muss und behaart wie Rasputin sein soll, haben wir nicht ausgemacht. Ich fühl mich einfach nicht wohl, wenn mir überall die Haare sprießen wie einem Neandertaler."
„Warte, warte, warte, bevor wir in eine Diskussion einsteigen, möchte ich kurz zusammenfassen, was die anderen in den letzten drei Wochen so für ihr Image und ihre Fans gemacht haben. Also, Natascha hat drei Busenblitzer geliefert, zwei davon auf der Bühne und einen bei der Pressekonferenz nach ihrer Schuss-Show. Außerdem ist sie in Gegenwart von mindestens zehn Fotografen zweimal so aus dem Auto ausgestiegen, dass jeder ihr unter den Minirock bis hoch zu den Mandeln sehen konnte. Jeff fummelt auf der Bühne andauernd an sich rum und hat beim vorletzten Auftritt sogar eine angedeutete Viertelerektion zu Stande gebracht, während Hansi ..."

„Ja, das weiß ich doch alles, ich ...“

„Nein, warte, lass mich ausreden, Hansi lässt keine Gelegenheit aus, seinen muskulösen Oberkörper nackt zu zeigen und stopft sich Gelpölster in die Unterhose ...“

„Ja, ja, aber ...“

„... ja, aber das ist nichts gegen Amy, die eine Großaufnahme ihres Intimpiercings im Internet veröffentlichen hat lassen. Außerdem hat sie sich bei der Fernsehaufzeichnung eines Hardrockkonzertes während eines Gitarrensolos auf den Schlagzeuger gesetzt, damit der eine Beschäftigung hatte. Als das Solo fertig war, hat er seinen Einsatz verpasst und der Bassist musste übergangslos ...“

„Ja, ja, ja – das ist nicht mein Stil!“

„Genau!“, rief die Prinzipalin jetzt aus und packte Johanna an den Schultern. „Genau richtig! Das ist nicht dein Stil, Mädel. Dein Stil ist das Echte, Unverfälschte, das Natürliche. Mit einem blanken Busen ist gar nichts mehr zu holen, nicht einmal mit einem blanken Hintern, das haben nämlich andere rund um die Welt schon vorher gemacht. All diese halberotischen Sauereien hat es schon gegeben – und trotzdem machen sie alle nach. Aber wir, wir machen nicht nach – wir machen vor! Wir punkten durch unrasierte Achseln. Das hat es auf der Bühne seit den Achtzigern nicht mehr gegeben! Kannst du dir vorstellen, was für ein Aufschrei durch die Community geht, was das für Diskussionen auslösen wird? Kritik, Häme, Spott durch die Tussenfraktion und dann Verteidigung durch die andere Seite, ein Shitstorm jagt den nächsten, das Ganze verlagert sich auf eine höhere Ebene, wird eine gesellschaftliche Frage und egal, wer was für eine Meinung hat – es wird darüber gesprochen, gepostet, geschrieben, und dein Bekanntheitsgrad steigt weit über die Kreise hinaus, die so ein Wettbewerb üblicherweise anspricht."

Johanna sah die Prinzipalin an. Diese lächelte. Dann nickte sie aufmunternd und ihre Locken nickten eifrig mit.

„Hab ich dir bisher schon einmal was Falsches geraten?"

„Nein, hast du nicht."

„Haben wir uns bis jetzt etwa schlecht geschlagen? Haben wir uns nicht gegen die ganze Meute verteidigt? Obwohl das gewollte Ergebnis schon vor der ersten Show im Drehbuch des Senders festgeschrieben war. Obwohl alles schon ausgemacht war. Obwohl du planmäßig in der zweiten Liveshow rausgeflogen bist. Und wo stehst du jetzt? Wer ist die Favoritin? Wer ist die Siegerin der Herzen, egal, wie es ausgeht?" Die Prinzipalin lächelte das Mädchen an und legte ihr eine Hand auf die Wange.

„Ja, eh. Stimmt schon. Hast ja recht."

„Siehst du. Und was sind zwei, drei Monate Achselhaare tragen, gegen den Scheiß, den David auf sich nimmt? Dass er herummachen muss, mit diesem ... diesem ..."

Die andere nickte und seufzte: „Also Achselhaare. Sonst noch was? Soll ich mir vielleicht auch ein bisschen Zahnbelag anschaffen? Das wirkt so herrlich natürlich ..." Die Prinzipalin brach in ihr ansteckendes Lachen aus, die Locken vollführten einen kleinen Tanz auf ihrem Kopf und die „Siegerin der Herzen" konnte nicht anders, als mitzulachen. Sie umarmten sich, als die Tür aufging.

„Guter Gott, soll das eine Lesbenszene werden?" Der Fragesteller hatte eine karierte Schirmkappe auf und trug eine Golfhose, was weder zur Gegend noch zu ihm passte. Der nächste Golfplatz lag 50 Kilometer entfernt, und man sah dem Mann an, dass er in seinem ganzen Leben noch keinen Schläger gehalten hatte.

„Ach, Archie“, lachte die Prinzipalin, „halt deinen Mund und geh raus spielen.“

Ungefähr zur gleichen Zeit war Natascha der Mittelpunkt einer weiteren Krisensitzung beim Sender. In letzter Sekunde war auch Jonny, der Produzent, eingetroffen. Es hatte ihn einige Telefonate und eine saftige Geldspende für den Polizeiball gekostet, aber immerhin war er frei.

„Wenn sie glaubt, dass sie machen kann, was sie will, nur, weil wir sie als Favoritin aufgebaut haben und die Vorverträge schon unter Dach und Fach sind, hat sie sich getäuscht“, knurrte der Programmchef. „Wir können sie immer noch fallenlassen, das sollte sie sich merken. Wir sind keine Anfänger, die sich von einer kleinen Diva alles gefallen lassen. Wir können Hansi vorziehen. Ich hab dreihundert Leute da draußen, die für genau denjenigen voten, den ich ihnen sage. Die schicken pro Abstimmung bis zu zwanzig SMS, und gut fünfzig davon sind Multiplikatoren, von denen jeder wieder an die hundert am Gängelband hat. Sie soll sich ja nicht spielen, die dumme Nuss.“

„In erster Linie“, bemerkte der Produzent, „geht es doch darum, dass wir Johanna kaltmachen ... ich meine, kaltstellen, wollte ich sagen. Obwohl ... wenn sie irgendwie ... ausfallen würde, ich meine, nicht so schlimm, nicht so richtig, also ... nicht unbedingt letal, sondern nur so ... weiß nicht ... ein Beinbruch oder eine Stimmbandverletzung oder ...“

„Und wie willst du das anstellen? Die ist doch außerhalb der offiziellen Termine wie vom Erdboden verschluckt, die ist doch wie ein Phantom, die zieht doch nicht mit den anderen Kandidaten um die Häuser. Keine Chance, an sie ranzukommen. Und wenn wir zu direkt vorgehen, dann spielt sie es wieder über die Öffentlichkeit und wir haben einen Shitstorm, der sich gewaschen hat. Wie beim letzten Versuch, sie loszuwerden, das brauchen wir echt nicht mehr." Der Programmchef schüttelte den Kopf.

„Ja", sagte der Marketingheini. „Drei große Kunden haben gedroht, die Werbeeinschaltungen zu canceln. Weißt du, was das heißt?"

„Aber in Wahrheit hassen die Werber die kleine Johanna genauso wie wir. Weil sie bei keinem angebissen hat und scheinbar bei gar niemandem auf der Lohnliste steht. Aber irgendwer zieht da die Fäden. Irgendwer lässt irgendwann eine Bombe platzen und wir stehen da wie die Amateure." Der Programmchef schwitzte. Seine Wut war offensichtlich.

„Sieht du", sagte der Produzent, „und deshalb brauchen wir Natascha. Sie ist die Einzige, die das Potential hat, sie doch noch abzufangen. Wir müssen nur noch ein Schäuferl nachlegen. Sex sells, das ist die reine Wahrheit, und das ist gut so."

„Und deshalb müssen wir uns alles gefallen lassen? Letztes Mal mussten wir die halbe Band austauschen, weil sie die Typen nicht mehr sehen wollte, nachdem sie sie gehabt hat."

„Was?", fragte der Assistent. Er zählte in Gedanken die Bandmitglieder durch. „Jeden Einzelnen von denen?"

„Nein, nicht einzeln. Alle auf einmal", grunzte der Programmchef, „das geht schneller. Offenbar hat sie bei ihrem Terminplan keine Zeit für Einzelsitzungen. Jedenfalls haben wir unsere liebe Not mit der Umbesetzung gehabt."

Kurtl, der Regisseur, lachte. Ihm persönlich waren die Eskapaden der Kandidaten egal, Hauptsache, sie fanden vor der Kamera statt und er bekam gutes Material. Gerade, als er das den Anwesenden klarmachte, ging die Tür auf und Holger, der Moderator, trat ein. Er hatte sein Jetzt-muss-ich-aber-auch-einmal-was-sagen-Gesicht aufgesetzt, seine Miene war eine Mischung aus Märtyrer und Racheengel und wirkte dementsprechend künstlich. „Ich muss was loswerden", sagte er in die Runde und blieb mitten im Raum stehen.

„Ich muss aufs Klo", sagte der Regisseur und stand auf, „da werd ich dann was los." Genauer gesagt, verwendete er eine etwas rustikalere Formulierung. Wer ihn kannte, wusste, dass seine Rückkehr erst nach dem Abgang des Moderators stattfinden würde.

„Was möchtest du uns denn sagen", fragte der Programmchef, in einem Tonfall, den erfahrene Pädagoginnen im Umgang mit schwierigen Kindern anschlagen.

„Zuerst einmal finde ich es furchtbar, wirklich FURCHTBAR, wie sehr mir dieser Schwulenhasser hier ungestraft seine Verachtung zeigen darf. Und zwar ständig." Er deutete auf die Tür, durch die Kurtl soeben verschwunden war.

„Ja, da siehst du, wohin das mit einer übermächtigen Gewerkschaft führt", seufzte der Programmchef. „Noch vor knapp hundert Jahren hätte man den Kurtl rausgeschmissen, wie man grade lustig war, aber heutzutage kommen sie dir mit Arbeitsverträgen, Kündigungsschutz, langjähriger Firmenzugehörigkeit, mit Menschenrechten und weiß-Gott-noch-was. Es ist eine Schande!"

„Kann man ihm denn nicht wenigstens amtsärztlich verbieten lassen, dass er aufs Klo geht?“, erkundigte sich der Produzent und bemühte sich, keine Miene zu verziehen. Auch seine Formulierung fiel ein wenig derber aus, als es die Aufzeichnung verträgt. Sowohl er als auch der Programmchef kannten Holgers Abneigung gegen Vulgarität jeder Art.

„Wieso empfindest du es eigentlich gegen dich gerichtet, wenn er aufs Klo geht?“, fragte der Assistent jetzt unschuldig, und als aufstrebender Mitarbeiter bemühte er sich natürlich um eine besonders deftige Formulierung.

„Aber um das geht's doch nicht“, versuchte Holger, das Gespräch von Kurtls Verdauung abzulenken. „Er stellt mich ständig vor dem ganzen Team bloß, er spottet ungestraft über meine sexuelle Orientierung, er macht sich ständig über meine Intelligenz lustig ...“

„Also das ist doch die Höhe“, empörte sich der Produzent.

„Über was?“, entfuhr es dem Programmchef.

Das war vielleicht ein bisschen unsensibel, aber es kam eben auch sehr überraschend. Aus unerfindlichen Gründen war Holger einer der meistbeschäftigten Moderatoren beim Sender. Als echte Fehlbesetzung konnte man ihn nicht bezeichnen, seine Aussprache war in Ordnung, sein Äußeres war angenehm, er hatte schöne Zähne, die sein Lachen fotogen machten, er hatte noch ein paar gute Eigenschaften, die der Programmchef jetzt in der Eile vergessen hatte, aber Intelligenz gehörte nicht unbedingt dazu. Außerdem fehlten ihm Humor, Empathie und Selbstironie. Dafür war er eitel, selbstgefällig und nachtragend. Alles in allem „ein echtes Herzilein“, wie der Regisseur schon nach dem ersten Kennenlernen diagnostiziert hatte.

„Also das ist doch die Höhe!“, wiederholte der Produzent ein wenig lauter. Es klang schon nicht mehr ganz so echt wie zuvor. Wie die meisten Geschäftsleute im Showbusiness hielt auch er sich in Wahrheit für einen begnadeten Entertainer und gab gerne Kostproben seines Könnens.

„Wie hat er das denn gemacht?“, wollte der Assistent erfahren. Er wirkte sehr eifrig und war es auch, denn eine gut ausgeschmückte Anekdote mit Kurtl und Holger würde in der Kantine für höchste Quoten sorgen und das brauchte der Assistent, erstens für seine weitere Karriere und zweitens für die weitere Entwicklung seines momentan im Singlestatus stagnierenden Sexuallebens.

„Er lässt keine Gelegenheit aus, mir die einfachsten Sachen aufschreiben oder aufzeichnen zu lassen, wie einem Anfänger, er redet selbst nicht mit mir, sondern lässt mir Dinge ausrichten und weist dabei seine Leute an, langsam, laut und deutlich zu sprechen. Das macht er ständig! Ich hab selber gehört, dass er zu einer von seinen Tussen gesagt hat: ‚Und wenn du dem Moderator etwas erklären musst, dann verwende keine komplizierten Formulierungen, sondern rede wie mit einem Vorschulkind, dann versteht er es vielleicht.‘ Das ist doch eine Frechheit!“

„Das hat er gesagt?“ Die Stimme des Programmchefs klang irgendwie gepresst.

„Das ist doch die Höhe!!“ Das schauspielerische Talent vom Produzenten drängte jetzt mit Macht an die Oberfläche. Er hatte die Augen weit aufgerissen und wies mit ausgestreckten Armen gen Himmel, soll heißen gegen die Decke des Besprechungszimmers. Seine letzte Ration Unterhaltungschemie sorgte dafür, dass er der festen Überzeugung war, gerade eine überaus subtile Meisterleistung vollbracht zu haben, indem er einerseits Holger gar nicht merken ließ, dass er sich über ihn lustig machte, jedoch den anderen eine großartiges Schauspiel bot, über das sie sich eigentlich vor Lachen zerkugeln müssten.

„Was für eine bodenlose Frechheit", übte sich der Assistent in der Produzentenrolle. Wer kann schon wissen, wie sich eine Karriere entwickeln wird?

„Und sowas passiert ständig. Ich werde mir das nicht länger gefallen lassen, ich werde das jetzt nicht länger dulden, ich habe die Nase satt ..."

„Voll", korrigierte der Programmchef automatisch.

„Ja, von mir aus voll, aber trotzdem habe ich es satt, ständig in die Opferrolle gedrängt zu werden. Nicht von einem ungehobelten Fernsehdinosaurier, der froh sein sollte, dass er hier noch sein Gnadenbrot bekommt ... Ich hingegen werde oft genug auch von anderen Sendern angefragt und ich überlege mir ..."

„Ist die Prinzessin schon weg?!" Die Lautstärke, die der Regisseur bei seinem Wiedereintritt ins Besprechungszimmer anschlug, entsprach der eines Fußballkommentators, wenn sich das Stadion in einen Hexenkessel verwandelt hat und er in direkter Konkurrenz zu dreißigtausend Fans steht.

„Nein", antwortete der Assistent vergnügt. Holger erstarrte. Dann sprang er vor und baute sich vor dem Programmchef auf, der mit Gewalt versuchte, seine Gesichtszüge unter Kontrolle zu bekommen.

„So! Das war's! Jetzt reicht es. Jetzt hast du es auch gehört. Er verunglimpft mich. Ständig! Das war eine so offensichtlich schwulenfeindliche Aussage, dass es sogar ihr gemerkt haben müsst. Ihr alle habt es gehört: Prinzessin, hat er gesagt und das lasse ich mir nicht gefallen. Entweder er entschuldigt sich vor der ganzen

Mannschaft bei mir. Offiziell! Vor allen! Oder ... oder ich werfe alles hin! Ich werde diese Show nicht mehr moderieren."

„Aber Holger! Du glaubst doch nicht im Ernst, dass ich mit Prinzessin dich gemeint hab, oder?", redete Kurtl jetzt erstmals seit ewigen Zeiten den Moderator direkt an. Alle Blicke richteten sich gespannt auf ihn. Sollte das jetzt tatsächlich die Einleitung zu einer Art Entschuldigung werden? „Aber das würde mir nie einfallen, Holger. Niemals! Wirklich nicht. In meiner Welt ist nämlich eine Prinzessin etwas sehr ... Schönes, etwas Besonderes ... Reines, eine Prinzessin hat für mich ein freundliches, liebliches Wesen, sie ist wie der Frühling, wie ein Sonnenstrahl, sie verkörpert die Jugend, sie weckt schöne Gefühle, sie ist sensibel, sehnsüchtig, fantasiebegabt, und in meiner persönlichen Vorstellung ist sie auch intelligent. Du siehst also, der Letzte, den ich mit dem Wort Prinzessin in Verbindung bringen würde, bist du."

Als die Tür hinter dem Moderator krachend ins Schloss gefallen war, versuchten die Anwesenden anstandshalber noch zwei, drei Sekunden betreten zu schweigen, aber der kollektive Lachanfall war nicht mehr aufzuhalten. Nachdem sich alle wieder beruhigt hatten, ergriff erneut der Programmchef das Wort. „Schluss jetzt, wir müssen denken. Also, die Sache läuft wie immer, und der Plan wird durchgezogen. Natascha gewinnt und wird programmgemäß verwurstet ... äh, vermarktet, wollt ich sagen. Diese Johanna wird Zweite und von mir aus Königin der Herzen. Wenn es so weit ist, machen wir ihr noch ein Angebot, von mir aus ein bisschen besser als das übliche. Wenn sie das dann nicht annimmt, soll sie sich suchen, wen sie will. Über den Sender kommen ihr Gesicht und ihre Stimme dann jedenfalls nicht mehr."

„Und die Extratouren? Nataschas Extratouren?" Der Assistent kam zum Ausgangspunkt der Unterhaltung zurück.

„Ignorieren."

„Ich hab es ein bisschen satt, dass diese aufgeblasenen Egos ungestraft tun und lassen können, was sie wollen. Früher waren sie noch dankbar, dass sie überhaupt im Fernsehen auftreten durften – heute glauben sie, dass sie dir einen Gefallen tun, wenn du sie bekannt machen darfst." Der Produzent, der in seinem ganzen Leben noch nichts ohne Profit gemacht hatte, kramte in seiner Tasche und förderte ein kleines Säckchen zutage. Der Assistent schaute dezent in die andere Richtung. Der Programmchef schenkte sich Whiskey ein. „Ja", begann er dann zu philosophieren, „die Jungen glauben immer, dass sie unverwundbar sind und die ganze Welt ihnen gehört. Und weißt du, was das Schlimme ist?"

„Was?"

„Sie haben Recht."

Comeback

Donnerstag, 10. September, 20 Uhr

Hawelka saß zu Hause und war frustriert. Die Fahndung war bisher ergebnislos verlaufen. Vermutlich hatte Schierhuber Recht und der Bursche hatte sich nach Deutschland verzogen. Bis ihn die dortigen Behörden gefunden und ausgeliefert hatten, konnten Wochen, wenn nicht sogar Monate vergehen.

‚Irgendwas geht immer schief', dachte Hawelka und suchte lustlos nach der Stelle in der aufgezeichneten Show, an der er gestern eingeschlafen war.

‚Hat das überhaupt einen Sinn? Ist der Fall schon erledigt, bevor ich die Teilnehmer richtig kennengelernt habe? Wozu schau ich mir den Dreck überhaupt noch an? Der Sepp verschwendet sicher keinen Gedanken an die Sache.'

Schierhuber war schon seit mehreren Jahren Hawelkas Partner. Die beiden passten gut zusammen, hatten einige Gemeinsamkeiten und mindestens ebenso viele Unterschiede, wodurch sie sich auf das Beste ergänzten. Die Gemeinsamkeiten waren: eine mittlerweile schon sehr hautbetonte Frisur, ein mehr oder weniger kleiner Bierbauch, ein Alter, das mit 5 begann, eine Waldviertler Herkunft. Hawelka kam aus Horn, Schierhuber aus Zwettl. Hawelka ist eigentlich ein tschechischer Name, sein Urgroßvater war einst aus Böhmen nach Wien gezogen, Hawelkas Eltern dann nach Horn, wo sie ein Wirtshaus betrieben hatten. Sowohl Hawelka als auch Schierhuber hatten eine Vergangenheit bei der Gendarmerie, die jetzt auch schon einige Jahre Polizei heißt. Außerdem hießen sie beide Josef, wobei Schierhuber „Sepp" genannt wurde und

Hawelka einfach „Josef" (außer von der Berlakovic, denn die sagte „Pepi"). Vom Dienstgrad her waren sie beide Gruppeninspektoren.

Die Unterschiede waren: die Größe (Vorteil Schierhuber), das Gewicht (detto), die Tatkraft (schon wieder), die Nachdenklichkeit (Punkt für Hawelka), die Sorgfalt (noch einer), das Rennfahrer-Gen (klarer Schierhuberpunkt), das Rambo-Gen (eindeutiger Nachteil für Hawelka), die Kombinationsgabe (Hawelkas größter Vorzug).

Das Auskunftsbüro Berlakovic bevorzugte sie beide ein wenig gegenüber den anderen Kollegen. Die wurden zwar auch bestens versorgt, aber Hawelka und Schierhuber bekamen ihre Informationen eine Spur früher, eine Spur freundlicher und eine Spur umfassender. Vielleicht war es der Waldviertlerbonus, vielleicht war es das ähnliche Alter, wahrscheinlich aber war es der angeborene Gerechtigkeitssinn der Herta B., die damit die Gemeinheiten des Erzherzogs und die Spötteleien der Kollegen (von denen einige die beiden hinterrücks „Waldviertler Bauernbuben" nannten) ausgleichen wollte.

Mittlerweile hatte Hawelka endlich einen Punkt in der Aufzeichnung gefunden, der ihm bekannt vorkam. Er stieg ein und erlebte den Auftritt der Sängerin, die in der letzten Show geschossen hatte.

‚Ein Wunder, dass man sie nicht ausgeschlossen hat', dachte er. Tatsächlich hatte Natascha nur eine Anzeige wegen unerlaubten Waffenbesitzes bekommen und musste nun an zwei Fronten kämpfen. Einerseits wollte sie, um den Mitleidsbonus voll zu kassieren, den Fans und den Medien vermitteln, dass sie sich wirklich umbringen wollte und nur durch ein Versehen Platzpatronen geladen hatte – andererseits musste sie natürlich gegenüber den Behörden und Psychologen ihre volle Zurechnungsfähigkeit beweisen und somit die Platzpatronenvariante als gewollten Publicitygag verkaufen. Kein leichter Spagat für sie. Die Zeitungen hatten geschrieben, dass sie dem Stress nicht gewachsen sei, dass sie ein nervliches Wrack sei, dass sie wahrscheinlich an diesem Abend endgültig zusammenbrechen würde und so weiter. Die Spannung im Saal war also kaum zu überbieten, die Musik setzte fetzig ein und dann kam sie – wie ein Orkan. Sie war nie besser gewesen. Sie sprintete auf die Bühne, legte einen tollen Sprung hin, federte mit gegrätschten Beinen ab, ließ sich in den Spagat rutschen, drehte sich am Boden, sprang auf, rannte zur vorderen Bühnenkante, schnappte sich das Mikro im Vorbeilaufen vom Ständer und begann *Nutbush City Limit* mit so viel Kraft und einer so unglaublichen Stimme zu singen, dass sich der Saal binnen weniger Sekunden in einen Hexenkessel verwandelte.

Schon alleine ihr Outfit war Wahnsinn. Hautenger schwarzer Body mit goldfarbenem Gummiminirock, darüber eine kurze Bluse, die sie sich nach der zweiten Strophe vom Leib riss. Die hochgesteckte Frisur löste sich gegen Ende des Songs planmäßig auf, die wilden, blonden Strähnen hingen ihr ins Gesicht. Nicht nur die Burschen im Saal tobten. Natascha war back – und wie.

‚Donnerwetter', dachte sogar Hawelka, der Castingshows an und für sich nicht mochte.

Die Jury zeigte sich begeistert, der Produzent zeigte sich begeistert, das Saalvoting war rekordverdächtig, und die dünnen Witze des Moderators wischte Natascha professionell zur Seite. Als sie in die Backstage-Lounge kam, fragte der Co-Moderator programmgemäß: „Na, Natascha, diesmal ohne Pistole, hoffe ich?"

Sie lächelte unverschämt, deutete an sich hinunter und fragte: „Und wo soll ich die hier verstecken, bitte?“ Saal- und Fernsehpublikum brüllten vor Vergnügen. Mit – „Magst vielleicht nachschauen?“ – setzte sie noch eines drauf, drehte sich spielerisch um die eigene Achse und schob dann gekonnt ihren eng anliegenden Gummirock um knapp einen halben Zentimeter nach oben. Dieser halbe Zentimeter zeigte rein gar nichts, würde aber für Hunderte zusätzliche Stimmen sorgen und brachte den Saal erneut zum Kochen. „Nein! Ich will nachsehen, ich!“, hörte man Rudi, den Witzbold, von seinem Jurysitz aus rufen. Auch Natascha hörte es über die Saallautsprecher, lachte und blickte dann direkt in die Kamera: „Du kannst ja nach hinten kommen, Rudi. Das Lied vom Jeff ist ein langsames, da haben wir genug Zeit.“ Tosender Applaus. Pflichtschuldigst die Pointe unterstützend sprang Rudi auf und machte ein paar Schritte Richtung Backstagebereich. Der Moderator hatte Mühe, ihn wieder auf seinen Platz zu bringen.

In der Lounge nahm Natascha nun mit strahlendem Lächeln die Gratulation von Hansi entgegen („Super he! Echt super, Natascha! A Wahnsinn!“). Die Regie schaltete auf den Moderator, nächster Witz, nächste Ansage, nächstes Lied.

In diesem Moment schlug Hawelkas Handy an, das heißt, die ersten Takte von *Preußens Gloria* ertönten, dem absoluten Lieblingsmarsch seines Partners. Diesen Klingelton hatte Kollege Schütz, der Spezialist für alles, was mit Technik zu tun hatte, extra den Schierhuberanrufen am Hawelkahandy zugeordnet. „Damit du deinen Partner blind erkennst“, hatte er gegrinst. Alle anderen Anrufer wurden auf Hawelkas Wunsch durch ein Gitarren-Riff von Mark Knopfler angekündigt. In stillen Stunden hatte Hawelka sich selbst an der

Klingeltonzuordnung versucht, es aber nicht geschafft, *Heaven* der Nummer[10] von Bettina Sommer zuzuordnen. Selbstredend hatte er Schütz hier nicht um Hilfe bitten können.

Hawelka bat Schierhuber innerlich um Verzeihung, weil er ihm vorhin gedanklich unterstellt hatte, sich nach Dienstschluss keine Gedanken mehr über einen Fall zu machen. Das war offensichtlich keineswegs so.

„Ich kann nicht schlafen."

„Ist nichts G'scheites am Funk?", fragte Hawelka und stellte den Ton der Aufzeichnung leiser. Während des Tages hörte sein Partner Marschmusik, nachts Polizeifunk, weil das so schön beruhigend und einschläfernd war, wie er versicherte.

„Drei Besoffene haben Baustellenschilder umgestellt und kurzzeitig den ganzen Verkehr vom Gürtel umgeleitet."

„Super Idee, eigentlich."

„Ja, eh. Aber sie sind dort geblieben und haben mit den Handys mitgefilmt, und die Kollegen haben sie dann mitgenommen."

„Sonst noch was?"

„Schlägerei am Praterstern, Einbruch in Ottakring, Ruhestörung in Floridsdorf. Ah ja, und in Grinzing ist in eine Villa eingebrochen worden. Eigentlich eh eine ruhige Nacht."

„Na also."

„Ja, eben. Deswegen kann ich ja nicht schlafen. Irgendwie ist es mir zu ruhig."

„Ich schau mir grade die Show an."

---

10 Ihrer Klappe im Auskunftsbüro. Natürlich gab es keinen Grund, ihre Handynummer einzuspeichern. Und er hatte sie auch gar nicht – offiziell.

„Was für eine Show?“

„Na, die Aufzeichnung von der Castingshow, wo unser Mordopfer dabei war ...“

„Ah so. Na ja, der Punker war’s, oder?“

„Wahrscheinlich. Warum tät er sich sonst nicht melden? Wahrscheinlich hast du Recht und er ist wieder in Deutschland.“

„Nein, das glaub ich jetzt doch nicht mehr.“

„Wieso?“

„Instinkt. Irgendwie.“ Aha.

„Es ist doch so, Sepp“, sagte Hawelka, „wie du eh schon gesagt hast, für uns schauen die alle gleich aus. Es ist fast, als hätten sie eine Uniform an. Und wenn du dann einen in so einer Uniform fragst, ob er Lohengrin genannt wird, und er sagt nein, und seine Spezi sagen auch nein, dann kannst du bestenfalls seinen Ausweis verlangen und in dem steht dann Huber Hans drinnen, und du gehst wieder, was sollst du sonst auch tun? Wir können ja schlecht alle Punks in Wien verhaften und an einer Scheibe vorbeimarschieren lassen, hinter der dann der Bassist steht und vielleicht den Richtigen identifiziert.“

„Stimmt.“

„Der kann ewig unerkannt bleiben, solange seine Freunde dichthalten.“

„Ja. Da können wir nur hoffen, dass er irgendwann mit einem Streit hat und ihn der dann verpfeift.“

„Ja. Stimmt. Das heißt ... wart einmal ... Ich ... hab da eine Idee ...“

Hawelka hatte tatsächlich eine Idee und auch wenn sie ein bisschen ... ungewöhnlich war, war es doch immerhin einen Versuch wert. Oder?

„Oder?“, fragte er ins Telefon, nachdem er seinem Partner den Plan auseinandergesetzt hatte.

„Das könnte funktionieren“, meinte Schierhuber. Oho. Das war neu. Kein Zwettler Zweifel in seinem Tonfall. Hawelka schöpfte Mut.

„Aber es ist vielleicht besser, wenn wir das ... eher inoffiziell machen, wenn wir dem Erzherzog mit so einer Idee kommen, dann ...“

„Inoffiziell ist besser“, bestätigte Schierhuber. „Morgen kriegen wir den Buben.“ Dann legte er ansatzlos auf. Auch gut. Jedenfalls schlief Hawelka nach dem Telefonat äußerst optimistisch ein.

Lohengrin

Freitag, 11. September, 14 Uhr

Die Wiener Mariahilfer Straße ist eine recht belebte Geschäftsstraße, deren mittlerer Bereich nach langen Diskussionen zur Begegnungszone erklärt worden war. Das bedeutet, dass es sich nicht um eine Fahrbahn, auch nicht um einen Radweg und auch nicht um einen Gehweg handelt, sondern alles zusammen und alles gleichzeitig. Tatsächlich kann man hier einer bunten Vielfalt von Menschen begegnen und durchaus interessante Beobachtungen machen.

Aus der Kaiserstraße bogen zwei heruntergekommene Gestalten in die „MaHü“ ein und gingen gemächlich stadteinwärts. Auf den ersten hundert Metern begegneten ihnen sechs Bettlerinnen, ein Klarinettist, drei Autofahrer, die meinten, irrtümlich in eine Fußgängerzone abgebogen zu sein, vier Fahrräder mit weit überhöhter Geschwindigkeit, eine Schulklasse aus Vorarlberg und zwei japanische Touristengruppen, die sich unvorsichtigerweise vermischt hatten und jetzt von den Reiseführern mühsam auseinanderdividiert werden mussten.

Aber die beiden Herren schenkten ihrer Umgebung nur wenig Aufmerksamkeit. In erster Linie waren sie damit beschäftigt, durch halbwegs ordentliche Haltung und ruhigen Gang ihre nahezu vollkommene Nüchternheit zu signalisieren. In zweiter Linie versuchten sie, nur kleine Schlucke aus ihren Bierdosen zu nehmen, damit der Inhalt möglichst lang ausreichte. In dritter Linie schließlich sahen sie sich nach einem schattigen Sitzplatz um. Von den meisten Passanten wurden die beiden ignoriert. Sie boten auch keinen besonders einladenden Anblick. Sie trugen alte Turnschuhe und verbeulte Hosen, der kleinere der beiden ein kariertes, kurzärmeliges Hemd, der andere ein nicht ganz sauberes T-Shirt mit der Aufschrift „Bier formte diesen wunderbaren Körper". Zusätzlich hatte der Große eine alte Kappe der Gendarmerie aufgesetzt, der Kleine schützte seine Halbglatze mit einem schmalkrempigen Sonnenhut, wie er in den Neunzehnhundertsiebzigerjahren topmodern gewesen war.

Beinahe wären sie an dem kleinen Häufchen Punks vorbeigegangen, die im Schatten eines Baumes auf dem Boden saßen und mit ihren Hunden herumalberten, aber dann murmelte der größere der beiden: „Ich brauch eine Pause", und steuerte erschöpft auf eine freie Bank neben der Gruppe zu. Seufzend ließ sich sein Gefährte neben ihm nieder.

Keine fünf Minuten später kamen zwei Streifenpolizisten und begannen, die Ausweise zu kontrollieren. Das sorgte für einiges Gelächter bei den Punks, die im Prinzip nur spielen wollten. Eines der Mädchen, mit einem sonnigen Gemüt, marschierte im Stechschritt herum und sang: „Eins, zwei, Polizei, mir seid ihr doch einerlei!" Die Hunde sprangen herum, die Polizisten blieben erstaunlich ruhig und professionell, versuchten sogar, die Hunde zu streicheln. Diese ließen sich das gerne gefallen und hofften auf ein Belohnungshäppchen. Die Besitzerin des größten Exemplars, die es gar nicht goutierte, dass sich ihr Schützling mit Amtsorganen fraternisierte, brüllte daraufhin ungefähr zweiundvierzigmal: „Sid, sitz! Sitz, Sid!" Nach einer Weile legte sich Sid hin, und die anderen Hunde taten es ihm gleich.

„Kennt ihr einen Lohengrill?", fragte der jüngere Polizist. Die Punks sahen sich an, dann schütteten sie sich vor Lachen aus.

„Nein, den kennen wir nicht, den Lohnergrill, ist das so eine Art Würstelstand?"

„Lohengrin, heißt er", verbesserte der ältere Beamte, ohne die Miene zu verziehen. „Hab ich eh gemeint, Lohengrin", murmelte der Jüngere. „Kennt den wer?"

„Das ist doch die Oper von dem Mozart, Alter, oder? Die haben wir in der Schule einmal gehört, kann mich aber nicht erinnern, was der gemacht hat."

„Und den, kennt ihr den?" Der Ältere zeigte ein Foto reihum.

„Das ist ja voll unscharf", beschwerte sich die Besitzerin von Sid.

„Ich find den Typen total scharf", meinte das Stechschrittmädel. „Aber kennen tu ich den auch nicht."

„Nie gesehen. Ist das der Griller?"

Nach einigem Hin und Her zogen die Uniformierten ab. Noch während die Punks ihnen nachsahen, erhob sich der größere Frühpensionist ächzend und warf seine leere Bierdose in den Mistkübel neben der Bank. Dann steuerte er auf die Gruppe zu. „Hat jemand eine Zigarette für mich? Ich geb sie bestimmt zurück."

„Ja, wenn die Kippe fertiggeraucht ist, oder? Und ich bin der Weihnachtsmann. Aber selberdrehen kannste dir eine. Hast es auch nicht leicht, oder?" Einer gab dem Mann mit der mittlerweile in den Nacken gerutschten Gendarmeriekappe Tabak und Zigarettenpapier. In der Zwischenzeit hatte sich auch der andere hinzugesellt.

„Ich geh noch was holen", verkündete er, kramte in seiner Tasche nach Münzen und steuerte auf den nahen Kebab-Verkauf zu. Der andere nickte und steckte sich die selbstgedrehte Zigarette an, bedankte sich und gab den Tabak zurück. Die Hunde spielten verrückt. Sie hatten sich innerhalb kürzester Zeit komplett in den wunderbaren Bierbauchkörper verliebt, um den sie wie toll herumsprangen und der kleine Ringkämpfe mit ihnen ausführte. Außerdem traf er geflüsterte Geheimabsprachen mit ihnen.

„Sitz, Sid!“ Das war Sid herzlich egal, Chefdompteur Bierbauch hatte einen auf der Hundedecke liegenden Gummiball aufgehoben und schleuderte ihn immer wieder in die Höhe, worauf die Tiere hochsprangen wie Fußballer beim Eckball. Einer der Burschen wollte sich an der Fang-das-Bällchen-Aktion der Bierbauch-Hundestaffel beteiligen, wurde aber von den Tieren abgedrängt, kam ins Taumeln, fiel auf die Besitzerin von Sid (der endlich sitzen sollte) und wurde wüst beschimpft.

„Mensch Grinni, jetzt reiß dich mal zusammen, du machst nur Scheiß! Überhaupt wird's jetzt bald eng. Das waren die dritten seit gestern, die dich suchen“, sagte einer der Burschen zu dem verhinderten Fußballer.

„Grinni ist gut“, freute sich Bierbauch des Namens. „Grinni wie Grinsekatze?“

„Grinni wie Lohengrin“, verbesserte der Namensträger.

Die psychologische Schulung von Polizeibeamten wird in der Bevölkerung immer noch sehr unterschätzt. Dabei wurden gerade auf diesem Gebiet in den letzten Jahren die größten Fortschritte gemacht. Zum Beispiel in dieser heiklen, nicht ungefährlichen Situation war psychologische Kriegsführung unumgänglich. Das Wunderwaffengeschütz dieses Feldzuges war ein Raketenwerfer mit zwölf Rohren, vielmehr zwölf Hülsen[11].

---

11 Als „Hülsen“ oder „16er Blech“, werden in Wien umgangssprachlich Bierdosen bezeichnet. Wobei die Mehrzahl auch auf nur ein Stück angewendet und das „l“ stumm ausgesprochen wird: „Gimma a Hü'sn!“

Die taktische Meisterleistung bestand darin, dass das Bier aus dem Kühlschrank des Kebab-Verkaufs stammte. Man konnte die Kühle förmlich sehen, als sich die Dosen in der Hitze beschlugen.

Ursprünglich hätte das von Hawelka (der Mann mit dem Sonnenhut) herbeigeschaffte Bier nur als Zungenlöser dienen sollen, er hatte gehofft, so das Vertrauen der Punks zu gewinnen und Informationen über Lohengrins Aufenthalt zu bekommen, aber Schierhuber stellte ihm den Gesuchten schon als guten Freund vor. Das musste gefeiert werden, und nach zehn Minuten zeigte schließlich Hawelka seinen Ausweis und Schierhuber legte Lohengrin freundschaftlich den Arm um die Schulter. Die Sache erfolgte ohne Gesichtsverlust für alle Beteiligten, Lohengrin, der ein wenig ... müde wirkte, schlug von sich aus vor, dass er die beiden zu einem informellen Gespräch begleitete – vorausgesetzt, er konnte zwei Dosen Bier bekommen, eine für gleich und eine für später. Die restlichen Dosen blieben bei seinen Kameraden.

„Ihr seid ja eh, also, ich sag mal, ihr seid chillig, sag ich mal, weil bei uns in deutschen Landen ist die Bullerei oftmal so unentspannt, sag ich mal, kruzifix, die geh'n oft ran wie die Terrier, da glaubst du, der bricht sich 'nen Ast ab, wenn der mal so ein bisschen den Menschen raushängen lassen soll, da kriegt der Blähungen und schaut echt Zahnweh aus, wenn du zu dem sagst: ‚Jetzt lass mal ein bisschen den Menschen raushängen, Alter, und mach den Feierabendonkel', da kriegen die immer ganz schnell schmale Augen und machen den Rambokovskytanz, da seid ihr Ösis schon viel mehr pomale Pomade, das gefällt mir echt an Wien, sag ich ganz ehrlich."

Sie saßen im Benz und Schierhuber steuerte das Präsidium an. Seit sie eingestiegen waren, philosophierte Lohengrin vor sich hin und trank sein Bier.

‚Er ist nervös, aber das ist normal', dachte Hawelka. ‚Er weiß natürlich von Amys Tod und schon alleine, dass er sich nicht gemeldet hat, macht ihn verdächtig. Andererseits gehört er nicht unbedingt zu den Leuten, die sich gerne bei der Polizei melden und sagen: „Ich weiß was!" Aber wenn er sie wirklich umgebracht hat, dann hängt er doch nicht mit seinen Kumpels am üblichen Treffpunkt herum, sondern geht auf Tauchstation. Allerdings, wenn er schwer besoffen war, kann er sich vielleicht an gar nichts erinnern, oder er hat's verdrängt.' Aber das würde ihnen ihr neuer Freund ja gleich selber erzählen können.

„Warum nennt man dich eigentlich Lohengrin?"

„Das war ein Blödsinn, was ich da gemacht hab, wir waren schwimmen, da in eurer alten Donau, weil die junge Donau war g'rade nicht zu Hause, und es war ein echt chilliger Nachmittag, und ich zieh mir einen rein und schau in die Sonne und schau aufs Wasser und alles ganz easy, und ich seh ein paar Schwäne – und hab auf einmal die Mörderidee! Ich sag zu den anderen: ‚Da sind Schwäne, kommt, wir gehen ein bisschen reiten, muss doch obergeil sein, wenn du auf so einem Schwan reitest ...', und die anderen sofort: ‚Er will einen Schwan poppen, er will einen Schwan poppen', aber ich wollte gar nicht den Schwan poppen, ich wollte nur so reiten, weißte, wie auf so einem Jet-Ski, oder so. Aber die anderen immer so weiter: ‚Er will 'nen Schwan poppen, er is Lohengrin, er will einen Schwan poppen!' Der Name is mir dann erstmal geblieben."

„Und wie ist die Geschichte ausgegangen?"

„Der Schwan war schlecht drauf, ist auf mich losgezogen und hat mir ein Andenken verpasst, da war erstmal Schluss mit lustig." Er zeigte ihnen eine ziemlich heftige Narbe, die sich über seine ganze Wange zog.

„Blöde G'schicht", bemerkte Schierhuber.

„Sag mal, ihr seid doch beide Raucher, oder? Weil ich hab gehört, dass das jetzt in den Amtsgebäuden verboten ist, und wenn ihr mich da verhört, das dauert wohl ein bisschen, ich meine, kruzifix, wie machen wir das da mit den Rauchpausen? Weil ich brauch das, das ist auch in den Menschrechten, oder? Steht das nicht dort irgendwo, dass man da ... ich meine, ich muss ja nicht eine Kippe nach der anderen fressen, aber ab und an mal eine zwischendurch? Ich sag mal, das muss doch drinnen sein, oder? Weil weißte, wenn ich nicht ab und an was zum inhalieren hab, da bin ich echt zu nix zu gebrauchen, versteht ihr? Es muss ja nicht gleich der kleine Marokkaner sein, aber ..."

„Wir werden einen Weg finden", sagte Hawelka. „Oder, Sepp?"

„Wir haben noch immer einen Weg gefunden", bestätigte Schierhuber.

„Sepp!", wieherte Lohengrin jetzt. „Er heißt Sepp! So wie Seppl! Hey, das ist echt obergringo, ich mein Seppl, wie geil ist das denn! Superseppl. Hey, Moment, ich mein, dass du das nicht in den falschen Karton kriegst – ich mein das echt nicht bös oder was, ich steh auf Seppl und den ganzen Dirndlwahnsinn. Das ist nur noch oberober für mich, verstehste? Das ist wie Oktoberfest, Alter, wir waren mal dort bei den Bayern, da bleibt kein Auge trocken, da tanzt der Paule mit die Fisch. Ich mag Seppl. Aber ihr versteht das eh, ihr seid mir nicht böse, oder was ... Oder? Bist du jetzt böse, oder was? Nee, oder? Das war aber auch eine supergeile Nummer, die ihr da abgezogen habt, mit der Pennerverkleidung und dem Bier und so ... Sowas gibt's bei uns nicht, Seppl. Du bist mir doch nicht böse, Seppl, oder?"

Schierhuber schüttelte den Kopf. Es gehörte viel dazu, ihn aus der Ruhe zu bringen. Kurz darauf erreichten sie das Präsidium, gaben im Auskunftsbüro Bescheid und begaben sich in den kleinsten Verhörraum, in dem nach stiller Übereinkunft geraucht wurde wie eh und je. Nicht einmal der Erzherzog verlor ein Wort darüber.

„Also. Du hast sicher schon von Amys Tod gehört", begann Hawelka, nachdem er das Aufnahmegerät eingeschaltet und dem Burschen Feuer gegeben hatte.

„Ja, schon gehört, klar gehört..."

„Du warst mit Amy im *Hurra!*."

„Wo waren wir? Wie heißt die Kneipe?"

„Das ist keine Kneipe, sondern ein Geschäft. Ein Bekleidungsgeschäft."

„Ah so, das meinste, ich weiß schon, der Fetzenladen da. In dem Einkaufscenter, nach der Playbackfarce. Das ist doch der Wahnsinn, oder? Playback!, Und die Amy musste fast kotzen, aber nach dem letzten Ton war Sense, Mann, nix mit Autogramme, die ist abgezogen von dort, wie so ein Rennwagen, weißte, hat 'ne Pulle Wodka geschnappt und mich gleich mit, hat gesagt, sie will belohnungspoppen und ich sag so: ‚Ja klar, wenn du poppen willst, poppen wir, da steigt mir doch gleich die Feder aus der Matratze.' Und wir suchen einen Platz und ich sag, dass die Tiefgarage okay wär, und sie sagt, dass sie nicht so lang warten will, und da sieht sie so 'nen Fetzenladen und ... Oh Mann, hast du vorher echt ‚Bekleidungsgeschäft' gesagt? ‚Bekleidungsgeschäft'? Wie antik ist das denn? ‚Bekleidungsgeschäft', das muss man sich auf der Zu..."

„Okay, ich sag's nie wieder. Erzähl weiter jetzt", mahnte Hawelka sanft. Egal, was Lohengrin genommen hatte, es machte ihn auf jeden Fall ziemlich unkonzentriert – sie würden viel Geduld brauchen, wenn sie etwas Sinnvolles aus ihm rausbekommen wollten.

„Da gibt's nicht viel zu erzählen, wir rein in den Laden, hallo, wo ist die nächste Umkleide, kruzifix, die Vorhänge zu, und..."

„Und? Dann?"

„Ging nicht. Der olle Grinni hat nicht so funktioniert, wie das in der Bedienungsanleitung steht, die Amy hat eh alle Knöpfe gedrückt und herumgerubbelt und das ganze Programm, aber ich hab am Nachmittag davor schon ein bisschen mit dem Chemiebaukasten gespielt gehabt und die Hitze und überhaupt lief dauernd irgendwer vorbei und der Wodka, da brauchst du ein bisschen länger und am besten einen Spliff zur Entspannung, weil nur wer weich ist, kann hart werden, aber ging nicht, also die Amy: ‚Was ist mit poppen?' und ich: ‚Nix is mit poppen, gib mal die Pulle' und die Amy: ‚Ja, aber was ist mit poppen?' und ich: ‚Nix is, ich hab einen Popp-Stopp', und sie motzt so rum und macht einen auf ‚Bringst du's nicht?' und ich bin langsam sauer und sag: ‚Popp dich doch selber' und hin und her und dann ..."

„Hast du dich so aufgeregt und wolltest sie zum Schweigen bringen, richtig?" Hawelka spürte, wie ihm der Schweiß ausbrach. Es war fast zu schön, um wahr zu sein, sie hatten Lohengrin kurz vor dem Geständnis. Sie würden den Kollegen den Mörder in einem Promifall auf dem Silbertablett servieren. Der Erzherzog würde nicht anders können, als ihnen Respekt zu zollen, die junge Staatsanwältin wäre hochzufrieden, alle würden sie bewundern, er und Schierhuber hatten den Fall gelöst. Es war wie im Märchen.

„Aufgeregt. Aufgeregt! Klar hab ich mich aufgeregt, verstehste, die Weiber glauben, das ist so leicht, Knöpfchen drücken und der Grinni rammelt wie ein Weltmeister, aber so läuft das nicht, ich hab ihr das auch gesagt, hab gesagt: ‚So läuft das nicht, ich bin keine Maschine, kruzifix, kein Poppomat, ich geh jetzt!' Und das hab ich dann auch getan, bin raus aus dem Tempel und auf die MaHü und erst mal Pause gemacht mit den Kumpels."

„War es nicht eher so, dass sie dich blöd angemacht hat? Vielleicht hat sie dich sogar ausgelacht? Das war sicher nicht angenehm, oder? Da hätt ich auch eine Wut gekriegt, das ist ja ganz natürlich. Oder, Sepp?"

„Ganz natürlich", nickte Schierhuber.

„Ja, sicher hab ich eine Wut gehabt, das kannste dir denken, ich hab ihr noch ein paar Sachen gesagt im Abgang ..."

„Und die Schere? Wo hast du die Schere so schnell hergehabt, in der Umkleidekabine?"

„Was Schere? Was Schere? Mit einer Schere ist die ..."

Hawelka und Schierhuber schwiegen.

„Was glaubt ihr denn? Ich hab die doch nicht abgestochen, die Amy! Ich bin raus, das haben doch mindestens ... na so zehn Leute in dem Laden gesehen, wie ich weg bin! Die war doch noch drinnen, die hat doch noch in der Umkleide die Pulle geleert, die Amy! Das muss sich doch feststellen lassen, da muss doch ... Ihr glaubt doch nicht, dass ich die abstech und dann geh ich eine Runde chillen und warte, bis ihr vorbeikommt, oder wie, oder was? Hä? Wie doof ist das denn? Ich bin doch nicht der Oberspacko, der nicht weiß, was auf ihn zukommt, wenn er eine absticht ..."

Die Sommer klopfte an, tuschelte eine Weile mit Schierhuber und verschwand dann wieder.

„Machen wir eine kleine Pause“, schlug der Zwettler daraufhin vor und sie gingen raus auf den Gang.

„Der Erzherzog hat befohlen, dass wir an Henk und Nimmervoll übergeben.“

„Nein! Das hat er nicht, oder? Er traut uns das nicht zu, dieser ..., er traut uns einfach nichts zu. Er glaubt, dass wir kein Geständnis aus dem Burschen rauskriegen, oder?“

Schierhuber zuckte mit den Schultern. „Ja“, bestätigte er schlicht, „das glaubt er wohl.“

Filmschaffen

Freitag, 11. September, 15 Uhr

Jonny, der Produzent, dachte an seinen Anwalt, Conny. Vor allem aber dachte er an dessen Aktion mit den Begräbnisrechten. Ganz klar, Conny hatte ihn ausgetrickst. Aber Jonny war ganz locker. Er würde es sportlich nehmen. Sehr sportlich! Zuerst Doping (er hatte in seiner Wohnung immer schon eine eiserne Reserve für Lieferengpässe gehabt und sich ausgiebig bedient, um seine neue Freiheit zu feiern). Nach dem Doping kam die Zeit der Vorbereitung. Mentales Training sozusagen. Und dann würde es leider ein Revanchefoul werden müssen. Leider. Kam im Sport leider auch immer wieder vor. Er hatte nämlich eine sehr geniale Idee gehabt, die fast noch besser war, als der Begräbnis-Song für Amy und dessen Vermarktung.

Die Sache war die: Er hatte ein kleines Filmchen gedreht. Es war nicht das erste dieser Art. Seit Handys brauchbare Kameras hatten und die Speicherkapazität gestiegen war, schnitt er öfters mit, wenn er mit einer interessanten Frau im Bett (oder sonstwo) war. Nicht aus pornografischem Interesse, sondern aus Sicherheitsgründen. Leider waren viele junge Frauen sehr undankbar. Man bemüht sich, diese Talente zu fördern, hilft ihnen zum künstlerischen Durchbruch und dann haben sie plötzlich Manager, die ihnen andere Plattenfirmen einreden, die irgendeinen widerrechtlichen Passus in den Verträgen finden, die seinen Anteil am Kuchen mindern wollen und so weiter und so weiter. Die gingen ihm damit ungeheuer auf die Nerven. Daher war für etwaige Verhandlungen ein kleiner Film zur rechten Zeit ein wunderbares Argument. Und weil

Natascha genau die Kandidatin war, die auch die Kraft und den Willen hatte, Karriere und Geld zu machen, konnte sie ein Goldesel werden. Und weil Natascha leider genau die Kandidatin war, die als erstes ihn absägen würde, wenn sie gewonnen hatte, musste er eben dieses Filmchen machen. Das heißt – diese beiden. Schon als sie ihn zum ersten Mal zu einer Aussprache gebeten hatte, wusste er, was kommen würde, hatte sein Handy an strategisch guter Stelle platziert und den dabei entstandenen Streifen als Rückversicherung für schlechte Zeiten sorgfältig aufgehoben. Aber der Nachfolgefilm war um einiges raffinierter. Natascha hatte ihm nämlich ein Rollenspiel vorgeschlagen und das hatte ihn ziemlich scharf gemacht. Tatsächlich konnte er ja viele von den jungen Frauen haben, eigentlich fast alle, umso schärfer war er natürlich auf die, die er nicht bekam. Zum Beispiel Johanna. Und genau die stellte Natascha mit Inbrunst dar. Und seine Handykamera lief bei dem Rollenspiel mit. Wie immer so platziert, dass man von dem Mädel viel und von ihm selbst eher wenig sah. Der Schlüsseldialog klang so:

Natascha/Johanna: „Soll ich dir zeigen, was du bekommst, wenn du mich gewinnen lässt? Soll ich es dir zeigen?"

Jonny, der Produzent: „Oh ja, Baby, zeig es mir!"

Natascha/Johanna: „Da, du ... Schau es dir an! Das alles kriegst du, wenn du mir hilfst. Willst du einen Vorschuss? Willst du mich gleich ...?"

Jonny, der Produzent: „Ja, du ... ich will ...!"

Natascha/Johanna: „Und willst du mich auch von ..."

Jonny, der Produzent: „Ja, ich will dich auch von ..."

Natascha/Johanna: „Oh, er ist so ... Ich bin so ... Uuh. Du musst meinen Namen schreien, das macht mich so unglaublich scharf! Ooohh!"

Jonny, der Produzent: „Uaaagh!"

Natascha/Johanna: „Oh, ich glaub, ich bin gleich so weit – meinen Namen, schnell!!"

Jonny, der Produzent: „Nataaaa..."

Natascha/Johanna: „Nicht den, du Trottel! Den anderen!"

Jonny, der Produzent: „Johannaaaaaa!"

Natascha/Johanna: „Na also."

Der kurze Ausschnitt mit dem falschen Namen, den er gerufen hatte, weil er durch das weiße Pulver, das er sich an einer bestimmten Stelle eingerieben hatte, ein wenig aufgeregt war, dieser Ausschnitt also, stellte ihn vor kein Problem, den würde er im Nullkommanichts herausgeschnitten haben. Aber statt seinem Gesicht, das nur einige Sekunden lang zu sehen war, das Gesicht von Conny, seinem Anwalt, hineinzuschneiden, das würde schon um etliches schwieriger sein.

Natascha sah sich selbst als fröhliches, liebenswertes Wesen mit tollem Charakter, sonnigem Gemüt und einer Bombenfigur.

Das mit der Figur stimmte.

Über das andere ließ sich streiten, obgleich es schon Momente gab, wo jeder in ihrer Umgebung diese Eigenschaften bestätigt hätte. Speziell, wenn er Natascha gerade kennengelernt hätte, Kameras und Reporter in der Nähe wären, oder sie etwas von jemandem wollte (übrigens wollte sie immer irgendetwas von irgendjemandem). Momentan wollte sie etwas von einem Thomas. Das heißt, sie hatte etwas gewollt und war Thomas gegenüber daher so aufgetreten, dass dieser ihre obgenannten guten Eigenschaften sofort eigenhändig in Marmor geritzt hätte, um Zeugnis für die Ewigkeit abzulegen. Mittlerweile war er ein wenig verunsichert, ob das nicht doch voreilig gewesen wäre. Natascha wollte zwar immer noch dasselbe von ihm, war aber über Dauer und Fortschritt seiner Versuche, das Gewünschte zu liefern, ziemlich ungehalten und hielt mit ihrer Meinung keineswegs hinterm Berg.

„Was ist denn bitte so schwierig daran? Ich versteh es nicht, erklär es mir bitte, dann sehe ich es vielleicht ein, aber wenn du es mir nicht erklären kannst, so dass ich es auch verstehe, dann spar dir bitte deine Worte und mach es einfach, verstehst du? Es ist ja nicht so, dass das nicht andere schon vorher auch gemacht hätten, und zwar sehr gut gemacht haben, ich meine, so dass du wirklich sagst ‚Wow!', und genau das will ich hier auch, dieses ‚Wow!'. Ich will ein Wow-Erlebnis."

Thomas bemühte sich redlich, konnte aber den hohen Qualitätsansprüchen Nataschas keineswegs Genüge tun. Die Sache war die: Natascha hatte ein kleines Filmchen gedreht. Es war nicht das erste dieser Art, schon als sie den Produzenten zum ersten Mal zu einer Aussprache gebeten hatte, war ihre Action-Cam an strategisch guter Stelle platziert gewesen und den dabei entstandenen Streifen hatte sie als Rückversicherung für schlechte Zeiten sorgfältig aufgehoben. Aber der Nachfolgefilm war um einiges raffinierter. Meist ist ja der zweite Teil eines Erfolgsfilmes eher nur ein schwacher Abklatsch, aber Natascha hatte hier lange an ihrem Drehbuch gefeilt. Nachdem man sich nämlich einige Male getroffen hatte, unterstützte der Produzent ihre angebliche Neigung zu Rollenspielen und zögerte nicht lange, als Natascha vorschlug, sich als Johanna zu verkleiden und mit verstellter Stimme allerlei deftige Befehle an ihren Galan richtete. Den originellen Text hatte sie nach dem Studium mehrerer YouPorn-Meisterwerke einstudiert, die Beiträge des Produzenten waren eher improvisiert, aber das tat nichts zur Sache, die Hauptsache war die Optik. Der Schlüsseldialog klang so:

Natascha/Johanna: „Soll ich dir zeigen, was du bekommst, wenn du mich gewinnen lässt? Soll ich es dir zeigen?"

Jonny der Produzent: „Oh ja, Baby, zeig es mir!"

Natascha/Johanna: „Da, du ..." usw.

Der kurze Ausschnitt mit dem falschen Namen, den der Produzent gerufen hatte, weil er durch das weiße Pulver, das er sich an einer bestimmten Stelle eingerieben hatte, ein wenig aufgeregt war, dieser Ausschnitt also, stellte Thomas vor kein Problem. Den hatte er im Nullkommanichts herausgeschnitten. Viel mehr Kopfzerbrechen machte ihm Nataschas Hauptanliegen, sie hatte sich nämlich als Johanna verkleidet immer so vor der versteckten Kamera bewegt, dass man zwar den geblümten Rock und die Strickjacke gut sehen konnte, später auch die dargebotenen edleren Körperteile, aber ihr Gesicht hatte sie die ganze Zeit schlau verborgen gehalten. Nur ganz am Schluss ließ sie es volle drei Sekunden lang sehen. Genau über dieses Gesicht sollte Thomas nun am Computer das von Johanna legen, und zwar so, dass die Fälschung nicht als solche erkannt wurde. Stundenlang waren sie damit beschäftigt gewesen, aus dem YouTube-Videomaterial, das sie von Johanna finden konnten, die geeigneten drei Sekunden zu finden. Und jetzt war Thomas schon ewig damit beschäftigt zu schneiden, zu überblenden, zu korrigieren, erneut zu überblenden. Um ein wenig vom Thema abzulenken meinte er: „Wie findest du das mit Amy? Arg, oder? So ein grausliches Ende ... Mit einer Schere. Arg, oder?"

„Was?"

„Amy, meine ich. Arg, oder?“

„Ach so, die … Ja. Pech. Aber jetzt konzentrier dich auf den Film und setz mir endlich diesen blöden Ich-bin-Johanna-ich-bin-ja-so-natürlich-Tussenkopf auf, sonst krieg ich die Krise!“

Begräbnisvorbereitung

Freitag, 11. September, 17–19 Uhr

„Ich hab mir die Sache überlegt. Das war nicht richtig von mir, das tut ... wie soll ich sagen ... ja, das tut mir ... ich meine, du musst das verstehen, bist ja nicht erst seit gestern im Geschäft und ... aber das ist eine Sache der ... Ehre und irgendwie auch der ... Freundschaft. Ich meine ... wir sind ja nicht nur Geschäftspartner."

Jonny war sofort auf der Hut. Einerseits neigte er in bestimmten Phasen ohnehin zur Paranoia, andrerseits geschah gerade etwas völlig Unglaubliches, und weil Wunder heutzutage selten geworden sind, war es nur logisch, dass sofort alle Alarmglocken zu läuten begannen.

„Wie gesagt, tut mir echt ... Also ... ich hab mir's überlegt und ... wenn du willst ... Willst du?"

Die Sache war die: Seit Stunden plagte sich Jonny nun schon mit dem kleinen Film, den er insgeheim „meinen Kassenschlager" nannte. Er dachte dabei nicht an die Kinokassen, sondern an seine private Börse, aber „Kassenschlager" traf es trotzdem. Leider ging die Arbeit nicht besonders zügig voran. Er hatte zu wenig Material, um den Anwaltskopf in der richtigen Größe und Stellung einzupassen, vor allem hatte er kein Filmschnipsel und kein Foto gefunden, wo Conny keine Zigarette im Mund gehabt hätte. Probeweise ließ er also der Zigarette einen kleinen Gastauftritt im Kassenschlager, aber irgendwie passte es dann lautmalerisch nicht mehr zusammen. Jedenfalls war er mit dem Film noch lange nicht fertig, hatte also keinerlei Druckmittel gegen Conny, und nun rief ihn der aus heiterem Himmel an, versuchte ihm eine Entschuldigung vorzustammeln (übrigens jämmerlich schlecht geschauspielert) und brauchte ihn offenbar zu irgendetwas. Der Produzent kannte seinen Anwalt und gelegentlichen Geschäftspartner. Ohne besonderen Grund, ohne zwingende Umstände, ohne dass ihm das Wasser bis zum Hals stand, rief der niemanden an (noch dazu jemanden, den er gerade um den Deal seines Lebens gebracht hatte).

„Ich mach dir einen Vorschlag. Wir sind Partner. Was sagst du? Ist das fair? Ist das eine Entschuldigung, die sich sehen lassen kann? Schenk ich dir. Bist wieder dabei. Mit allem Drum und Dran."

Der Anwalt hatte die Schauspielerei aufgegeben und wieder seinen normalen Geschäftstonfall angeschlagen. Lang hatte er nicht durchgehalten. Jonny grinste. Endlich war der Moment gekommen, den anderen zu fangen, abzuhäuten, zu kochen, zu braten und dann genüsslich zu verspeisen. Conny brauchte ihn, das war klar, und er würde natürlich mitmachen, denn diese Sache war zu groß und der mögliche Gewinn zu gewaltig, als dass man hier beleidigt auflegte. Aber ein bisschen amüsieren durfte man sich schon.

„Was genau möchtest du mir denn sagen, Conny?" Er hatte einen hochzufriedenen Ton angeschlagen, dehnte jede Silbe mit Genuss aus und fühlte sich unendlich überlegen. Ein schönes Gefühl.

„Brauche dich. Das ist klar. Wirst natürlich mitmachen. Diese Sache ist zu groß und der mögliche Gewinn zu gewaltig, als dass man beleidigt auflegt." Irgendwoher kannte Jonny den Text.

„Aber ein bisschen amüsieren darf man sich schon, oder?", frage er.

„Amüsiere dich, so viel du willst. Aber Zeit ist Geld. Bist du dabei?" Das war für Jonnys Geschmack ein bisschen gar großkotzig formuliert. Seine euphorische Stimmung kippte im Eilzugstempo.

„Wie waren nochmal die Bedingungen? SCHWARZ AUF WEISS, Conny, SCHWARZ AUF WEISS! Glaub ja nicht, dass ich auch nur einen Finger rühre, ohne dass ich einen Vertrag vor mir habe. Einfach formuliert, ohne Klauseln, ohne Kleingedrucktes, ohne BULLSHIT! Meinst du, du narrst mich wie die andern? ICH WILL EINEN VERTRAG! Notariell beglaubigt! Wir beide, du und ich, fahren zu einem Notar und unterschreiben dort vor Zeugen einen Vertrag, und in diesem Vertrag steht genau 70:30 für alles. VERSTEHST DU DAS? 70:30, weil es meine Idee war, weil es meine Egomaniacs sind und weil du ein hinterfotziger Typ bist. 70:30! Verstehst du?!?"

„Völlig unrealistisch. Gegenvorschlag, ich ..."

„Du bist ein ...[12]"

Nach den ersten Höflichkeiten kam man auf die Sache an sich zu sprechen. Die Egomaniacs hatten sich darauf geeinigt, nicht am Grab zu singen, hatten alle möglichen fadenscheinigen Gründe angeführt und waren trotz massiven Interventionen nicht zur Vertragsunterzeichnung zu bewegen gewesen. Sowohl Conny als auch Jonny waren lange genug im Geschäft, um zu wissen, dass da etwas dahintersteckte, soll heißen, dass die fünf gedachten, ihr eigenes Süppchen zu kochen. Das heißt, zumindest die vier, denn von Johanna war überhaupt nichts herauszukriegen, sie war irgendwo untergetaucht und hatte nur per E-Mail erklärt, dass sie trauere.

---

12 Es folgte ein gutes Dutzend Vulgaritäten der übelsten Art, welche hier wiederzugeben uns schlichtweg der Anstand verbietet.

„Die ist unberechenbar", erklärte Conny. „Ob wir die irgendwie kriegen ist fraglich, aber die anderen müssen her. Du musst sie bearbeiten."

„Sie haben alle gesagt, dass sie nicht singen wollen?"

„Alle."

„Das ist Nataschas Idee gewesen. Dieses Luder! Die will den Kuchen alleine vernaschen. Die plant ihre eigene Begräbnisshow."

„Kann sein. Dann brauchen wir wenigstens die anderen."

„Blödsinn! Ohne die zwei Diven kannst du das vergessen. Was willst du mit den drei Flaschen? Einen Knabenchor eröffnen? Und dann hüpft Natascha hinter dem nächsten Grabstein hervor und stiehlt denen die Show. Nein, nein, alle müssen dabei sein, auch Johanna."

„Und wie bringst du sie dazu?"

„Das verrate ich dir, wenn der 70:30-Vertrag steht."

„50:50."

„70:30."

„60:40."

„70:30, oder ich ziehe das alleine durch. Anwälte gibt es wie Sand am Meer."

„Du bist ein ...[13]"

Ungefähr zur gleichen Zeit saß die Prinzipalin mit Johanna zusammen und führte eine lebhafte Unterhaltung mit ihrem Schützling. Ihre Locken wippten, ihre Augen funkelten und nach einer knappen halben Stunde hatte sie der Favoritin ihren Plan auseinan-

---

13 Es folgte eine Variante der vorigen Beschimpfungen, die wir auch nicht wiedergeben wollen.

dergesetzt. Natürlich würde sich Johanna nicht an einem gemeinsamen Projekt „Begräbnisshow" beteiligen, sondern in der Kirche ein Klagelied anstimmen. Ohne Instrumentalbegleitung, so schlicht und so natürlich, dass es einem das Herz zerreißen musste.

„Ist das nicht am Grab passender?"

„Ja, aber wir dürfen Natascha nicht vergessen. Das ist wie bei einem Kampf – wer zuerst zuschlägt, hat den Vorteil. Wenn sie ihre Show in der Kirche abzieht, dann kannst du am Grab singen, wie du willst, es wird nur die Zugabe sein. Der frühe Vogel fängt den Wurm. Du musst also, noch bevor die Messe beginnt, loslegen. Am aufgebahrten Sarg. Zufällig habe ich herausgefunden, dass auch dort Kameras stehen werden."

Sie diskutierten noch eine Weile, dann begab sich Johanna in den Proberaum, um das Klagelied zu üben.

Ungefähr zur gleichen Zeit saßen Jeff, David und Hansi im Café Weidinger zusammen. Diesmal ohne Natascha. David plädierte immer noch für einen gemeinsamen Auftritt, wenn nötig auch ohne Natascha.

„Wir müssen das realistisch sehen. Keiner von uns wird die Show gewinnen. In drei, vier Wochen sind wir weg von den Schirmen, dann folgt noch die vertraglich vereinbarte Tour aller Teilnehmer ..."

„Aller lebenden Teilnehmer", unterbrach Jeff.

„Ja, klar. Aller lebenden Teilnehmer. Und dann ist Schluss. Aber wenn wir beim Begräbnis singen, haben wir halb Europa als Zuschauer, vielleicht ergibt sich ja was."

„Halb Europa?" Hansi schaute verständnislos.

„Die Sache wird groß aufgezogen vom Sender ..."

„Na, dann reden wir halt noch einmal mit diesem Anwalt, der uns den Vertrag angeboten hat." Hansi war dabei.

„Ich weiß nicht, ich weiß nicht. Glaubt ihr nicht, dass Natascha einen eigenen Plan hat?", fragte Jeff. „Wenn die auch was singt, sind wir wieder abgemeldet. Das ist wie bei der Show, keiner von uns Jungs hat eine Chance, solang die drei ... ich meine die zwei Weiber noch im Rennen sind."

„Ja. Solange sie dabei sind. Aber rauswählen werden sie keine von den beiden", murmelte David finster.

„Das fällt mir schon immer auf", Hansi war zu einer Erkenntnis gekommen. „Die Weiber haben immer Vorteile gegenüber den anderen – also uns. Das war in der Schule schon so und dann in der Pubertät erst recht und das geht immer so weiter, immer sind sie im Vorteil, solange sie leben."

„Ja", sagte Jeff nach längerem Nachdenken. „Solange sie leben ..."

Maulwurfsverdacht

Montag, 14. September, 7:30 Uhr

„Ich höre da so ein Säuseln in den Blättern, so ein Rauschen geht durch den Wald, ein Wispern und ein Tuscheln. Vielleicht weiß ja wer was, oder jemand kennt einen, der was weiß, oder der zumindest eine Cousine hat, die was gehört haben könnte."

Das große Besprechungszimmer war schon sonst kein angenehmer Ort, wenn es aber Montag, 7:30 Uhr war und gut zwanzig Personen kaum zu atmen wagten, weil der Erzherzog durch den Raum tigerte und offenbar kurz vor einem Ausbruch stand, war es ein geradezu unerträglicher Ort.

„Vielleicht ist es ja so, dass eine kleine Indiskretion die Runde macht, was weiß man? ICH weiß es nicht! Aber ich kümmere mich ja auch nicht um die Sachen von andere Leut. ICH weiß es nicht! Aber ich hab ja auch Besseres zu tun, als mir Sorgen um sowas zu machen, wenn ein Promifall anliegt. ICH weiß es nicht! Aber ich steh ja auch nicht im inoffiziellen Verteiler ... BERLAKOVIC!"

Das große Besprechungszimmer war mehr als zwanzig Meter vom Auskunftsbüro entfernt. Um der Wahrheit Ehre zu geben, muss man sagen, dass, wegen der besseren Luft, die Türen des überfüllten Raumes offen waren und der Erzherzog zumindest in Richtung einer dieser Türen gebrüllt hatte. Jüngere Beamte, die ihn noch nicht so oft in Aktion erlebt hatten, staunten über seine Fähigkeit, die Lautstärke innerhalb von Sekundenbruchteilen hochzudrehen. Das Wort „Verteiler" war noch als halblautes, heiseres Flüstern zu hören gewesen, der Name des Auskunftsbüros kam im Kasernenhofton. Das sich daraufhin ausbreitende Schweigen lastete fast körperlich auf den Anwesenden. In Hawelka stieg ein Verdacht auf.

‚Er weiß es', dachte Hawelka. ‚Er weiß, dass wir es wissen. Er weiß, dass wir von seiner Tochter wissen, und er weiß auch, dass wir es nur durch einen Lauschangriff erfahren haben können.' Ihm war schon bei seiner Ankunft im Büro heiß gewesen, aber jetzt wurde es unerträglich, der Schweiß brach ihm aus allen Poren, er schielte zu seinem Partner, und was er sah, beruhigte ihn keineswegs: Sogar der sonst so abgebrühte Schierhuber wirkte verunsichert.

‚Aber am schlimmsten ist ... er kann es von niemandem von uns erfahren haben. Das ist doch Blödsinn, da geht doch nicht der Henk oder der Hohlstein hin und sagt: ‚Herr Hofrat, ich weiß was.' Das gibt's doch nicht. Aber in diesem Fall ...' Hawelka wagte kaum weiterzudenken, so furchtbar war der Verdacht. Immer noch war es atemlos ruhig in dem Raum und auch der Erzherzog, der weiter zwischen den einzelnen Beamten herumwanderte, schwieg. Es war ein dumpfes, bedrohliches Schweigen.

‚Es kann nicht anders sein, als ... Wahnsinn, er ... er hört uns ab!', dachte Hawelka. ‚Er hört uns ab, er hört uns ab, er hört uns ab, er ...'

„Er hört uns ab, Sepp", flüsterte er. Er hatte sich nicht zurückhalten können. Sein Glück war, dass der Erzherzog in diesem Moment ganz am anderen Ende des Raumes stand, Gerlitz einen nervösen Hustenanfall hatte und von draußen am Gang bereits das Geklapper der Berlakovic'schen Stöckelschuhe ertönte.

„Er hört uns ab, Sepp!" Er hatte es wiederholen müssen und drehte den Kopf, um Schierhuber anzusehen.

Dieser nickte langsam. Kein zwettlerisches Zweifeln diesmal.

Wenn dem so war, wenn der Erzherzog tatsächlich Radio Berlakovic hörte, dann hatte er nicht nur den Mitschnitt des Lauschangriffs seines Gespräches mit der Staatsanwältin gehört, sondern in den letzten Wochen und Monaten immer wieder mehr oder weniger schmeichelhafte Witze über sich selbst, die die gutgelaunte Herta B. gerne zum Besten gab. Mein Gott! In jedem totalitären Regime machte sich das geknechtete Volk durch Witze über die Führung Luft, warum sollte es hier anders sein?

Schüchternheit war eigentlich nicht die Schwäche von Herta Berlakovic. Ein vollgestopftes Besprechungszimmer machte ihr normalerweise keine Angst. Aber die spürbare Anspannung aller Anwesenden, die totale Stille und der kalte Blick des Erzherzogs ließen sie auf der Türschwelle erstarren und rot anlaufen. Alle blickten auf sie und den Alten.

„Wie kann es denn sein, liebe Frau, dass so ein Drecksblatt genau weiß, was sonst nur eingeweihte Ermittler wissen? Wie kann es denn sein, dass die heutige Ausgabe von dem Drecksblatt genau weiß, dass wir den Burschen vom Freitag wieder laufen haben lassen müssen? Und dass es eine neue Spur gibt. Eine Spur ins Weinviertel, wie kann denn so ein Drecksblatt das wissen?"

‚Was?', dachte Hawelka.

„Ich sag Ihnen etwas, ich hab einen Verdacht, wie die an solchene Details gelangt sind, ich hab einen Verdacht, aber ich schau niemand Bestimmten an." Der Erzherzog hatte sich knapp vor der erstarrten Berlakovic aufgebaut und bohrte seinen stechenden Blick in ihre aufgerissenen Augen. „Aber ich bin lange genug beim Club, um zu wissen, wie ich es herausfinden kann und dann werde ich ein kleines Liedchen singen, vom Ivan Rebroff ‚Sag beim Abschied leise Servus', weil ich bin mit allem einverstanden, aber mit einem bin ich nicht einverstanden, dass eine bestimmte Person tratscht und tratscht und tratscht, bis die ganze Journaille alles bis ins kleinste Detail schreibt, damit die Mordbuben genau wissen, was wir wissen und was wir tun und bei wem wir heute anklopfen werden. Wenn wir einen Maulwurf haben, wird es einen Rauswurf geben, auch wenn es eine Maulwürfin ist. Eine Vertragsbedienstete ist schnell abgebaut und dann ist Ruhe, das will ich nur einmal gesagt haben, damit es keine Missverständnisse gibt."

Die Gefühle der Anwesenden wurden auf eine Berg- und Talfahrt geschickt. Einerseits machte sich eine ungeheure Erleichterung breit – der Erzherzog war scheinbar doch kein heimlicher Zuhörer von Radio Berlakovic, das Undenkbare war also nicht eingetroffen. Andrerseits wurde hier über keine Kleinigkeit geredet. Eine undichte Stelle, die Ermittlungsinterna an die Presse weitergab, war eine ernste Sache. Zu dem kam, dass gut drei Viertel der Versammelten gar nichts von der erwähnten Spur ins Weinviertel wussten. Offenbar wollten Henk oder der Alte sie erst jetzt bei der Besprechung über diese neue Entwicklung informieren.

„Ich ... ich war das nicht, Herr ... Herr Hofrat, das müssen ... sie mir glaub..."

„Sterben muss ich! Und sonst gar nichts!", dröhnte Hofrat Zauner zurück. „Hüten Sie sich Ihnen vor diese Grobheiten, dass Sie mir einreden wollen, was ich glauben muss! Weil wir haben da eine Glaubensfreiheit in dem Land und ich glaub sowieso, was ich will, da brauch ich gar keine Glaubensfreiheit dazu, und Ihneren Segen brauch ich da auch nicht dazu. Ich sag nur, dass ich diejenige ..." Er trat noch näher an sie heran und die bleiche Berlakovic wich zurück auf den Gang, „... oder auch denjenigen ...", mit einem Ruck drehte sich der Alte um und richtete seinen Blick auf die Versammlung (jeder einzelne Beamte hätte schwören können, dass der Erzherzog ihm, und nur ihm, in die Augen gestarrt hatte), „... der die Informationen weitergegeben hat, eigenhändig rausschmeiße. Und wenn es das Letzte ist, was ich tu. HENK!"

Henk trat vor, übernahm und begann souverän und routiniert die Ermittlungsergebnisse des Freitags und die Wochenendentwicklung zusammenzufassen. Der Erzherzog war zur Seite getreten und musterte schweigend und mit verschränkten Armen die Reihen. Die Berlakovic stand noch gut fünf Minuten aufgelöst und schwer atmend, aber unfähig sich zu rühren, mitten vor der geöffneten Tür, dann verschwand sie hastig.

Was der Alte gemeint hatte, wurde durch Henks Ausführungen ein bisschen klarer.

„Die beiden Josefs haben am Freitag sehr gut gearbeitet und Uwe Berthold, genannt Lohengrin, aufgetrieben und vorläufig festgenommen. Sie haben ihn verhört, er hat geleugnet, wir haben dann übernommen und die Befragung vertieft, er hat weiterhin geleugnet. Wir haben uns dann die Videoaufzeichnung nochmals angesehen und den Zeitpunkt, an dem er das Geschäft verlassen hat, mit den Aussagen der Verkäuferinnen verglichen. Also, wir haben den Abgang vom Lohengrin, um 20:36 Uhr, und wir haben die Begegnung von der Wurzinger mit dem Opfer um 20:49 Uhr.

Frau Wurzinger hat sich deshalb so genau an die Uhrzeit erinnert, weil sie die Wühlkisten in das Geschäft geräumt hat, um pünktlich schließen zu können, und das war eben 20:50 Uhr. Eine Minute davor ist sie durch das Geschäft marschiert und hat durchgesagt, dass sie gleich sperren. Und da hat sie das Opfer getroffen, das mit der Wodkaflasche in der einen und mit einem Faltenrock in der anderen Hand unterwegs war und gefragt hat, ob ihr sowas passt.

So schaut's aus. Es hat also kurzzeitig so ausgesehen, als wären wir wieder ganz am Anfang und ohne Verdächtigen. Aber dann haben sich noch ein paar Fakten durch die Handyauswertungen der letzten Woche ergeben und die haben nun Folgendes ausgelöst ..."

Er präsentierte eine grellbunte Tageszeitung, deren reißerischer Titel *Johanna, die Wahnsinnige?* lautete und ein Archivbild von Johanna zeigte, das von einem sehr emotionalen Lied zu Beginn der Staffel stammte. Tatsächlich hatte sie da einen äußerst verwirrten Ausdruck im Gesicht. Im Innenteil der Zeitung waren dann nicht weniger als acht Seiten dem Fall Amy und der angeblichen Spur zu Johanna gewidmet. Natürlich war das Ganze aufgebauscht. Viele bunte Bilder, riesige Überschriften, Details zur Show, Steckbriefe der beiden, alte Interviews, Auszüge aus der offiziellen Presseaussendung der Polizei, Meinungen von Fans etc. Die eigentliche „Sensationsmeldung", die nach Meinung des Erzherzogs auf einer Indiskretion des Auskunftsbüros beruhte, war auf vier Fakten aufgebaut.

Erstens: Bei der routinemäßig in Auftrag gegebenen Auswertung von Amys Handydaten waren SMS aufgetaucht, die sie an Johanna geschickt hatte. Der Inhalt besagte ungefähr, dass Johanna sich vertraglich verpflichten sollte, mit Amy gemeinsam ein paar Lieder aufzunehmen und eine gemeinsame Tour zu machen – offenbar um Amys Popularität zu steigern.

Andernfalls „... lass ich dich auffliegen, dann kannst du Natascha schon zum Sieg gratulieren", wie es im letzten SMS hieß.

Zweitens: Dieses SMS stammte vom Tag vor dem Auftritt in der *Gigacity*.

Drittens: Der Assistent des Programmchefs, der bei gemeinsamen öffentlichen Auftritten der Egomaniacs den Tourmanager machte, hatte zu Protokoll gegeben, dass nicht nur Amy die Autogrammstunde geschwänzt hatte, sondern eigentlich alle nach gut zehn Minuten verschwunden waren. Also auch Johanna.

Viertens: Johanna war am Tag nach Amys Tod zwar befragt worden, hatte aber nichts von den SMS gesagt.

Zauners Zorn war jetzt fast allen begreiflich. Ein Maulwurf war das Letzte, was sie brauchen konnten. Unbegreiflich war ihnen allerdings, warum er ausgerechnet die Berlakovic im Verdacht hatte. Es stimmte zwar, dass die ein nie enden wollender Quell des Wissens und der Weisheit war, es stimmte auch, dass sie ihr Füllhorn reichlich über allen ihren Lieblingen ausschüttete und sich kein Blatt vor den Mund nahm, ABER (und hier irrte Zauner) eben nur über ihren Lieblingen, soll heißen den Beamten des Morddezernates. Eine Herta Berlakovic hatte zwar Beziehungen zu allen Dienststellen des Landes und wusste sich auch der Mitarbeit vieler anderer Institutionen zu versichern, aber sie achtete sehr wohl darauf, was für welche Ohren bestimmt war. Außerdem hatte sie eine Vielzahl anderer Themen auf Lager, musste also nicht mit Polizeiinterna protzen, um sich interessant zu machen.

„Die Handyauswertung mit Hilfe des Providers hat der Kollege Schütz gemacht. Harald, bravo!" Henk war mittlerweile dazu übergegangen, zu erklären, wie die

Fakten gesammelt worden waren. „Den Tourmanager hat der Andi nochmals bearbeitet, bei der ersten Befragung hat der nämlich auch auf das vorzeitige Ende der Autogrammstunde vergessen gehabt.“ Er wies auf Nimmervoll und wie zuvor klopfte die Versammlung mit den Knöcheln auf die Tischplatten als Zeichen des Respekts für die Leistung des Kollegen. „Und mit der Kameraauswertung haben am Samstag Fritz und Heinz ein paar entscheidende Fakten geschaffen.“

„Es war nicht ganz leicht“, erklärte Gerlitz. „Wir haben den Zeitpunkt, an dem die Verkäuferin, die sofort nachdem sie ihre ‚Wir sperren gleich zu‘ Ansage durchs Geschäft gerufen hat, rausging, um die erste Wühlbox reinzuschieben. Das war 20:50 Uhr. Alle, die bis dahin raus sind, haben wir einmal abgehakt und uns nur auf die nachher konzentriert. In den nächsten acht Minuten sind genau zehn Leute raus, später, nachdem sie Kassa gemacht und das Licht abgedreht haben, sind die Verkäuferinnen gegangen, ca. 21:10 Uhr. So. Zu den zehn Leuten: Ich hab eine Kopie der acht Minuten da.“

Er hatte sein Notebook an den Beamer angeschlossen und man sah den Eingang vom *Hurra!* auf der großen Leinwand am Ende des Besprechungszimmers. Drei junge Mädchen schlenderten hinaus, alberten herum und verschwanden aus dem Bild. Gerlitz stoppte kurz. „Die sind ungefähr dreizehn oder vierzehn – unmöglich ist nichts, aber ich tät sagen: Die waren's nicht. Wir werden natürlich trotzdem versuchen, sie aufzutreiben, vielleicht ist ihnen ja was aufgefallen. Wir haben Zettel in der *Gigacity* aufgehängt, dass sich alle Kundinnen des Geschäftes melden sollen, vielleicht bekommen wir auch eine Rundfunkdurchsage.“ Der Film lief weiter, als nächstes kam ein junges Pärchen raus. „Das sind Bekannte von der einen Verkäuferin, die ihr gesagt haben, in welchem Lokal sie auf sie warten. Wir haben schon mit ihnen geredet, aufgefallen ist ihnen nichts. Da waren's nur noch fünf." Weiter ging's, eine ziemlich üppige Frau in fortgeschrittenem Alter, für die das Sortiment im *Hurra!* eigentlich nichts zu bieten hatte. „Bisher noch unbekannt", erläuterte Gerlitz. Dann wieder zwei sehr junge Mädchen, die lange im Bild blieben, da sie direkt vor dem Eingang ihre Smartphones bearbeiteten, bis sie durch eine hochgewachsene Blondine zur Seite geschoben wurden, die das Geschäft sehr hastig verließ. „Die ist interessant", meldete Hohlstein. Jedem war die Doppeldeutigkeit seiner Bemerkung klar, trotzdem wagte niemand zu lachen, der Erzherzog stand nach wie vor im Raum. Als Letztes kam eine junge Frau mit Kapuzenshirt aus dem Geschäft. „Die käme natürlich auch in Frage."

„Wenn man jetzt einmal davon ausgeht, dass der Täter oder die Täterin im Umfeld von Amy zu suchen ist", unterbrach Henk, „dann wäre es die sogar am ehesten. Kleidung und Alter passen hier am besten."

„Aber diese Johanna ist auf jeden Fall nicht dabei", stellte Pollmann fest. „Da hat sich der Verdacht ja schon wieder erledigt."

„Ja und nein. Erstens müssen wir mit der Möglichkeit rechnen, dass sie nicht selbst zugestochen, sondern jemand angestiftet hat – was ich mir jetzt auch nicht gut vorstellen kann, aber zweitens könnte sie sich natürlich verkleidet haben."

„Das klingt aber ein bisschen sehr ... abenteuerlich", warf Nimmervoll ein.

„Wir müssen alle Möglichkeiten in Betracht ziehen, prüfen und genau bewerten, erst dann können wir sie ausschließen, oder eben nicht."

Sie sahen sich die drei auf dem Film nochmals an. Dann nochmal und dann nochmal. Schließlich versprach Gerlitz, von jeder ein Standbild an die Kollegen zu senden. Eines, wo am ehesten das Gesicht zu erkennen war. Das war nicht leicht, denn die Kamera war an der Decke montiert und alle sahen mehr oder weniger zu Boden, als sie das Geschäft verließen.

‚Das ist doch Blödsinn', ging es Hawelka durch den Kopf. ‚Zu denken, dass sich die gleich nach ihrem Auftritt verkleidet und Amy in ein Geschäft nachschleicht und sie dann mit der Schere absticht. Und die dicke Frau? Da müsste sie sich schon ausgestopft haben ... einen Polster, einen Anorak, darüber das Kleid, das muss doch jemand auffallen ... Nein, wenn die wirklich ein Motiv gehabt hat, dann hat sie jemand angeheuert, oder es war ganz anders.' Irgendwie wollte er nicht glauben, dass dieses sympathische Mädchen (mittlerweile hatte er sich einige Aufzeichnungen von *Egomania* angesehen) wegen eines Erpressungsversuches zur Mörderin geworden war. Das war doch eher ein Zickenkrieg, oder? Ich weiß was, und wenn du nicht tust, was ich sage, dann passiert was, und so weiter ... Was wollte die überhaupt wissen und vor allem, was war so schlimm, dass es Johanna den Sieg kosten konnte, wenn es bekannt wurde? Das war doch alles ...

„... der Josef und der Josef."

Hawelka schreckte hoch. Was hatte Henk eben gesagt? Über seinen Gedanken hatte er glatt vergessen zuzuhören. Er sah Schierhuber hilfesuchend an.

„Weinviertel", lautete die umfassende Erklärung.

Ja. Weinviertel. Genau. Das war ... eh ziemlich ... logisch. Gut. Er war dabei.

„Wieso Weinviertel?", fragte er im nächsten günstigen Augenblick flüsternd.

„Weil sie dort wohnt. In einer Theater-WG.“

„Na bravo.“

„Und wer, glaubst du, hat der Presse die neue Wendung verraten?“

„Die Herta sicher nicht.“

„Nein, sicher nicht. Aber ich kann mir auch sonst niemanden vorstellen, der ...“

„Na ja, für den Sojka leg ich meine Hand nicht ins Feuer. Wenn der Geld braucht ... Und er braucht fast immer Geld.“

„Stimmt.“

Theater

Montag, 14. September, 11:30 Uhr

Es war noch nicht Mittag, dennoch feierte Natascha bereits sehr ausgelassen. Sie ging dabei sehr gründlich vor. Sie konnte eben alles perfekt. Wenn andere von feiern sprachen, meinten sie zwei Gläschen Prosecco, die Musik ein bisschen lauter aufdrehen und endlos lang mit der besten Freundin kichern. Vielleicht, aber nur vielleicht, sogar ein bisschen flirten. Wenn Natascha von feiern sprach, zog sie ein anderes Programm vor. Das mit der besten Freundin entfiel, denn sie hatte keine beste Freundin. Eigentlich hatte sie gar keine. Aber das lag sicher nicht an ihr. Jedenfalls hatte sie, gleich nachdem sie die, vom Erzherzog liebevoll „Drecksblatt“ genannte Zeitung gelesen hatte, einen spontanen Freudentanz aufgeführt. Johanna verdächtig! Sehr gut! Noch einmal den Artikel gelesen und noch einen Freudentanz aufgeführt. Dann hatte sie einen ihrer Bekannten angerufen und ihn zum sofortigen Rendezvous bestellt. Während er ins Taxi stieg, hatte sie ihm telefonisch genaue Anweisungen über Pflege, Wartung und Handhabung des weiblichen Körpers in Hinsicht auf die Erreichung multipler Orgasmen gegeben. Dann hatte sie ein wenig vom letzten Gastgeschenk des Produzenten genommen. Huuuuiiii!! Gleich noch ein Freudentanz.

„Ich gewinne, ich gewinne, ich gewinne!“ Das konnte sie in allen Tonlagen singen und darüber hinaus rhythmisch variieren. Nach zehn Minuten begann sie das Liedchen zu langweilen und sie intonierte den Zeitungsartikel. Nach weiteren zehn Minuten war der Bekannte endlich da. Er hatte wunderschöne Tattoos, prächtige Muskeln und war für jeden Spaß zu haben. Während sie ihn auszog, sang sie ihm den Zeitungsartikel vor und schob nach jedem Absatz den Refrain „Ich gewinne, ich gewinne, ich gewinne!“ ein.

„Glaubst du wirklich, dass sie es gewesen ist?“, fragte der Bekannte, als sie ihn auf das Sofa stieß. Natascha hielt inne, Männer waren manchmal aber auch wirklich zu herzig in ihrer Naivität.

„Wen interessiert das?“, fragte sie verwundert. „Es genügt schon, dass es die Zeitungen schreiben. Ich gewinne, ich gewinne, ich gewinne!“ Er wollte noch etwas sagen, doch sie brachte ihn effizient zum Schweigen.

Sie hatten Johanna während der Fahrt vier Mal angerufen, aber immer nur die Mailbox erreicht. Das Theater lag in einem kleinen Dorf zwischen Hollabrunn und Retz, sie parkten sich ein und betraten den umgebauten Streckhof durch das offene Tor. Keine fünf Meter vom Eingang weg stand ein Mann an die Mauer gelehnt und sah konzentriert zu den Wolken hoch. Hawelka räusperte sich. Der Mann wendete den Kopf.

„Prächtiges Wetter heute, was?“, begrüßte er sie. Er sah aus wie die Karikatur eines englischen Landadeligen, trug trotz der Hitze eine Tweed-Jacke, hatte eine Schirmmütze auf und rauchte Pfeife. „Glaube kaum, dass es heute noch regnen wird.“

„Mein Name ist Hawelka, ich bin Gruppeninspektor, und das ist mein Kollege, Gruppeninspektor Schierhuber. Wir sind von der Kriminalpolizei.“ Hawelka hielt dem Menschen die Dienstmarke hin. ‚Vermutlich ist gerade Kostümprobe für ein englisches Stück‘, überlegte er.

„Lassen Sie stecken, alter Junge. Sie kommen wegen Johanna?“

„Genau. Wir würden gerne mit ihr sprechen."

„Prächtiges altes Mädchen. Ganz ordentliche Stimme. Bestes Pferd im Stall. Leider nicht da." Der Typ schien seine Rolle zu lieben. Er sog an seiner Pfeife und sah Hawelka träge an.

„Wissen Sie, wo sie sich aufhält?"

„Keinen blassen Schimmer."

„Wer könnte es denn wissen?"

„Fragen Sie die Prinzipalin. Fabelhaftes Weib. Ist da hinten." Er wies mit einer unbestimmten Geste auf den Stadel, den man weiter hinten im Hof erkennen konnte. Dann widmete er sich wieder den Wolken.

Sie kamen nicht weit. Kaum hatten sie zehn Schritte gemacht, sprang aus einer Seitentür eine dürre junge Frau heraus, die sich sogleich bei Schierhuber unterhakte und ihn mit sich zog. Hawelka folgte verwundert.

„Ich hab mir schon gedacht, dass Sie kommen, wir leben ja nicht am Mond hier, wir wissen ja, was los ist, und die Zeitung haben wir schon in der Früh gelesen, seither laufen die Telefone heiß, die Prinzipalin ist beschäftigt, wie immer, aber für Sie wird sie sich Zeit nehmen, das ist ja ganz klar, wir sind auf der Seite der Polizei, nur mit dem Trottel von vorhin brauchen sie nicht zu reden, er ist halb schwachsinnig, außerdem trinkt er. Er war früher Komparse bei uns, dabei muss er sich den Kopf angeschlagen haben, seither bildet er sich ein, englische Kriminalromane schreiben zu müssen, dabei war er noch nie in England, die Krimis sind im Übrigen ganz schlecht, kein Verlag will sie haben, er veröffentlicht sie selbst, zahlt ein Vermögen dafür, keiner weiß, woher er das Geld hat, mittlerweile glaubt er, selbst Engländer zu sein, Sie haben ja gesehen, wie er sich anzieht, furchtbar, er steigt der Prinzipalin nach, sie hat nicht das Herz, ihn wegzujagen, sie wird im Übrigen gleich für Sie Zeit haben, ich hole sie sofort und ..."

„Und wer sind Sie?", fragte Hawelka, um sich einzubringen. Die Frau hatte nämlich die ganze Zeit über ausschließlich auf Schierhuber eingeredet, diesen sogar am Arm gefasst, und zog ihn nun ständig von einer Ecke des Raumes zur anderen, immer darauf bedacht, Hawelka den Rücken zuzukehren, wobei sie ihm aber immer wieder nervöse Blicke über die Schulter zuwarf. Seine Frage ignorierte sie, stellte sich stattdessen auf die Zehenspitzen und fuhr mit ihrem Redeschwall fort, indem sie Schierhuber halblaut ins Ohr flüsterte.

„Die Prinzipalin hat ja ein Herz aus Gold, andere hätten ihn schon längst der Polizei gemeldet, aber sie sagt nur immer: ‚Er tut nichts, er tut nichts.' Dabei habe ich ihn erst gestern Nacht an meiner Tür kratzen gehört."

„So, jetzt möchte ich Sie bitten, sich zu setzen und uns Ihren Namen zu sagen. Haben Sie das verstanden?" Hawelka hatte die Frau am Arm gepackt, von Schierhuber weggezogen und so gedreht, dass sie ihm ins Gesicht sehen musste. Widerspenstig nickte sie. „Wir ermitteln in einem Mordfall, wir haben ein paar Fragen und ich muss Sie um Ihre Mithilfe ersuchen. Haben Sie auch das verstanden?" Wieder nickte sie und setzte sich an einen der kleinen Kaffeehaustische im Buffet. Hawelka und Schierhuber nahmen links und rechts von ihr Platz, sofort drehte sie ihren Sessel Richtung Schierhuber, worauf sich die Partner mit kurzem Blick verständigten und ihre Sessel nebeneinander, ihr genau gegenüber, platzierten.

„Sie sind?"

„Ach, Lena, du hast also die Herren schon hereingebeten", tönte es in dem Moment vom Eingang, „das ist nett von dir. Meine Herren, danke für Ihre Geduld, meine Assistentin Lena haben Sie gerade kennengelernt, ich bin Lotti und hier sozusagen die Gastgeberin, willkommen in unserem kleinen Theater!“ Eine lebhafte Frau mit Löckchen und strahlendem Gesicht kam auf sie zu, schüttelte ihnen nacheinander die Hände, zog einen Stuhl an den Tisch und setzte sich. Das musste die angekündigte Prinzipalin sein, die Leiterin des Theaters.

„Grüß Gott, wir sind von der Kriminalpolizei und ...“

„... wegen Johanna und diesem verrückten Zeitungsartikel hier. Ich habe Sie schon erwartet. Was darf ich für Sie tun?“

„Wir untersuchen den gewaltsamen Tod von ...“

„... der armen Amy, ich weiß. Das ist eine schreckliche Sache, und nun wollen Sie Johanna dazu befragen. Das kann ich verstehen, aber ich fürchte, ich weiß selber momentan nicht, wo sie ist. Ich hab sie ein paarmal angerufen, aber momentan hebt sie nicht ab – das macht sie manchmal, wenn sie Zeit für sich braucht. Und die Aufregung der letzten Tage war wohl ...“

„Nach unseren Informationen wohnt sie bei Ihnen, ist das richtig?“

„Völlig richtig, wir bilden hier eine kleine Wohngemeinschaft, gleich neben dem Theater haben wir ein Haus gemietet und momentan sind wir ... warten Sie ... sechs, nein, sieben Personen, die hier ihren Hauptwohnsitz haben. Von den Gästen will ich gar nicht reden, manchmal schlafen fünfzehn, zwanzig Leute dort.“

„Und Johanna ist ...“

„... schon lange Mitglied in unserem Ensemble und hat seit ... ungefähr zwei Jahren ihr Zimmer bei uns. Ich nehme an, Sie wollen es sehen?“

„Wir würden uns hier gern ein bisschen umsehen“, meinte Hawelka. „Eigentlich überall, hier im Theater, drüben im Haus. Aber ja, gute Idee, fangen wir mit dem Zimmer von Johanna an.“ Die magere junge Frau, die vorher ohne Unterbrechung geredet hatte, saß seit dem Eintreten der Prinzipalin schweigend da, kaute an ihren Nägeln und warf nervöse Blicke von einem zum anderen.

„Aber ja, bitte, kommen Sie, ich zeige Ihnen alles.“ Die Prinzipalin sprang auf und steuerte auf die Türe zu. „Lena, bist du so lieb und passt hinten ein wenig auf die Meute auf?“ Die junge Frau nickte und verschwand eilig, Schierhuber und Hawelka folgten der anderen hinaus auf den schmalen Gang und aus dem Hof auf die Straße. Wieder passierten sie den Engländer, der immer noch in die Luft schaute und seine Pfeife in der Hand hielt. Er tippte sich kurz an die Mütze und schickte ihnen ein „Schön, Sie kennengelernt zu haben“ hinterher. Sie erwiderten nichts, hatten Mühe mitzuhalten, denn die Frau schritt energisch aus und hielt erst vor dem Eingang des Nachbarhauses. Das Haus war riesig, möglicherweise eine alte Schule, die umgebaut worden war.

„Welche Leute ... ich meine, wer wohnt hier? Verwandte, Freunde, wildfremde Mieter, oder ... Theaterleute?“, wollte Hawelka wissen.

„Genau so ist es“, lachte sie. „Ein bisschen von allem, denn wissen Sie, die Schnittmenge ist groß, manche machen bei uns mit, sind Schauspieler, Musiker, Bühnenbildner ..., wir haben einen Maler ...“

„... und einen englischen Schriftsteller, der nicht Englisch kann ...“, ergänzte Hawelka.

„Ach“, lachte sie auf, „Lena hat Archie schon vorgestellt, das macht sie immer, sie ist schrecklich verliebt in ihn, die Arme, man munkelt sogar, dass sie nachts an seiner Tür kratzt, aber sie lässt sich natürlich nichts anmerken. Kommen Sie, kommen Sie." Sie stieg einige Stufen hinauf und bog in einen Gang ab, an dessen Ende eine Flügeltür war. „Das ist Johannas Reich, schauen Sie sich in Ruhe um."

Sie gingen an ihr vorbei und kamen in einen großen Raum, sicherlich eine ehemalige Klasse, oder zumindest die Hälfte davon. Als Erstes bemerkte Hawelka eine auffallende, fast pedantische Ordnung.

„Ist hier immer so ... perfekt aufgeräumt?"

„Johanna ist tatsächlich sehr gründlich. Bei allem, was sie tut", entgegnete die Prinzipalin. Sie war in der Tür stehengeblieben, ganz so, als wolle sie die Arbeit der Polizisten nicht stören. Hawelka machte geistig eine Bestandsaufnahme, registrierte ein Digitalpiano, mehrere Notenbücher, eine Stereoanlage, eine Gitarre, eine Sitzecke mit niedrigem Tischchen, ein großes Doppelbett, einen Schreibti...

„Doppelbett."

„Wie bitte?"

„Ein Doppelbett, sie hat ein Doppelbett. Es sind zwei Polster und zwei Decken, lebt sie mit jemandem zusammen hier drinnen?"

„Nicht, dass ich wüsste, aber das schließt ja nicht aus, dass die zweite Decke und der zweite Polster nicht doch hin und wieder gebraucht werden. Unter einer Decke wird es doch manchmal ein bisschen zu heiß, auch wenn man sich gut leiden kann, nicht wahr?"

Ob es an der Art, wie sie das sagte, lag, oder ob es an ihrem teils belustigten, teils herausfordernden Blick lag, Hawelka wurde rot. Er wandte sich schnell ab und machte weiter seine Bestandsaufnahme im Großen, während Schierhuber sich den Details widmete: Notenbücher durchblätterte, Bücher aus dem Bücherregal nahm und bedächtig in der Hand wog und schließlich den Schreibtisch untersuchte. Nach gut zehn Minuten brachen sie die Aktion ab, es war klar, dass es nichts bringen würde. Sie fanden keinen Computer, die Prinzipalin redete von einem Notebook, das Johanna aber bei sich haben dürfte, es gab kein Notizbuch, keinen Kalender oder Ähnliches.

„Haben Sie irgendeine Ahnung, wo sie sein könnte?"

„Vermutlich will sie ein wenig abschalten und zu sich kommen, es ist halt alles ein bisschen viel momentan ..."

„Machen Sie sich gar keine Sorgen?"

„Dass sie tatsächlich etwas mit dem Mord an Amy zu tun haben könnte und jetzt geflohen ist? Schwachsinn. Nein. Das ist doch eine Zeitungsente! Johanna ist sozusagen die Favoritin, den Sieg kann ihr niemand mehr nehmen, und selbst wenn Amy die klare Favoritin wäre: Haben Sie Johanna in einer der Sendungen gesehen? Oder bei der ersten Einvernahme kennengelernt?"

Hawelka schüttelte den Kopf.

„Sie ist nicht der Typ, der von Ehrgeiz zerfressen wird und alles für einen Sieg bei einer lächerlichen Castingshow tun würde. Sie hätte sich mit der anderen gefreut, sie ist so, verstehen Sie?"

„In einer SMS hat Amy angedeutet, dass sie Johanna auffliegen lassen will. Was könnte sie da gemeint haben?"

Die Prinzipalin seufzte. „Mein Gott, da gibt es tausend Dinge, die man aufbauschen kann. Bei jedem Menschen und bei jedem Kandidaten. Ich hab Amy nicht kennengelernt, aber soviel mir Johanna erzählt hat, war sie sehr frustriert und verzweifelt und sehr negativ der Welt, dem Leben und den Menschen gegenüber eingestellt. Wahrscheinlich ist sie oft enttäuscht worden, und da hat sie sich eben hier die große Chance erwartet, und wie sie gesehen hat, dass sie bestenfalls Dritte werden kann, da ...“

„Das versteh ich schon“, unterbrach Hawelka, „aber was könnte es sein? Was schätzen Sie?“

„Vielleicht eine Männergeschichte, vielleicht eine Weibergeschichte, vielleicht eine Drogengeschichte, vielleicht ...“

„Hat sie viele solcher Geschichten gehabt?“

„Das weiß ich doch nicht! Sie wohnt hier, sie ist bei unserer Theatergruppe, sie ist eine Freundin, aber deshalb breitet sie doch nicht ihr ganzes Leben vor mir aus ...“

„Verstehe. Können wir uns noch umsehen?“

„Soviel Sie wollen, zwei oder drei Zimmer sind allerdings versperrt, da müssen Sie die Mieter fragen, ob und wann ... aber drüben das Theater kann ich Ihnen zeigen. Natürlich auch die Nebenräume.“

Sie brauchten fast zwei Stunden. Das Ensemble hatte die Probe unterbrochen, alle kannten Johanna, alle liebten Johanna, aber keiner konnte sagen, wo sie war.

‚Oder sie wollen es nicht sagen‘, dachte Hawelka. Und natürlich glaubte auch keiner, dass Johanna etwas mit dem Tod von Amy zu tun hatte. Sie tranken Kaffee im Büro der Prinzipalin, Schierhuber kippte in den seinen einen Jägermeister, während die Prinzipalin draußen war, um zu telefonieren – angeblich wollte sie jemanden nach Johanna fragen, der vielleicht wissen konnte, wo sie war. Hawelka bemühte sich, aus den aufgeschnappten Gesprächsfetzen zu schließen, ob sich die Frau tatsächlich bemühte oder nur zum Schein nachfragte, konnte aber keine eindeutigen Hinweise erlauschen. Weder für die eine noch für die andere Möglichkeit. Sie verabschiedeten sich, hinterließen der Prinzipalin ihre Nummer mit der Bitte, sich sofort zu melden, wenn Johanna auftauchte. Dann gingen sie.

„Ganz netter Tag heute, ist es nicht?“, bemerkte der Engländer, als sie an ihm vorbeigingen.

Wiederholung

Montag, 14. September, 15:30–23:30 Uhr

„Was meinst du, Sepp?“

„Na ja.“

Das war zumindest ein Anfang. Ein Anfang, der durchaus einen fruchtbaren Diskurs auslösen konnte. Gesprächsanfänge dieser Art hatten schon Hunderte Male stattgefunden. Wer Schierhuber nicht so gut kannte, wäre an so einer Antwort verzweifelt, aber Hawelka wusste über die Eigenarten seines Partners Bescheid.

„Also, kommt dir auch was spanisch vor?“

„Sehr spanisch.“

„Da steckt doch mehr dahinter, da ist doch irgendwas faul.“

„Stimmt.“

„Ich bin froh, dass du das sagst. Ich war mir nicht ganz sicher ...“

„Ja, eh.“

„Und? Ein Motiv?“

„Na ja, wie sie gesagt hat: vielleicht Männergeschichten, vielleicht Weibergeschichten, vielleicht Drogengeschichten ..., wenn sie mit sowas erpresst worden ist.“

„Aber ...“

„Enttäuschte Fans verzeihen nichts“, behauptete Schierhuber.

„Stimmt schon“, gab Hawelka ihm Recht. „Johanna ist die Brave, die Unschuldige, die Sauberfrau in der Show. Bei anderen wäre es vielleicht egal, aber bei ihr ... Aber deshalb gleich ein Mord?“

„Sie selber eh nicht. Das glaub ich nicht. Aber diese Lotti hat es faustdick hinter den Ohren, der trau ich alles zu.“

„Du meinst, dass gar nicht Johanna ... sondern die Prinzipalin? Um ihre Freundin zu schützen?"

„Die ist mehr als eine Freundin."

Hawelka überlegte. Das stimmte wahrscheinlich. Lotti war so eine Art Coach oder Managerin für Johanna. Aber sie hatte einen sehr ausgeglichenen Eindruck gemacht. Allerdings ... na ja, man ... sollte das nicht ... überbewerten, aber ...

‚Na ja, man soll das nicht überbewerten', dachte Hawelka, ‚aber irgendwie habe ich den Eindruck, dass sie ein bisschen mit mir geflirtet hat.' Tatsächlich hatte ihm die Prinzipalin während der Führung durch das Theater ein klein wenig schöne Augen gemacht. Und genau das machte ihn stutzig. Gewiss, er hatte seine Vorzüge, aber ... in das Beuteschema der meisten Frauen passte er nicht, das war ihm klar. Was hatte also diese lebhafte, energische Frau bewogen, mit ihm zu flirten?

„Weißt du was, Sepp, wir suchen uns ein Wirtshaus da in der Nähe, essen zu Abend und fahren dann noch einmal hin. Vorher haben sie ja mit uns gerechnet. Aber vielleicht können wir sie diesmal überraschen. Vielleicht versteckt ja die Prinzipalin Johanna in ihrem Schlafzimmer."

„Vielleicht." Nach dieser umfassenden Zustimmung zu Hawelkas Plan steuerte Schierhuber das nächste Wirtshaus an.

„Hör zu, Johanna, wenn du das hörst, ruf mich sofort an, verstehst du? Egal, was da schiefgelaufen ist zwischen uns, das ist alles Vergangenheit, alles Vergangenheit. Show ist Show und so, aber wenn du jetzt in Schwierigkeiten steckst, dann sollst du wissen, dass ich für dich da bin, hörst du? Du musst da nicht alleine durch, das sag ich dir, das packen wir gemeinsam, verstehst du? Ich bin für dich da, Johanna, jederzeit, immer und überall, das solltest du wissen. Ich besorge dir die besten Anwälte, ich hol dich da raus aus der Scheiße und in ein, zwei Monaten ... was sag ich, in ein, zwei Wochen, höchstens, lachen wir schon über die ganze Sache. Ich meine, ich glaub ja nicht wirklich, dass du was getan hast, oder irgendwas damit zu tun hast, das ist natürlich nur eine Zeitungsente, aber sogar, wenn da irgendwas dran ist, ich meine, wenn irgendwas passiert sein sollte, egal, ich krieg das für dich hin, du kannst dich auf mich verlassen, das schwöre ich dir, verstehst du? Ich hab die Kontakte, ich hab die Beziehungen, ich hab die Erfahrung, ich hol dich da raus. Also, wenn du das hörst, ruf mich sofort an. Und wenn sie dir nur einen Anruf erlauben und sagen, dass der für den Anwalt ist, dann ruf keinen von diesen Trotteln an, sondern mich. Mich, mich, mich! Ja? Ich kümmere mich dann um alles. Okay? Okay! Ciao, Johanna!"

Jonny, der Produzent, warf das Handy auf die Couch und atmete tief durch. Das war erledigt. Das hatte er deponiert. Die Chancen, dass ihn Johanna anrief, standen 20:80, das war ihm klar, aber immerhin war es einen Versuch wert. Sicher, sie hatte keinen Vorvertrag mit ihm machen wollen – als Einzige, aber seine Angebote (sowohl geschäftlich als auch sexuell) abzulehnen, wenn man als Favoritin galt, war eine Sache. Sein Angebot zur Hilfe abzulehnen, wenn man als Mordverdächtige untergetaucht war, das war eine andere Sache. In einer solchen Situation wurde man ganz rasch von ganz vielen ganz schnell fallengelassen. Da brauchte man einen Freund und Helfer. Einen Profi! Also ihn. Er setzte sich und starrte zur Decke. Wenn sie anbiss, dann hatte er durch sie mehr Publicity als durch alle anderen zusammen. Selbst Natascha konnte da einpacken. Jetzt auf Johanna zu setzen, war eine Investition in die Zukunft. Sogar, wenn sie ins Gefängnis musste, wäre sie Gold wert. Oder vielleicht gerade dann.

„Die neue Staatsanwältin sitzt mir im Nacken, ich hab ihr gesagt, dass es für eine Fahndung noch zu früh ist, aber die wittert die Chance, groß rauszukommen. Jedenfalls hat sie sich nach dem Reinfall mit dem Punker jetzt auf Johanna als Hauptverdächtige eingeschossen und Blut geleckt. Sie sagt, wenn eh schon alle Zeitungen drüber schreiben, dann ist es doppelt verdächtig, dass sich die nicht bei uns rührt. Bei uns nicht, und auch woanders nicht. Nicht am Telefon meldet, nicht erreichbar ist, an ihrem Wohnsitz nicht angetroffen wird, sich beim Sender nicht gemeldet hat und so weiter. Da hat sie Recht, die Staatsanwältin, das ist nicht das Verhalten, das man sich erwartet, wenn sie eine weiße Weste hat. Wenn! Jedenfalls könnt ihr reinkommen, die Niederösterreicher übernehmen die Fahndung draußen und wir die herinnen. Mir ist wichtig, dass wir die Mitkandidaten noch einmal befragen, was das jetzt für Sachen sein könnten, die das Opfer über die Verschwundene gewusst haben will. Der Sepp und du, ihr schaut euch bitte diesen Jeff an."

Sie waren gerade mit dem Essen fertig gewesen, als Henk sie angerufen hatte. „Die Staatsanwältin hat das Mädel zur Fahndung ausgeschrieben, wir sollen zurück nach Wien."

Schierhuber zuckte gottergeben mit den Schultern und trank seinen Verdauungsjägermeister aus. Zwanzig Minuten später waren sie wieder in Wien.

Sie hatten nicht erwartet, um kurz vor sieben noch jemand im Auskunftsbüro anzutreffen, umso mehr freuten sie sich, als sie im Vorbeigehen Tastaturklappern hörten. ‚Vielleicht ein paar kollektive Überstunden, wegen der Fahndung', dachte Hawelka. Aber es erwartete sie eine herbe Enttäuschung. Von den drei Grazien war nur noch die vierte da.

Die Forstner.

Polizisten neigen ja im Allgemeinen nicht zu blumigen Vergleichen, dennoch waren sich beim *Reznicek*, in dem die Kollegen gerne nach dem Dienst beisammensaßen, alle darüber einig gewesen, dass, wenn man die Damen des Auskunftsbüros mit Rosenblüten verglich, die Berlakovic die letzte voluminöse Herbstblüte verkörperte, die Frischauf eine volle Sommerblüte und die Sommer eine frisch aufgebrochene Knospe, die gerade erst ihre verheißungsvollen Blütenblätter entfaltet hatte. Diesen überaus klischeebefreiten Vergleich hatte, nach nur zwei Krügeln Bier, der alte Bußta gezogen, und in der darauf entstandenen andächtigen Pause hatte Sojka, der Cowboy, die Forstner als Verkörperung der Dornen bezeichnet. Den restlichen Abend hindurch war er mit Freibier belohnt worden. Dann hatten die Anwesenden Vergleiche der Grazien mit den vier Jahreszeiten gezogen, wobei die Forstner als strenger Winter bezeichnet worden war. Dabei war sie nicht unansehnlich. Anfang vierzig, mit durchaus guter Figur. „Das G'stell", hatte Frauenfachmann Hohlstein erklärt, „das G'stell[14] von der Forstner ist ja nicht einmal so schlecht." Als gestandene Männer hatten die Kollegen natürlich sofort gewusst, was das richtige Rezept gegen die permanent schlechte Laune der Forstner wäre,

---

14 Als „Gestell", manchmal auch als „Fahrgestell", wird in Wien (vorwiegend von Männern) die gesamte Region einer Frau unterhalb der Gürtellinie bezeichnet.

und man hatte sich in Details über die empfohlene Kur übertroffen. Der Cowboy hatte lautstark seine Variante der „Rosskur“ angepriesen, in der Lederstiefel mit Sporen und Lasso eine wichtige Rolle spielten. Ein wenig später war Hawelka gegangen.

Aber in Schierhubers Vergangenheit gab es eine Episode, die ihn am Ende einer improvisierten Büro-Geburtstagsfeier noch zur Forstner nach Hause geführt hatte. Dort musste etwas vorgefallen sein, was den großen Mann irgendwie verstört und in die Flucht getrieben hatte. Zwar hatte er Hawelka damals vom Besuch an sich erzählt, auch angedeutet, dass es dabei zu Intimitäten gekommen war, dennoch waren viele Fragen offen geblieben. Tatsache war, dass Schierhuber und die Forstner sich seither aus dem Weg gingen und kaum ansahen.

Daran musste Hawelka nun denken, als ihm die Forstner mit säuerlicher Miene die Unterlagen zum Kandidaten Jeff für den nächsten Tag aushändigte.

„Hast du extra auf uns gewartet?“

„Das könnt euch so passen. Wegen euch mach ich sicher keine Überstunden.“

„Aha ... Dann also ... na ja ... schönen Abend noch, äh ...[15] ja, ciao.“

Sie hatten sich ohne abendliches Bier beim *Reznicek* getrennt und nun lag Hawelka wieder vor dem Fernseher und wollte sich endlich die Aufzeichnung der Show zu Ende ansehen. Jeff, die Diva, wie er von der Konkurrenz genannt wurde, war der Kandidat, den sie

---

[15] Zum wiederholten Mal war ihm der Vorname der Forstner nicht eingefallen.

am nächsten Tag befragen würden. Er war der Held der Kids zwischen dreizehn und siebzehn. Natürlich waren es hauptsächlich Mädchen, die es supercool fanden, wie er seinen knabenhaften Körper bewegte, sich schminkte und einem weißen Michael Jackson gleich in völlig verrückten Kostümen über die Bühne tänzelte und dazwischen mit hoher Stimme schmachtende Lieder von Einsamkeit und schlimmen Kratzern auf der Seele sang. Diesmal war es ein dreißig Jahre altes Lied von Boy George *Do You Really Want to Hurt Me?* Der Schwerpunkt seiner Darbietung lag im sinnlichen Streicheln sämtlicher Körperteile durch den Stoff eines eng anliegenden Ganzkörperanzuges. Todtraurig lächelte er in die Kamera, und fast alle Teenies wussten in dem Moment, dass nur sie, sie ganz alleine ihn verstehen konnten. Am Ende des Liedes ließ er Tränen kullern und verharrte regungslos in kniender Stellung an eine der Kulissen gestützt, während die Tränen auch bei den Mädchen im Saal flossen und der Applaus von einigen lauten Schluchzern durchdrungen wurde. Der Moderator half ihm auf und zog ihn tröstend an sich.

„Jeff, du Lieber, warum suchst du dir denn immer so traurige Lieder aus?“, fragte er einfühlsam und strich dem Jungen zärtlich über die kunstvolle Frisur.

„Beim letzten Mal haben wir ja abgebrochen, aber beim vorletzten Mal stand ich schon draußen und wäre fast aus der Show geflogen. Ich hab irgendwie das Gefühl gehabt, dass mich alle lieber draußen sehen wollten und dass es besser wäre, ich hätte gar nicht weitergemacht, weil ich hier ohnehin keine Freunde finde. Das macht mich sehr traurig und ...“

In diesem Moment stürzte Johanna herein und nahm ihn tröstend in die Arme. Der Saal begann zu toben. Sie murmelte ihm beruhigende Worte ins Ohr, während sie ihn herzte wie eine Mutter ihren kleinen Jungen. Der Moderator sah aus, als hätte er sie am liebsten umgebracht, weil sie ihm die Show als Tröster stahl und wieder einmal die komplette Aufmerksamkeit des Publikums hatte, während er nur blöd danebenstehen und – „Ist ja schon gut, Jeff, schau, die Johanna kümmert sich um dich. Du bist nicht alleine." – sagen konnte. Auch Jeff sah nicht gerade dankbar aus, weil sie ihm soeben seine wohlüberlegte und gut vorbereitete Mitleidstour vermasselt hatte. Zu allem Überfluss musste er jetzt auch noch gute Miene zum bösen Spiel machen und Johanna unter Tränen dankbar anlächeln, weil sie doch so lieb zu ihm war. Aber das Publikum goutierte Johannas Einsatz natürlich, und einmal mehr war sie die Königin der Herzen. Die vom Sender bezahlten Stimmungsmacher hielten Tafeln mit Herzchen und klatschenden Händen hoch, und die Jury lächelte gespielt gerührt.

Bis auf Jonny, den Produzenten.

Hawelka schaltete auf Pause und holte sich ein Bier. ‚Anders halt ich diesen Blödsinn nicht aus', dachte er.

Als sich Jeff unter Johannas Umarmung und ihren Streicheleinheiten gefangen hatte, ging er mit dem Moderator zum Jurytisch, während sie wieder in den Kulissen verschwand. Erwartungsgemäß sprach ihm die Jury Mut zu.

„Keine Angst, Jeff, wir alle mögen dich. Ich meine, jetzt nicht körperlich ...", scherzte Rudi. Die Softpornodarstellerin sprach von einer sehr erotischen Performance und der junge Schauspieler, der Gastjuror war, meinte, ihm habe es eigentlich ganz gut gefallen. Der Produzent allerdings wurde seiner Rolle als großer böser Wolf wieder einmal gerecht.

„Jeff, ich muss sagen, deine Versuche, die Diva zu spielen, funktionieren in Interviews und abseits der

Bühne bestens. Aber leider nicht auf der Bühne." Geraune und Murren im Saal.

„Weil", sagte der Produzent genüsslich, „deine Performance hat mich heute schon wieder nicht überzeugt. Dein Gesang ist nur welk und kraftlos ..." Pfiffe, noch mehr Buhrufe. „... und dein Herumgehopse macht aus dieser traurigen Nummer eine Parodie ..." Wieder Pfiffe, wieder Buhrufe, wieder drohend anschwellendes Raunen. „... da muss ich dir leider sagen: So wird man kein Star, ja nicht einmal ein ernstzunehmender Interpret. Deshalb hast du für mich den Preis der schlechtesten Performance des heutigen Abends schon so gut wie in der Tasche." Lautes, unwilliges Gebrüll, schrille Pfiffe und absolut kein Applaus. Der Produzent kannte das schon und grinste überlegen. Jeff ließ wirkungsvoll den Kopf hängen. Der Moderator versuchte, das Urteil des Produzenten zu relativieren, dennoch war das Saalvoting schwächer als bei den anderen beiden zuvor. In der Lounge nahmen Natascha („Hey Kleiner, du bist cool, das weißt du!") und Hansi („Geh, tu dir nix an, Alter.") den Todtraurigen herzlich in Empfang (schließlich liefen die Kameras), klopften ihm auf die Schulter und ließen ihn zwischen sich Platz nehmen. Er schniefte noch einmal herzergreifend, machte einen bravourösen Augenaufschlag in die Kamera und hoffte, dass seine Rechnung aufging.

Hawelka überlegte, ob er sich die Show bis zum Ende ansehen sollte. Er hatte den Buben gesehen, mehr Vorbereitung brauchte er eigentlich nicht für das morgige Gespräch. Aber dann versuchte er es doch.

‚Irgendwie sind die ja schon bewundernswert', dachte er. ‚Wie alt sind die? Achtzehn, zwanzig, fünfundzwanzig? Sie agieren aber, als wären sie schon viel länger im Geschäft. Jeder spielt seine Rolle, spielt seine

Stärken aus, berechnet sein Tun. Wie sie dreinschauen, wie sie sich bewegen, wann sie in die Kamera schauen, wann sie verzweifelt sein müssen, wann sie dankbar lächeln müssen und so weiter ... Das haben sie wahrscheinlich trainiert, bevor sie noch den ersten Ton gesungen haben. Eigentlich auch eine Leistung.‘

Die nächste Kandidatin war Amy, das Mordopfer. Das interessierte Hawelka nun doch. Sie kam schon vor den ersten Takten in kurzem Rock, zerfetzter Netzstrumpfhose und schwerer Lederjacke auf die Bühne, stellte sich mit gesenktem Kopf breitbeinig in die Mitte und wartete das Intro bewegungslos ab. Dann begann sie plötzlich zu schreien. Zuerst glaubte Hawelka, die Schreie seien ein reißerischer Einstieg in das Lied, aber nach einer halben Minute wurde klar, dass es eher improvisiert war. Der Bandleader machte ein paar verzweifelte Zeichen, gab dann dem Schlagzeuger einen Wink, dieser machte ein Break, und die Band begann noch mal von vorne. Allein – es half nichts. Amy schrie immer weiter: „Fuck! Fuck! Fuck! Es reicht, es reicht, es reicht! Ich hör auf! Fuck! Fuck! Fuuuuuuuck!“ Und so immer weiter und weiter und weiter. Die Regie schaltete auf die Saalkameras, das Publikum sah ratlos und betreten aus. Dann war wieder Amy zu sehen, die inzwischen dazu übergegangen war, den Mikroständer gegen die Kulissen zu schlagen und dabei weiterzuschreien. Immer noch übertrug man live. Die Band spielte auch weiter, wahrscheinlich in der Hoffnung, die schlimmsten Beschimpfungen von Amy zu übertönen und keine peinliche Stille als Background zuzulassen. Endlich war ihr Mikro abgeschaltet worden und die Kamera zeigte das gezwungen lächelnde Gesicht des Moderators, der irgendwas von „gelungener Einlage vor dem nächsten Lied“ stammelte. Im Hintergrund konnte man erkennen, wie zwei Securitys versuchten, Amy von der Bühne zu schaffen. Sie schaltete den ersten durch einen Tritt in den Schritt und den zweiten durch einen kräftigen Hieb mit dem Mikroständer aus. Dann schwenkte die Kamera endgültig weg und eine Werbeeinschaltung wurde eingespielt.

‚Schade um sie', dachte Hawelka. ‚Die hatte wenigstens Temperament.' Der Rest der Aufzeichnung war uninteressant, aber kurz, nachdem er abgeschaltet hatte, griff er erneut zur Fernbedienung. ‚Was hat sie eigentlich geschrien?', ging es ihm durch den Kopf. ‚Fuck, fuck, fuck – aber was noch? Es reicht? Oder so ähnlich ...' Er suchte die Stelle. Da! Amys vermeintlicher Einsatz in den Song, dann aber nur: „Fuck! Fuck! Fuck! Es reicht, es reicht, es reicht! Ich hör auf! Fuck! Fuck! Fuuuuuuuck!"

‚Außer ‚Fuck', nur ‚Es reicht. Ich hör auf.' Was hat sie gemeint? War sie es einfach nur leid, in einer Kommerzshow mitzumachen, ohne Aussicht auf den Sieg? Wollte sie wirklich aussteigen? Vielleicht, weil sie gehofft hat, dass Johanna auf ihre Erpressung einsteigt und mit ihr gemeinsam auf Tour geht? Das wäre natürlich ein anderer Karriere-Turbo gewesen als der dritte oder vierte Platz bei der Show', dachte Hawelka, drückte die Pause-Taste und betrachtete das stumme Standbild, das Amy beim Tritt gegen das Security-Gemächt zeigte.

‚Oder was könnte sie noch gemeint haben? Womit könnte sie noch aufhören haben wollen? Irgendeine ... Verschwörung oder ein ... abgekartetes Spiel gegen ... eine Konkurrentin?' Vielleicht steckte aber auch gar nichts dahinter, sondern sie wollte sich einfach nur in Szene setzen, um ihren Marktwert zu steigern. So wie die andere in der Woche zuvor ... diese andere ... diese Nadeschta oder ... wie hatte die geheißen? Anders ... aber schon mit Na... er war ...

Zum wiederholten Mal hatte es Hawelka nicht mehr ins Bett geschafft, er war auf dem Sofa eingeschlafen. Grundsätzlich kein Problem, man schlief ganz ausgezeichnet auf dem Sofa. Aber nicht, wenn um fünf die Berlakovic anrief.

Spielerin

Dienstag, 15. September, 5:30 Uhr

Es war kurz nach halb sechs, als die improvisierte Besprechung im Präsidium losging. Henk kam direkt vom Tatort.

„Der Martin ist dortgeblieben, um das Vorgehen der Kollegen zu koordinieren, ich fahr dann auch nochmal hin, deshalb müssen wir uns beeilen. Also: heute gegen vier Uhr früh ist eine Frau …", er sah in sein Notizbuch, „… eine Frau Dorner mit ihrem Hund draußen gewesen. Irgendwann hat der Hund angefangen, verrücktzuspielen und war von einer bestimmten Stelle am Zaun eines Hauses in der … Peter-Jordan-Straße nicht mehr wegzukriegen. Die Frau hat einen Blick durch den Zaun riskiert, weil sie wissen wollte, was da so interessant war. Kurz und gut, in dem Garten lag eine Leiche. Diese Leiche ist niemand anderer als Johanna Lechner, unsere momentan zur Fahndung ausgeschriebene Hauptverdächtige im Fall Regina Neuwald. So!" Erst jetzt hob Henk den Blick von seinem Notizbuch und sah in die verschlafenen Gesichter seiner Kollegen.

„Wir haben also jetzt nicht nur einen sogenannten Promifall, sondern auch eine Serie. Ob's jetzt eine ist oder nicht, ob Zufall oder Nachahmungstäter oder sonst was, ist ganz egal, ab heute wird jede Zeitung von einer Serie schreiben, und bis wir etwas anderes beweisen können, müssen wir selber auch vom Schlimmsten ausgehen."

„Wie ist sie …", wollte Gerlitz wissen und machte eine eindeutige Handbewegung.

„Herzstich, wie bei der anderen."

„Wieder eine Schere?"

„Das wissen wir noch nicht. Beim Opfer, oder in unmittelbarer Nähe, haben wir keine Schere gefunden, und der Arzt muss sich die Verletzung erst näher ansehen, um das mit Sicherheit sagen zu können, aber ausgeschlossen ist es nicht."

„Schöne Scheiße!" Das war Pollmann. Weder Erzherzog noch Staatsanwältin waren da, er brauchte sich also kein Blatt vor den Mund zu nehmen. Im Übrigen drückte er die Gedanken aller Anwesenden aus. Sicher, die Arbeit der Polizisten blieb dieselbe, ob das Opfer jetzt der Papst oder ein völlig unbekannter Buchhalter war, die Arbeit blieb dieselbe, ob es ein Opfer gab oder fünf. Es waren Spuren zu sichern, Zeugen aufzutreiben, Verdächtige zu verhören, Bilder auszuwerten, Hintergründe zu recherchieren und so weiter. Aber wenn Prominente betroffen waren, wenn sich eine Serie abzeichnete, wenn die Sensationsgier der Leute erst einmal richtig geweckt war, dann wurden die vorgesetzten Behörden natürlich nervös und standen gewaltig unter Druck, und diesen Druck gaben sie noch gewaltiger nach unten weiter, und wenn dann jeder Schritt der Ermittler von einem Tross Reporter und Fotografen begleitet wurde, wirkte sich das nie positiv auf die Arbeit und die Ergebnisse aus.

„Ihr wisst, was jetzt auf uns zukommt. Ich möchte euch vor allem eines ans Herz legen: Ruhe bewahren. Packt das dickste Winterfell aus, egal, wer euch anfliegt, egal, was die ... Frau Staatsanwältin sagt oder was die Journalisten schreiben, wir erleben sowas ja nicht zum ersten Mal, also nochmal: Ruhig bleiben. Zweiter Punkt: Schnell handeln! Bevor jeder von uns fünf Hanseln von der Zeitung am Bein hat. Die Typen hören Polizeifunk, das wisst ihr, am Tatort waren bisher nur zwei, wie ich weggefahren bin, aber jetzt sind es schon fünf, und in einer Stunde hast du dort einen Menschenauflauf."

Über das schnelle Handeln waren sich alle einig. Henk traf eine Einteilung, alle sollten sofort zu den verbliebenen Egomaniacs fahren, sie mit der Todesnachricht konfrontieren und gleich die Alibis prüfen.

„Josef, ihr beide fahrt noch einmal ins Weinviertel. Weckt diesen ganzen Theaterclub auf und schaut euch die Reaktionen an. Herta, du koordinierst mir den Haufen, ich will, dass wir alle den gleichen Informationsstand haben. Über Überstundengenehmigungen brauchen wir nicht reden, ich gehe davon aus, dass wir alles bewilligt kriegen, was wir brauchen, daher könnt's euch auf ein paar Nächte mit wenig Schlaf einstellen. Außer ..."

„Außer?"

„Außer wir kriegen den Täter gleich heute." Die Männer lachten ziemlich mutlos. Sie wussten, dass es nicht so einfach werden würde.

„So einfach wird's nicht werden", murrte Hohlstein stellvertretend für alle. Sie waren schon im Hinausgehen.

„Vielleicht doch", sagte Henk, „ich fahre nämlich nicht zum Tatort zurück, weil mir der Garten so gefällt, sondern weil eine junge Frau im dazugehörigen Haus wohnt. Eine junge Frau, die angeblich tief und fest geschlafen hat und nichts vom Mord bemerkt haben will. Aber ein komischer Zufall ist das doch, dass es sich bei der jungen Frau ausgerechnet um Natascha Buric handelt. Findet ihr nicht?"

„Das war ein Spiel", flüsterte die Prinzipalin eine gute Stunde später, „nur ein Spiel." Sie hatte noch geschlafen, Schierhuber hatte fünf Mal läuten müssen, bis sie endlich die Tür öffnete. Sie musste an ihren Mienen gesehen haben, dass sie schlechte Nachrichten brachten, denn ihre Augen hatten sich sofort entsetzt geweitet. Nun standen Hawelka und Schierhuber im Büro des kleinen Theaters, und sie war auf einen Drehstuhl gesunken.

„Es war doch nur ein Spiel“, wiederholte sie, „nur ein Spiel.“

„Inwiefern?“

„Es ging nur darum, den Sender zu schlagen. Nur darum. Zu zeigen, dass diese ganzen Vorabsprachen und Verträge, diese Vocal-Coaches und Produzenten, diese abgemachten Juryurteile und vorbestimmten Reihenfolgen nicht unumstößlich sind. Wir wollten zeigen, dass dieser ganze Machtapparat zu schlagen ist.“

„Zu schlagen? Wie zu schlagen?“, fragte Hawelka.

„Hauptsächlich dadurch, dass man anders agiert als alle anderen. Nichts nachmachen, sondern vormachen. Das erfordert Mut und Konsequenz, und es kann auch schiefgehen, aber wer nicht wagt ... Im Prinzip ist das jetzt alles egal. Johanna ist tot und ... so weit sollte das Spiel nicht gehen.“ Sie wirkte schwer getroffen.

„Das mit dem Spiel müssen Sie mir ein bisschen genauer erklären Frau ...“

„... immer noch Lotti. Sagen Sie einfach Lotti zu mir, alle sagen Lotti zu mir.“

„Also Lotti. Was war das für ein Spiel?“

„Ein Spiel ... aus Lust an der Freude, wenn Sie so wollen. Ich spiele eben gerne, ich bin eine Spielerin. Brettspiele, Kartenspiele, Schauspiele ... ich mag Spiele.“

„Und Sie wollen gewinnen.“

„Wie gut Sie doch das menschliche Herz kennen, Herr Hawelka.“ War da ein bisschen Ironie in ihrer

Stimme? Vielleicht war es aber auch nicht gerade seine intelligenteste Feststellung gewesen, alle Spieler wollten schließlich gewinnen.

„Alle Spieler wollen schließlich gewinnen, und mir macht es natürlich auch Freude. Aber sicher genauso viel Freude macht mir das Spielen an sich: Aktion – Gegenaktion, Zug – Gegenzug, zuerst mach ich das, daraufhin machst du das, dann mach ich so und du machst so, und so weiter ... Verstehen Sie das?"

„Freilich. Das ist beim Tarockieren genauso", bestätigte jetzt Schierhuber, der Fachmann.

„Genau. Und diese Geschichte hat mich auch gereizt. Johanna war mit Feuereifer dabei. Sie war die ideale Kandidatin, eine Schauspielerin durch und durch, konnte ein bisschen singen, hatte gerade nichts Besseres vor und war auch vom Typ her genau das, was ich mir vorgestellt habe. Ich musste sie aber auch nicht lange überreden, sie machte sofort mit."

„Dann war das Ihre Idee, dass Johanna sich zur Show meldete?"

„Ja. Ich wusste, dass in den Wochen während der Staffel bei uns spielfrei war. Also hätten alle Zeit, das war eine der Grundvoraussetzungen."

„Wieso alle?" Schierhuber war diesmal ungewöhnlich neugierig.

„Alle von unserem kleinen Haufen. Theaterleute, Helfer, Freunde, Leute aus dem Dorf, so etwas gehört geplant und organisiert. Es gibt ein Team für die Fanpost, ein Team für die sozialen Medien, ein Team, das die von Johanna selbstgebackenen Kuchen macht, die sie dann unter den Fans verteilt, ein Team, das die Johanna-Socken gestrickt hat, ein Team hat Unterschriften gesammelt, Unterstützungserklärungen, was weiß ich, was noch alles, manchmal hab ich selber den

Überblick verloren. Am Anfang waren wir fünfundzwanzig, vielleicht dreißig, mittlerweile sind wir fast hundert, und im Laufe der letzten sechs Wochen sind ja dann echte Fanclubs entstanden, das ist zum Glück ein Selbstläufer geworden."

„Was heißt echte Fanclubs?"

„Na ja, die Amerikaner sagen dazu: ‚Fake it, till you make it.' Wir haben diverse Aktionen gemacht, die den Medien, speziell den sozialen Medien, eine Johanna-Bewegung vorgegaukelt haben, die es damals noch gar nicht gab. Wir haben sozusagen Johanna-Fanclubs gespielt."

„Und sie hat immer die natürliche Kandidatin gespielt, die nichts geplant hat, wo kein Team dahintersteht, die alles spontan macht und deshalb so unverdorben ..."

„Genau!", unterbrach die Prinzipalin, die jetzt wieder ein bisschen mehr Farbe im Gesicht hatte. „Genau, unverdorben, so nicht-berechnend, das ist es, wie sie rüberkommen sollte. Das ist es, was wir erreichen wollten."

„Und Amy ist ihr ... – oder sagen wir euch allen – draufgekommen?"

„Vermutlich. Ich hab keine Ahnung, was sie sonst gemeint haben könnte. Sonst gibt es keine dunklen Geheimnisse bei Johanna zu entdecken. Nicht, soviel ich weiß. Aber jetzt ist ohnehin alles egal ... Sie ist tot. Verstehen Sie?"

„Ja", sagte Hawelka, „und genau deshalb müssen wir alles wissen, alles über Johanna, über ihre Bekannten, ihren Verein hier, und so weiter."

„Und so weiter", bestätigte Schierhuber.

„Kommen Sie, ich zeig Ihnen alles."

Die Prinzipalin führte sie nach hinten ins Theater, wie beim ersten Mal. Auf der Bühne standen Requisiten und Schränke, die teilweise durch schwarze Vorhänge abgedeckt waren. Lotti zog die Vorhänge zur Seite und nun zeigte sich, dass neben den Schränken ganze Stapel mit Schachteln standen. Sie öffnete ein paar und bedeutete Hawelka hineinzusehen. Er holte mehrere Bündel Fanpost heraus.

„Alle mit der Hand geschrieben, alle möglichst anders, mit echten Absenderadressen, wir haben hier wochenlang vorgearbeitet. Gut die dreifache Menge von dem, was Sie hier sehen, haben wir in Postämtern und Briefkästen in ganz Österreich aufgegeben. An den Sender geschickt, an Tageszeitungen geschickt, an Radiostationen geschickt. Sehr überzeugend im Stil. Schon seit der ersten Sendung waren wir fleißig. Facebookfreunde und Votingstimmen haben wir von einem indischen Anbieter gekauft, das war gar nicht einmal so teuer, und nach und nach kamen dann immer mehr echte dazu, mittlerweile, wie gesagt, bräuchten wir fast gar nichts mehr tun, das ist ein Selbstläufer. Sie hätte locker gewonnen, und das wäre der Grundstein für eine Bombenkarriere gewesen."

„Votingstimmen aus Indien?" Schierhuber sah sie zweifelnd an.

„Aber was glauben Sie denn? Das machen alle so! Man muss ein bisschen was investieren ... Aber ich gebe zu, dass es bei den Fans gar nicht gut angekommen wäre, wenn sie gewusst hätten, dass ausgerechnet Johanna zu solchen Mitteln greift."

„Das heißt aber ... dass Sie, oder Johanna, oder Sie beide doch ziemlich in ... Sorge waren, als Amy drohte, das zu verraten, oder etwa nicht?"

„Na ja, Sorge ... Sie hat ja noch nicht einmal gesagt, was sie überhaupt wusste oder zu wissen glaubte. Und schlimmstenfalls hätte eben Johanna mit ihr was aufgenommen und ein paar gemeinsame Konzerte gemacht. Sie glauben doch nicht immer noch, dass Johanna Amy erstochen hat und dann ein Nachahmungstäter bei ihr genau das Gleiche ... Nein, nein, das ist Blödsinn, das war ein und dieselbe ..."

„Dieselbe? Woher wissen Sie, dass das eine Frau war?" Hawelka sah die Prinzipalin aufmerksam an.

„Schere. Ein typisch weibliches Mordinstrument. Lesen Sie keine Krimis? Ich schon."

„Und welche Frau haben Sie im Verdacht?"

„Wer war von Beginn an die Ehrgeizigste in der Show? Wer hat alles für die Publicity getan? Einen Nervenzusammenbruch vorgespielt? Im Studio herumgeballert? Wer würde alles, wirklich alles tun, um zu gewinnen?" Hawelka wusste, wen sie meinte, aber er wollte es von ihr selbst hören, deshalb tat er, als denke er nach und sagte dann: „Eine ... Spielerin?" Die Prinzipalin stutzte kurz und lachte dann freudlos auf.

„Sie haben aufgepasst. Bravo! Ja, Natascha ist in gewisser Weise auch eine Spielerin, aber eine krankhaft ehrgeizige, die auch vor falschem Spiel nicht zurückschreckt."

„Na ja", mischte sich Schierhuber ein, „selbstgeschriebene Fanpost, eine Horde Lohnbäckerinnen, Facebookfreunde aus Indien – das ist jetzt auch nicht unbedingt die feine englische Art."

„Stimmt. Aber wenn Sie uns schon vergleichen – ich hatte ein Interesse daran, dass Johanna gewinnt, Natascha hatte ein Interesse daran, dass Johanna ... na ja, sagen wir ... zumindest nicht gewinnt, noch besser: diskreditiert ist, und noch viel besser: überhaupt verschwindet."

„Und warum hätte sie Amy umbringen sollen?"

„Das sollten Sie sie selber fragen. Was weiß ich – vielleicht wollte sie Johanna so zur Verdächtigen machen, dann war ihr das zu unsicher und ... Zack!"

„Aber im Garten vor ihrem Haus?"

„Kann sein, dass sie die Leiche später wegschaffen wollte und dabei gestört wurde, oder ... Ich hab wirklich keine Ahnung." Sie wirkte sehr erschöpft und ließ sich auf eine der Fanpostschachteln nieder.

„Wir brauchen Namen und Adressen von Ihren Schauspielern und Helfern und von allen, die hier am Werk waren."

Sie nickte, dann stand sie müde auf, blickte auf die geöffneten Schachteln mit der vorbereiteten Fanpost und stieß dann eine um. „Die brauchen wir ja wohl nicht mehr ..." Sie ging ihnen voraus in Richtung des vorderen Gebäudes, wo ihr Büro war. „Natürlich kriegen Sie die Namen und die Adressen und die Telefonnummern und eine Liste mit E-Mailadressen und eine Liste mit diesem und eine Liste mit jenem ..." Plötzlich blieb sie stehen und drehte sich abrupt zu Hawelka um. „Sie war so fröhlich, sie war so ... positiv ..., verstehen Sie? Natürlich hat sie dort geschauspielert, natürlich haben wir besprochen und geprobt, was sie wann wo sagt und wie sie auftritt, aber sie war auch in Wirklichkeit eine so Positive ... Herzliche ... Liebe ..."

Unversehens warf sie sich in Hawelkas Arme und schluchzte heftig an seiner Brust. Er sah hilfesuchend zu Schierhuber, aber Gefühlsausbrüche waren nicht dessen Spezialität, der Zwettler war zur Seite getreten, vertiefte sich in die Betrachtung eines Plakates und nippte nachdenklich an dem kleinen Fläschchen Jägermeister, das er reflexartig aus seiner Rocktasche gezogen hatte. Gut zwei Minuten stand die Prinzipalin an Hawelka geklammert und ließ ihren Tränen freien

Lauf, während er mit ungeschickten Händen mechanisch über ihren Rücken strich, um sie zu beruhigen. Dann richtete sie sich auf, drehte sich weg, wischte sich über Augen und Nase und entfloh mit großen Schritten Richtung Büro.

Etwas über zwanzig Minuten später standen sie mit den ausgedruckten Listen vor dem Theater und verabschiedeten sich. Die Prinzipalin wirkte mittlerweile sehr gefasst, aber Hawelka war es, als spüre er immer noch den bebenden Körper an seiner Brust, und sein Hemd war noch ein wenig nass von ihren Tränen. Nie im Leben hätte er an die Frage gedacht, die Schierhuber jetzt wie nebenbei zum Abschied stellte: „Geh, Frau ... Lotti, könnten Sie uns noch sagen, wo Sie die letzte Nacht waren?“

Einen Momente lang schien sie überrascht, dann verwirrt, dann begriff sie, und irgendetwas blitzte in ihren Augen auf. „Ich war im Bett. Alleine. Niemand da. Ich habe also kein Alibi, wenn Sie das meinen, Herr Schierhuber.“ Ihre Stimme war eisig. Ihr Blick ebenfalls. Sie drehte sich um, ging zurück ins Theater und versperrte das Eingangstor von innen zweimal.

Sie waren hundemüde. Hawelka kam es vor, als hätte er noch nie so viele Menschen vernommen wie an diesem Tag. Nachdem sich die Prinzipalin im Theater eingesperrt hatte, waren sie in das große Haus mit der Wohngemeinschaft der Theaterleute gegangen und hatten dort mit den Vernehmungen begonnen. Dann hatten sie die Listen geordnet und priorisiert, dann hatten sie Leute im Dorf vernommen, dann hatten sie ... Herausgekommen war gar nichts. Außer der Prinzipalin selbst hatten drei Leute kein Alibi: der Engländer, die nervöse Lena und einer der jungen Schauspieler. Aber auch alle anderen „Alibis" waren nicht besonders überzeugend. Die meisten bestätigten sich ihre Anwesenheit gegenseitig, was nicht viel wert war. Aber ...

„Aber überrascht und erschrocken waren sie alle, die meisten haben sofort losgeheult, ziemlich hysterisch", wie Hawelka Henk in einem telefonischen Zwischenbericht mitteilte. „Also, manche haben vielleicht übertrieben, aber an die Nieren ist ihnen das allen gegangen. Außerdem dürftet sowieso ihr näher an der Täterin dran sein, oder?"

„Na ja, das hab ich mir auch gedacht. Eigentlich hab ich gedacht, dass wir um diese Zeit schon ein Geständnis haben", meinte Henk, „wir verhören sie jetzt schon seit vier Stunden, aber es bringt nichts. Sie verstrickt sich nicht in Widersprüche, bleibt bei ihrer Aussage, dass sie geschlafen hat. Ich mach jetzt Schluss, wenn nichts mehr Wichtiges ist, sehen wir uns morgen bei der Frühbesprechung." Sie legten auf.

„Bier oder nicht Bier?“, hatte ihn Schierhuber nach dem Telefonat gefragt.

„Ich glaub, ich bin zu müde heute“, war Hawelkas Antwort gewesen, und so hatten sie sich bald getrennt.

Ursprünglich wollte Hawelka noch die Zeugenaussagen abtippen, beschloss aber, angesichts des Umfanges lieber am nächsten Tag das Auskunftsbüro um Hilfe zu bitten. Soweit er wusste, waren die anderen mit ihren Zeugen auch nicht weitergekommen.

‚Aber das ist bei denen genauso unwichtig wie beim Sepp und bei mir‘, dachte er auf dem Heimweg. ‚Es gibt sowieso nur zwei Möglichkeiten. Entweder läuft ein Irrer herum, der beschlossen hat, die Showteilnehmer nacheinander abzustechen, oder sie war's. Zuerst die nicht so starke Konkurrentin, um eine falsche Spur zu legen, und dann die Favoritin, damit sie gewinnt.‘

„Ja, liebe Zuhörer, das ist Radio Berlakovic, der wahrscheinlich beliebteste Sender der Welt. Genießen Sie mit mir den lauen Sommerabend, und was würde zu einem lauen Sommerabend besser passen als ein großes Glas Campari Soda und Musik aus Italien? Tante Herta hat in ihrer Schallplattensammlung gesucht und ... He! Burschen! Wisst's ihr, dass man jetzt nicht mehr Schallplatten sagt, sondern Vinyl? Das ist so, wie wenn man nicht mehr Strümpfe sagt, sondern Nylons, oder? Na, wurscht, das wollt ich euch nur sagen. Also ... Tante Herta hat in ihrer Vinylsammlung gesucht und für euch Adriano Celentano ausgegraben: ‚Soli‘! Aufgepasst, hier kommt Gefühl!“

Hawelka hatte eine Weile überlegt, ob er sich eine weitere Aufzeichnung von *Egomania* anschauen sollte, fühlte sich allerdings zu müde und entschied sich spontan für das Berlakovic'sche Web-Radio.

„Soli! Dadidadadadaduuuuh, solo io, solo tu." Eines der Highlights im Programm von Radio B. war, wenn die Chefin die Musikbeiträge auf ihrer Stereoanlage abspielte, sich samt Mikrofon vor die Boxen stellte und lauthals mitsang, was ihr immer wieder große Komplimente am nächsten Tag einbrachte. An diesem Abend musste sie schon den einen oder anderen Campari Soda zu sich genommen haben, der Refrain fiel überaus euphorisch aus. Im Übrigen hatte sie den Wetterbericht geschönt, von einem lauen Sommerabend konnte keine Rede sein, es herrschte schon den ganzen Tag eine drückende Schwüle, die auch nach Einbruch der Dunkelheit kaum abnahm. Hawelka hatte sich nackt auf dem Sofa ausgestreckt und trank, in Ermangelung von Campari, weiße G'spritzte. Die Prinzipalin ging ihm nicht aus dem Kopf, die tote Johanna ging ihm nicht aus dem Kopf, und die tote Amy ging ihm auch nicht aus dem Kopf. Idee, wie das alles zusammenhing, hatte er keine, aus Müdigkeit und Bequemlichkeit entschloss er sich, die wahrscheinlichste Variante als gegeben anzunehmen. Natascha war's – und damit basta!

„Und jetzt kommt der großartige Toto Cutugno mit einem Evergreen, der inoffiziellen italienischen Bundeshymne, sozusagen, alle singen mit: Lasciatemi cantaaaare, con la chitarra in maaaano, lasciatemi cantare: sono un italiano!"

Offenbar war der geheimnisvolle Besucher, der in den letzten Tagen regelmäßig für den frühen Sendeschluss bei Radio Berlakovic gesorgt hatte, heute nicht angesagt. Ausgemacht oder nicht ausgemacht? Von Herta gewünscht oder nicht gewünscht? Sollte Hawelka das beste aller Auskunftsbüros anrufen und sich einmal vorsichtig nach dem seelischen Wohlbefinden erkundigen? Normalerweise freute sie sich über Zuhöreranrufe. Aber dann blieb er doch am Sofa liegen, sang mit Cutugno und Herta den Refrain im Chor und rauchte, gegen seine Gewohnheit, in der Wohnung.

„Ja, Toto Cutugno, wie wir ihn kennen, wie wir ihn lieben, und hier noch ein Geheimtipp von Tante Herta, liebe Freunde, besonders lecker wird so ein Campari Soda, wenn ihr noch einen gaaaaaaaanz kleinen Schuss Minzesirup hineingebt's. Wenn's sein muss, kann es auch ein Minzelikör sein. Ein Minzeblättchen als Dekoration gehört sowieso dazu; genau wie drei bis vier Eiswürfel und ein Strohhalm mit Knick. Und weil heute Feierabend ist und wir morgen eh einen harten Tag mit dem neuen Opfer haben werden, diesem anderen armen Mädel – sie ruhe in Frieden –, deshalb noch ein bisschen was, um auf andere Gedanken zu kommen, ein bisschen was zum Kuscheln. ‚Su di noi', fortgeschrittene Semester, wie ich zum Beispiel, erinnern sich noch an diesen Schenkelöffner aus dem Jahre ... Weiß ich jetzt nicht mehr, aber es ist schon eine ganze Weile her ... Übrigens habe ich einen Spezialgast, meine liebe Kollegin Bettina Sommer wird mich besuchen und über verschiedene Aspekte der Autoerotik sprechen und dazu einige Live-Beispiele ... Hahahaha! Nein Burschen: War nur Spaß, ich wollt nur schauen, ob's eh noch munter seid's ... Oh, da hab ich schon einen Telefonhörer ... Nein, ich meine, einen Hörer am Telefon ... also irgendwie doch einen Telefonhörer, hallo schöner Mann, was ist dein Anliegen, was möchtest du uns gerne sagen?"

Der Anrufer war Hohlstein, der Herta und allen, die es hören wollten, mitteilte, welche Beiträge er, statt der nun wieder abgesagten Bettina Sommer, leisten könnte, um das Erotikprogramm einzuläuten, es entspann sich ein überaus konstruktiver und fantasievoller Dialog, am Schluss brüllte Herta vor Lachen und die knapp zwei Dutzend Hörer dieser Nacht (meist Kollegen, denen im Nachtdienst langweilig war) ebenso. Weil die Chefin vor Lachen nicht mehr weiterreden konnte, spielte sie *Su di noi* ohne eigene Gesangseinlage ab. Nach dem vorigen Dialog verpuffte die romantische Wirkung des Liedes ein wenig ... Hawelka musste kurz weggenickt sein, denn er konnte sich nur an den ersten Refrain erinnern, dann schreckte er hoch und hörte bereits wieder die Berlakovic.

„Und nach *Su di noi* und unserem reizenden Anrufer möchten wir noch allen, die jetzt keinen Campari in der Nähe haben, unser herzliches Beileid aussprechen und sie mit Angelo Branduardi trösten, *Si puo fare*, mein dritter *Italienisch für Anfänger*-Kurs ist zwar schon wieder eine Weile her, aber ich glaube, es geht darum, was man alles machen kann. Na, da kommt doch jeder auf schöne Gedanken, oder?“

Hawelka begann sich zu fragen, ob der geheimnisvolle Besucher der Berlakovic vielleicht Italiener war und beschloss, am nächsten Tag Janne Frischauf einer eingehenden Befragung zu unterziehen. Wenn eine aus dem Auskunftsbüro Details über den Beziehungsstatus von Herta B. wusste, dann war sie es. Im Übrigen war das aktuelle Programm aber nicht unbedingt auf Schnulzen ausgerichtet, wie schon Branduardi bewies, es folgte Paolo Conte, dann Edoardo Bennato und dann Schierhuber. Dieser nicht im Radio, sondern in Hawelkas Traum.

Es war ein wirrer Traum, in dem Schierhuber einen Auftragskiller jagte und Hawelka sein Waffenträger war und ihm aus einem Golf-Caddy die jeweilige Waffe reichte, die Schierhuber gerade brauchte, um seinen Gegner zu durchlöchern. Am Schluss, jedenfalls, war der Auftragskiller tot und Hawelka erwachte schweißgebadet und nackt auf seiner Couch, es war drei Uhr morgens – und Radio Berlakovic hatte längst aufgehört zu senden. Fröstelnd ging er zu Bett.

Abgang

Mittwoch, 16. September, 8:30 Uhr

„Natascha! Baby! Hör zu, Baby, wenn du das hörst, ruf mich sofort an, verstehst du? Ruf mich sofort an! Egal, was da schiefgelaufen ist zwischen uns, das ist alles Vergangenheit, alles Vergangenheit. Ich will, dass du weißt, dass ich für dich da bin, hörst du? Du musst da nicht alleine durch, das sag ich dir, das packen wir gemeinsam, verstehst du? Ich bin für dich da, Baby, jederzeit, immer und überall, das solltest du wissen. Denk immer daran, dass du dich auf mich verlassen kannst und dass ich dir helfen werde, egal, was war, und egal, was kommt. Ich besorge dir die besten Anwälte, ich hol dich da raus aus der Scheiße und in ein, zwei Monaten ... was sag ich, in ein, zwei Wochen, höchstens, lachen wir schon über die ganze Sache. Ich meine, ich glaub ja nicht wirklich, dass du das getan hast, das glaub ich ja nicht wirklich, aber sogar wenn da irgendwas dran ist, ich meine, wenn irgendwas passiert sein sollte, egal, wir kriegen das hin, ich krieg das für dich hin, du kannst dich auf mich verlassen, das schwöre ich dir, verstehst du? Ich hab die Kontakte, ich hab die Beziehungen, ich hab die Erfahrung, ich hol dich da raus, Baby. Verstehst du? Also, wenn du das hörst, ruf mich sofort an. Und wenn sie dir nur einen Anruf erlauben und sagen, dass der für den Anwalt ist, dann ruf keinen von diesen Trotteln an, sondern mich. Mich, mich, mich! Ja? Ich kümmere mich dann um alles. Okay? Okay! Ciao, Baby, ich liebe dich. Verstehst du? Ich liebe dich und hol dich da raus!"

Jonny legte das Handy zur Seite und atmete tief durch. Okay. Das hatte er einmal deponiert, das war im Kasten, das lief einmal. So. Und jetzt? Nachdenken, aber ganz ruhig. Einerseits arbeiteten die kleinen Räder im Gehirn durch die Turboportion vorhin auf Hochtouren, das war gut. Andrerseits konnten vorschnelle Entscheidungen in diesem euphorischen Zustand leicht in die Sackgasse führen, das kannte er. Hatte er als Produzent oft genug erlebt. Sicher, er hatte es dann trotzdem immer wieder geschafft, im Geschäft zu bleiben, weil er einfach clever war und Power ohne Ende hatte, aber trotzdem – ein bisschen Ruhe vor dem nächsten Schritt, ein bisschen nachdenken vor dem nächsten Telefonat war sicher nicht falsch.

Der Morgen im Polizeipräsidium hatte mit einer kleinen Ansprache begonnen. Sie hätten gerne darauf verzichtet.

„Keine Angst, meine Herren, ich beiße nicht. Aber durch die neue Sachlage bin ich gezwungen, mich mehr einzubringen, daher leite ich ab sofort diese allgemeinen Dienstbesprechungen und der Herr Major Henk wird mich unterstützen. Nicht wahr?"

Bisher war die Welt schwarz-weiß gewesen. Hatte der Erzherzog den Fall und die Besprechungen geleitet, hatten die Beamten schwarzgesehen. Hatte Henk das Kommando, war alles ein wenig freundlicher, sachlicher und die Besprechungen glichen weniger einem Tretminenfeld. Nun brachte sich also die junge Staatsanwältin ein, und da sie schon letztes Mal einen schlechten Start hingelegt hatte und man mittlerweile über ihre Abstammung Bescheid wusste, erwartete man das Schlimmste. Es kam noch schlimmer.

„Ich möchte, dass im Anschluss jeder von Ihnen aufsteht und uns genau seine Tätigkeiten, den Fall betreffend, schildert. Natürlich nur die Tätigkeiten des gestrigen Tages. Anschließend wird derjenige die daraus gewonnenen Erkenntnisse auflisten und wir werden kurz darüber diskutieren. Wenn dann alle durch sind, wird der Herr Major Henk als Leiter der Untersuchung die Gesamtzusammenfassung machen. Auf diese Art und Weise haben wir dann einen klaren Überblick, wo wir stehen und was zu tun ist. Die Sache spitzt sich immer mehr zu und die Medien sitzen mir im Nacken. Ich bin nicht gewillt, Fehler oder Schlampigkeiten zuzulassen."

„Ich nehme an, Sie meinen, ein Sprecher pro Team soll kurz berichten?", Henk fragte sie halblaut, in verbindlichem Ton, um nicht offen Kritik zu äußern, mehr, als würde er nur ihren Gedanken sorgfältiger formulieren.

„Nein, Herr Major, ich habe versucht, es so klar wie möglich zu sagen, aber offensichtlich habe ich mich schlecht ausgedrückt. Ich will das JEDER einen Bericht vorträgt."

„Und morgen sitzen wir dann immer noch da, und der Mörder geht derweil und sucht sich gemütlich eine neue Schere aus", murrte Pollmann halblaut.

„Gruppeninspektor Pollmann, hätten Sie die Güte, Ihre Kommentare zu unterlassen, sie sind, um höflich zu bleiben, sehr verzichtbar. Also möchte ich Sie ersuchen, ruhig zu bleiben, bis Sie an der Reihe sind." Pollmann zuckte die Schulter und sah seine Kollegen an, sein Gesicht sprach Bände. Die Staatsanwältin hielt es für angebracht, noch eines draufzusetzen, und fragte: „Haben wir uns verstanden, Gruppeninspektor Pollmann?"

Vielleicht war das der Moment, in dem Hawelka sich ausklinkte. Er schaffte das selten, aber diesmal fast augenblicklich. Wahrscheinlich hatte seine Abscheu vor der Situation wesentlich dazu beigetragen. Bei den Tiraden des Erzherzogs bemühte er sich sehr darum und schaffte es kaum in der Hälfte der Fälle. Aber jetzt: schwuppdiwupp und weg war die Staatsanwältin, weg waren die Gesichter der Männer, die hier erlebten, wie einer der ihren vor Publikum gemaßregelt und gedemütigt wurde. Diesmal würde die Situation eskalieren, das fühlte Hawelka, und weil er ein Konfliktvermeider war, zog er sich in sich zurück, blendete alles Hässliche ringsum aus und dachte an das, was Henk ihnen vorhin am Gang erzählt hatte. Sie hatten die Verdächtige freilassen müssen! Ein Anwalt ihres Onkels war aufgetaucht und hatte sie freigeboxt.

„Aber in ein paar Stunden hätten wir sie ohnehin ziehen lassen müssen“, wie Henk müde zugab. „Schlechte Optik hin oder her, es gibt keinerlei Beweise gegen sie. Ihre Aussage ist klar und auch beim fünften Mal ohne Widersprüche gewesen. Das Opfer hat sie angerufen, wollte zu ihr kommen, um sich auszusprechen, was auch immer das heißen sollte. Die Buric sagt, dass sie keine Idee gehabt hat, warum. Aber sie hat zugestimmt, nur ist die andere nicht gekommen. Aus. Irgendwann ist sie dann schlafen gegangen. Das kann niemand bezeugen, aber auch niemand abstreiten.“

‚Also alles wieder zurück auf Anfang‘, dachte Hawelka. Er war unglaublich müde, und weil er die Staatsanwältin so schön ausgeblendet hatte, drohte er einzunicken und ...

Aber was war das? Der Erzherzog war mit dem breitesten Lächeln der Welt eingetreten und hatte seiner Tochter (die er mit „Guten Morgen, Frau Staatsanwältin“ begrüßt hatte) sein Handy gereicht. Diese hatte sich gemeldet, kurz gelauscht und war dann mit dem Handy auf den Gang rausgegangen. Vom weiteren Verlauf des Telefonates bekam niemand etwas mit, aber nach drei Minuten kehrte die junge Frau mit eisiger Miene zurück, reichte Zauner das Telefon, nahm ihre Tasche und sagte zur Versammlung: „Es hat sich eine Änderung in den Kompetenzen ergeben, ich muss wegen einer dringenden Sache nach Tirol. Staatsanwalt Plank übernimmt diesen Fall, er wird in einer halben Stunde hier sein. Auf Wiedersehen." Dann machte sie auf dem Absatz kehrt und schritt hocherhobenen Hauptes hinaus.

„So, jetzt ist eine Ruhe", bemerkte der Erzherzog halblaut, steckte das Handy ein (viele wussten gar nicht, dass er eines besaß) und wandte sich an die Runde. „Ich bin ein großer Freund von der Ruhe und deshalb werden sich jetzt alle zusammenreißen und den Fall in aller Ruhe gemeinsam lösen. Aber ein bisschen aufs Gas steigen dürfen Sie schon, damit was weitergeht. Ich bin zwar nichts neugierig auf Popmusik und Rockmusik und Punkmusik, und wie das noch alles heißt, weil ich noch nie verstanden hab, warum sich bei solchene Konzerte zehntausend Schwindlige die Ohren vollheulen lassen und dann auch noch zahlen müssen dafür, aber ich bin auch nichts neugierig, dass einer Scheren in die Herzen von die Mäderln steckt, weil dort gehören sie nicht hin, die Scheren. Also, Henk, weitermachen!" Und damit entschwand der Alte.

Erst nach einer halben Minute, als er außer Hörweite war, wagten die Männer zu applaudieren.

„Das Imperium schlägt zurück", sagte Gerlitz und grinste in die Runde. Offenbar hatte der Erzherzog seine Beziehungen spielen lassen und seine Tochter davor bewahrt, schlimme Schäden bei der Truppe anzurichten.

„Der Herr hat's gegeben, der Herr hat's genommen", philosophierte Schierhuber. Dann eröffnete Henk die Besprechung.

Fakten

Mittwoch, 16. September, 12:30 Uhr

Hawelka dachte nach und Schierhuber steuerte seinen Benz durch den Mittagsverkehr auf der Südosttangente. Vor einer halben Stunde war die Besprechung zu Ende gegangen und ohne die irritierende Anwesenheit der Staatsanwältin hatte die Versammlung doch noch ganz konstruktive Arbeit geleistet.

Johannas Leiche war im Garten des Hauses gefunden worden, das ein Onkel Natascha auf unbestimmte Zeit zur Verfügung gestellt hatte. Das Onkelhaus war eine Doppelhaushälfte und hatte einen kleinen Garten, der von zwei Seiten von einer relativ hohen Mauer umgeben war. Das war ein Punkt, den Henk groß auf der Flip-Chart festhielt. Ohne Hilfsmittel war der Garten also nur von der Straßenseite und vom rechts angrenzenden Nachbargrundstück zu betreten. Die tote Johanna lag vor einem gemauerten Bänkchen auf dem Grillplatz, der sich nicht weit vom Haus entfernt befand. Die Leiche war vollständig bekleidet und bis auf den Herzstich unversehrt. Eine Schere, die der Gerichtsmediziner als wahrscheinlichste Tatwaffe genannt hatte, war nirgendwo zu finden.

Es sei, so Henk, davon auszugehen, dass es sich beim Fundort der Leiche auch um den Tatort handle, vorhandene Blutspuren würden das nahelegen.

Ansonsten war bisher kein verwertbares Material im Garten gefunden worden. Die Spurensicherer waren durch Garten, Haus und Keller gezogen, und dann erfolglos weitergewandert. Henk hatte Hawelka und Schierhuber gebeten, nochmals „nachzuputzen“. Das war Routine, genauso normal war es, dazu ein anderes Team einzuteilen als das ursprüngliche Tatortteam, weil dieses einen anderen Blick für Details hatte.

Das Onkelhaus lag in Döbling. Unglücklicherweise hatte sich Schierhuber (der Verkehrsfragen als seine Domäne betrachtete) diesmal mit der Route über den Gürtel verschätzt. Zusätzlich zu den Baustellen sorgte ein Unfall für kilometerlangen Stau. Hawelka wünschte sich ein wenig Radio Berlakovic zur Abwechslung, leider musste das Radio während der Arbeitszeit Auskunftsbüro spielen, und so war er Schierhubers Marschmusik ausgeliefert. Erschwerend kam hinzu, dass sich seine Blase meldete.

Währenddessen fand im Sender eine Krisensitzung statt.

„Fakt ist", sagte der Programmchef, „dass wir Verträge mit denen haben. Nicht nur mit den drei Buben, für die sich jetzt eh niemand interessiert, sondern auch mit Natascha. Fakt ist, dass das unsere Show ist, und Jonnys Produktionsfirma uns zuliefern muss. Wenn er also jetzt sein eigenes Süppchen kochen will und Natascha als sein Eigentum betrachtet, dann wird er mich kennenlernen, das heißt unsere Anwälte. Da können seine Winkeladvokaten noch so gefinkelt sein, wir haben die besseren. Wir zahlen denen nicht umsonst Spitzengagen, sie werden ihn zerlegen, das ist Fakt. Und Fakt ist: Alle müssen am Begräbnis sein, alle müssen singen, und Natascha ist unser Zugpferd, so war es ausgemacht und so ziehen wir es durch! Und angesichts der Publicity sollten wir natürlich auch überlegen, ob wir die Party wirklich abdrehen. Zum Glück haben wir es noch nicht offiziell gemacht."

Der Intendant, der zum ersten Mal seit langem dabei war, hatte schon die längste Zeit schweigend von einem zum anderen geschaut. Dann sagte er: „Vor einem guten halben Jahr sind wir hier gesessen und haben gesagt: Nach dieser Staffel ist Schluss! Wir haben schlechte Quoten gehabt, weil das Format ausgelutscht ist. Jetzt hat sich die Situation geändert, und wir müssen flexibel darauf reagieren. Wir werden die Show nach dieser Staffel, wie geplant, sterben lassen und den Schlusspunkt mit dem Doppelbegräbnis setzen. Die Vorfälle erleichtern uns den Ausstieg, wir werden von Pietät reden, von der Unmöglichkeit angesichts der Ereignisse noch so weiterzumachen und blablabla. Dann ein Jahr Pause, und in diesem Jahr bringen wir ein zum Scheitern verurteiltes Format aus der Ideenabfallkiste. Und dann reden wir über eine Neuauflage, bei der wir nur die irrsten Typen casten, die wir dann so weit bringen, dass sie sich gegenseitig an die Gurgel gehen. Offenbar gefällt den Leuten das. Wir brauchen sowas wie ein Urwaldcamp, aber mit Musik und Tanz."

„Super Idee!", strahlte der Assistent, dem eine große Zukunft bevorstand.

„Aber", warf Kurtl, der Regisseur, ein, „wenn dieser Trottel auch mit von der Partie ist, könnt's mich vergessen. Sobald der Affe den Urwald zum Moderieren betritt, meld ich mich krank, lass mir ein Burnout diagnostizieren."

„Geh Kurtl", beschwichtigte ihn der Intendant. „Wir haben vor der jetzigen Staffel gesagt, er ist Geschichte, und wir bleiben dabei. Wenn wir so eine Spezialshow machen, brauchen wir jemand, der krankhaft ehrgeizig ist, der die Kandidaten mit Leidenschaft blamiert, der sich selbst rücksichtslos in den Mittelpunkt stellt, und der ab und zu ein bisschen nacktes Fleisch sehen lässt. Aber nacktes Fleisch, das die Leute auch sehen wollen. Mir schwebt da schon jemand vor, nämlich ..."

„Natascha!", riefen alle Anwesenden wie aus einem Mund.

„Na also. Geht doch", grinste der Intendant. „Und wenn wir ihr dieses Angebot machen, dann wollen wir doch einmal sehen, wie viel Jonny noch ausrichtet mit seinen paar Diskothekenauftritten und zwei, drei mittelmäßigen Alben. Das Mädel ist nicht dumm, sie wird anbeißen, wenn die Gage stimmt. Und mit der Aussicht auf dieses Angebot wird sie auch liebend gerne unsere Begräbnisshow bereichern. Alles klar?"

Wieder nickten alle. Dann gingen sie an die Arbeit.

Mittlerweile war eine Situation eingetreten, die Hawelka gerne vermieden hätte. Eigentlich eine unerträgliche Situation. Eine Situation, die ebenso alte, wie furchtbare Kindheitserinnerungen in ihm wachrief, ihn dadurch emotional aufwühlte, was den Stress, dem er durch die Situation ohnehin ausgesetzt war, enorm verstärkte und auf solche Weise ebendiese Situation noch unerträglicher machte.

Eigentlich war es ganz einfach: Er musste Wasser lassen.

Grundsätzlich eine sehr gewöhnliche Situation, Milliarden von Menschen verspüren diesen Drang mehrmals täglich, das ist normal und überhaupt kein Grund zur Beunruhigung. Meist geht sowas ohne großes Geschrei vor sich, und nachher sind alle erleichtert. Auch Hawelka hatte im Grunde genommen keine Probleme damit, dachte kaum darüber nach und erledigte sowas im Vorbeigehen. Aber in diesem Fall waren es einfach die Umstände, die alles so kompliziert machten. Daher dann die Kindheitserinnerungen. Schrecklich! Aber er war fest entschlossen, es diesmal nicht so weit kommen zu lassen. Aber wie er der Situation entkommen konnte, wusste er noch nicht. Ein Ausweg schien in weiter Ferne.

Es war in der zweiten Volksschulklasse gewesen. In der zweiten! Es wäre schon in der ersten schlimm gewesen, aber sich in der zweiten anlässlich eines Schulausfluges im Bus in die Hose zu machen, war unvorstellbar. Er wollte nicht vor zum Busfahrer und das Bedürfnis melden. Als er es dann doch tat, war es fast zu spät, und als der Busfahrer dann noch eine Viertelstunde brauchte, um eine passende Stelle anzusteuern, war es ganz zu spät. Spott und Hohn und Gelächter der Mitschüler (und -innen) hatten sich tief in das Hawelka'sche Gedächtnis eingebrannt. Er vermied es lebenslänglich, auch nur annähernd in ähnliche Situationen zu kommen. Aber diesmal kam die Situation einfach zu ihm.

Das hing mit dem Stau zusammen. Fast anderthalb Stunden durften sie die vielen Sehenswürdigkeiten des Gürtels bewundern: Autos in allen Farben und Größen, mehr oder weniger gelassene Menschen hinterm Steuer, einen kleinen Auffahrunfall durch Unachtsamkeit beim staubedingten Stop-and-Go, dann die Ursache für die Unachtsamkeit beim staubedingten Stop-and-Go, nämlich eine besonders kurvige Cabriofahrerin, und so weiter und so fort.

Der Nachmittag war also schon fortgeschritten, als sie das Haus erreichten und feststellten, dass offenbar niemand da war. Dass Natascha vorübergehend woanders wohnte, wussten sie bereits, aber dass auch sonst niemand da war, erleichterte die erklärungsfreie Durchsuchung.

Nach einer erfolglosen halben Stunde, in der sich der Harndrang Hawelkas unangenehm verstärkt hatte, wollten sie noch eine Runde bei den unmittelbaren Nachbarn drehen. Auch das war natürlich gleich nach dem Fund durch die Kollegen geschehen. Aber wenn sie schon einmal da waren ... Außerdem könnte er dort vielleicht ... es wäre wegen der Blase gewesen ...

Nichts. Keiner hatte was bemerkt, das heißt, von den vier in Frage kommenden Häusern standen ohnehin zwei leer, im dritten wohnte eine feine alte Dame, die allerdings nach eigenen Angaben immer schon gegen neun zwei Schlaftabletten nahm und zu Bett ging, und im letzten Haus war ihnen erst beim sechsten Mal Läuten geöffnet worden.

„Was denn?!"

„Kriminalpolizei, dürfen wir kurz mit Ihnen reden?"

„Ausweis?!"

Die Sicherheitskette war eingehängt geblieben, während ein Mann um die fünfzig den Ausweis durch den Spalt entgegengenommen und gründlich geprüft hatte.

„Und?!"

„Wir möchten Ihnen ein paar Fragen zur vorletzten Nacht stellen."

„Haben die Kollegen schon!"

„Wir müssen da noch etwas vergleichen. Dürfen wir reinkommen?"

„Haben Sie einen Durchsuchungsbefehl?"

„Wir wollen nichts durchsuchen, wir wollen nur ein paar Fragen stellen."

„Das können Sie da auch."

„Haben Sie was zu verbergen?", war Hawelka in die Offensive gegangen.

„Nein. Ich hab nur was gegen euch Gschmierte[16]! Ohne richterlichen Befehl, oder wie das Zeug heißt, bleibt's ihr draußen."

„Also wenn Sie das wirklich wollen, den können wir uns gerne besorgen, gell Sepp?"

„Jederzeit", stimmte Schierhuber zu.

„Ja, aber da müsstet's ihr was hackeln. Irgendwohin fahren, einen Zettel unterschreiben lassen, wieder herfahren, da kommt's dann ins Schwitzen, und das widerstrebt euch. Ein Kieberer[17] hackelt nicht gern, sonst wär er kein Kieberer geworden."

Hawelka hatte beschlossen, sich mit dem Trottel nicht länger herumzuärgern, seine Fragen durch den Türspalt gestellt und die meist barschen Antworten sorgfältig notiert, dann waren sie gegangen. Aber eine letzte Runde durch den Garten hatten sie doch noch drehen wollen. Einerseits wollte man dem Nachbarn, der sie sicher durch ein Fenster beobachtete, bewusst die Anwesenheit demonstrieren, andrerseits hoffte Hawelka ein sichtgeschütztes Plätzchen im Garten aufsuchen zu können. Während der Runde redeten sie über die Begegnung mit dem Nachbarn und sein Verhalten.

„So ein Ungustl[18]", schimpfte Hawelka und sah in Richtung des Ungustlhauses.

---

16 Als Gschmierte bezeichnet man in bestimmten Kreisen Polizisten, der Name kommt daher, weil die Beamten früher offensichtlich bestechlich waren (Schmiergeld nahmen). Heute kommt so etwas nicht mehr vor.

17 Als Kieberer bezeichnet man Polizisten, ursprünglich Kriminalpolizisten.

18 Ungustl, eine interessante Wortschöpfung aus den Neunzehnhundertsiebzigerjahren. Man bezeichnet damit einen widerwärtigen, also ungustiösen Menschen.

„Da wünscht man sich, wieder bei der Streife zu sein“, bestätigte Schierhuber. „Da kann man dann das Kennzeichen an die Kollegen weitergeben, und in den nächsten Wochen wird er so oft angehalten und wegen Lappalien gestraft, bis er den Verfolgungswahn kriegt.“

„Den hat er aber eh schon. Hast du gesehen? Alle Außenjalousien sind herunten.“

„Wahrscheinlich beobachtet er uns durch einen Spalt.“

„Glaub ich nicht, die schauen ganz dicht aus.“

„Dann mit einer Kamera.“

Da hatte Schierhuber ein großes Wort gelassen ausgesprochen. Das heißt, „Kamera“ an sich war kein großes Wort, aber die Idee dahinter war bestechend gewesen.

‚Aber natürlich‘, hatte Hawelka gedacht. ‚Das ist es! Typen wie der lieben es, die Nachbarschaft auszuspionieren. Viel sehen und selbst nicht gesehen werden. Vermutlich hat er eine vorm Haus, damit er seinen Eingang überwachen kann, und dazu noch auf jeder Seite eine und ... Aber Moment ...‘

„Aber Moment, Sepp! Wenn der Typ eine Kamera hat und die nimmt da wirklich den Garten auf oder einen Teil ... dann ...“

„Stimmt“, bestätigte Schierhuber.

Sie hatten gesucht. Lange gesucht. Scheinbar nach Spuren im Garten des Onkelhauses, in Wahrheit aber nach einer verborgenen Kamera am Ungustlhaus. Die erste hatte Schierhuber entdeckt.

„Das ist kein Schwalbennest da oben an der Mauer.“

„Schaut aber genau so aus.“

„Ja, aber Schwalbennester haben kein rundes schwarzes Loch in der Mitte. Außerdem ist das so ein

Typ, wenn bei dem die Schwalben ein Nest zu bauen anfangen, ruft er so lange beim Bezirksamt an, bis die wen schicken, der das herunterholt. Ich kenn solche Leut."

„Oder er knallt die Vögel selber ab."

„Vielleicht. Was machen wir?"

„Er rechnet sicher nicht damit, dass wir uns wirklich einen Durchsuchungsbeschluss für seine Hütte holen."

„Dauert auch zu lange."

„Ja, aber die Kollegen haben nichts davon gesagt, dass sie Aufzeichnungen sichergestellt haben. Das heißt, er hat's verheimlicht."

„Und das heißt wieder: Gefahr im Verzug. Das rechtfertigt Maßnahmen auch ohne Durchsuchungsbeschluss."

„Glaubst du, er hat einen Film von der Mordnacht?"

„Könnt schon sein. Vielleicht will er ja jemanden erpressen, oder er gibt ihn uns aus Bosheit nicht, weil er die Polizei hasst."

„Schwierig", hatte Schierhuber einmal mehr die Situation äußerst treffend analysiert.

Sie hatten noch eine unauffällige Gartenrunde gedreht. Bald hatte Hawelka in einem Knick der Regenrinne des Ungustelhauses eine weitere getarnte Kamera entdeckt. Dadurch angestachelt hatte Schierhuber dann noch intensiver gesucht und eine auf einem Baum des Nachbarn gefunden.

„Der deckt den ganzen Garten ab, inklusive Fenster auf dieser Seite."

„Voyeur, oder?"

„Mit Sicherheit. Seit ein paar Wochen ist die Kleine ja auch C-prominent, vielleicht wollt er Fotos oder Filme von ihr an Zeitungen verkaufen", hatte Hawelka gemutmaßt.

Und nun war eben die Situation da, die Hawelka gerne vermieden hätte. Mit einer bis zum Platzen gefüllten Blase wartete er mit seinem Partner auf den geeigneten Moment, um zuzuschlagen. Ein anderer in seiner Situation, ein Schierhuber, zum Beispiel, hätte sich breitbeinig zum nächsten Busch gestellt und Wasser gelassen. Aber Hawelka hatte Hemmungen. Ein Polizist im Dienst pinkelt nicht in einen fremden Garten. Schon gar nicht, wenn dieser von einem Haufen Kameras überwacht wird. Was, wenn sie das beschlagnahmte Material später im Präsidium zur Auswertung abgaben? Dann wurde die Verrichtung der Hawelka'schen Notdurft von dutzenden Kollegen gesehen. Das ging nicht. Die andere Möglichkeit wäre, Schierhuber als Wache zurückzulassen und sich mit letzter Kraft ein Plätzchen außerhalb des Gartens zu suchen. Aber was, wenn der Typ sein Haus verlassen wollte? Der Zwettler wäre zwar durchaus in der Lage, den Mann alleine festzunageln, aber das war klar gegen die Vorschrift und das ging schon wieder nicht. Und wenn sie jetzt rübergingen und mit der Beschlagnahme loslegten, dann konnte er den Mann schlecht nach der Toilette fragen. Sicher, es gab noch andere Alternativen, nur war Hawelka durch den Schmerz im Unterleib zu keinem klaren Gedanken mehr fähig.

„Sepp", fragte Hawelka mit waidwunder Stimme, „glaubst du, du kannst die Eingangstür da aufmachen, ohne Spuren zu hinterlassen?" Er deutet auf den Eingang des Onkelhauses.

„Schau ich mir an." Einer der Vorzüge seines Partners war, dass dieser keine unnötigen Fragen stellte. Einer der Nachteile seines Partners war, dass dieser (außer im Kampfeinsatz) immer sehr bedächtig zu Werk ging. Er schlenderte gemächlich über den Rasen und unterzog das Schloss beim Eingang einer eingehenden Betrachtung. Hawelka zählte die Sekunden. Nach vierhundertzweiundachtzig Einheiten kam Schierhuber zurück.

„Aufmachen kann ich sie schon, aber das ist ein Sicherheitsschloss mit extra Sperrriegeln, die Tür kannst du nachher vergessen. Außerdem – wenn der Typ da drüben sieht, wie ich die Tür aufbrech, dann gibt er das mit Sicherheit an die Zeitungen." Das war richtig.

„Scheiße."

„Ja."

„Ich muss pinkeln."

Schierhuber erkannte das Problem nicht als solches, zog ein fragendes Gesicht und wies dann mit großzügiger Geste auf den gepflegten Garten.

„Ich ... will das nicht ... das ist ... blöd, ich weiß, aber ... die Kameras, wenn das später ausgewertet wird, dann ..."

„Im Gegenteil, das ist ein dienstlich notwendiges Ablenkungsmanöver. Wir machen es so, du pinkelst möglichst auffällig mitten auf den Rasen, die Kameras haben sicher Bewegungsmelder, oder er sitzt ohnehin die ganze Zeit vor dem Bildschirm. Wenn er durch dich abgelenkt ist, stürme ich seine Bude. Dann habe ich ihn sozusagen auf frischer Tat. Das werden die Kollegen einsehen."

Die Welt und das ganze Leben konnte so einfach sein, wenn man Schierhuber hieß und aus Zwettl stammte. Hawelka dachte über die Logik des Planes nicht nach. Er dachte auch nicht darüber nach, wie Schierhuber das Ungustlhaus stürmen würde. Er hatte nur einen Gedanken: ‚Ja, egal was draus wird – so machen wir es. So müssen wir es machen! Sonst ...'

„Okay", sagte er.

Sie trennten sich. Schierhuber verdrückte sich in Richtung Straße und steuerte zur Ablenkung auf den Benz zu. Hawelka stapfte langsam zur Mitte der Rasenfläche. Breitspurig, kühn und entschlossen. Ein Polizist muss tun, was ein Polizist tun muss. Als er die Mitte erreicht hatte, hob er den Kopf und reckte sein leichtes Doppelkinn nach oben in Richtung Schwalbennestkamera. Seine Augen brannten sich durch das Objektiv und den Sensor, durch die Datenkabel und den angeschlossenen Computer, durch noch mehr Kabel und den Monitor direkt in die Augen des Nachbarn. „Gleich bist du dran.“ Das war die eindeutige Botschaft der Hawelkaaugen, und er konnte erahnen, wie sich die Ungustlaugen vor Schreck weiteten.

Dann zog er.

Naturfilmer

Donnerstag, 17. September, 8:30 Uhr

„Ich kann nur eines sagen“, sagte Hansi. „Ein Wahnsinn.“ Das hatte er übrigens schon vier oder fünf Mal seit Beginn der improvisierten Pressekonferenz gesagt. Er konnte diese Dinge nicht besonders gut, das wusste er selber. In den Interviews, die er seit Beginn der Staffel gegeben hatte, war ihm kaum etwas Witziges eingefallen – und was Kluges leider auch nicht. Aber das war nicht so schlimm gewesen, denn den Interviewern waren auch nie witzige oder kluge Fragen eingefallen. Außerdem hatte er da über den letzten Auftritt reden können („Wahnsinn, der Auftritt war echt ein Wahnsinn!“) oder eine Sensation ankündigen („Der nächste Auftritt wird voll der Wahnsinn!“). Jetzt aber war die Sache anders, diese Pressekonferenz hatte er selbst einberufen. Vom Sender, vom Team war nichts gekommen, und Manager hatte sich immer noch keiner um ihn bemüht, die anderen beiden Jungs, David und Jeff, wollten nicht mitziehen oder trauten sich nicht, aber Hansi wusste eines mit Sicherheit: Wenn er sich jetzt nicht ins Rampenlicht brächte, dann war der Zug für alle Zeiten abgefahren. Er wollte, er musste angreifen. Zupacken. Eine Pressekonferenz musste her, ein klares Zeichen, er musste seiner Betroffenheit Ausdruck verleihen. Und vielleicht könnte er mit einer kleinen ... na ja, nicht Schwindelei im eigentlichen Sinn, sondern eher mit einer kleinen ... Übertreibung auch ein bisschen Extraaufmerksamkeit erhalten.

„Der Tod von der Amy war schon ein Wahnsinn, aber dass jetzt die Johanna auch tot ist ... echt arg, das pack ich gar nicht mehr.“

„Wie hast du von dem Mord erfahren? Wo warst du da gerade, Hansi?“, wollte einer der Reporter wissen. Hansi stockte, das hatte er sich noch gar nicht überlegt. Aber dann fiel es ihm ein: „Ich war gestern in der U-Bahn, mit der bin ich gefahren, und da hat einer einen Anruf bekommen und dann hat er zu seiner Freundin gesagt: Die Johanna von *Egomania* ist tot. Da hab ich mir gedacht: ‚Wahnsinn!‘“

„Genau Hansi, wie ist es dir gegangen, wie du das gehört hast?“

„Ich hab mir gedacht: ‚Scheiße, jetzt ist die tot‘, das hab ich gar nicht gepackt.“

„Mit den anderen Kandidatinnen und Kandidaten, das ist ja oft ein Konkurrenzkampf, wie hast du dich denn mit Johanna verstanden?“

Das war die Frage, auf die Hansi gewartet hatte. Eigentlich hatte er die Pressekonferenz nur deshalb veranstaltet, damit er diese, oder eine ähnliche Frage beantworten konnte. Er hatte sich da nämlich was ausgedacht. Was ganz Besonderes. Selber ausgedacht! Er konnte nicht einmal genau sagen, wie ihm das eingefallen war, das heißt, er hatte nicht einmal besonders angestrengt nachgedacht, aber so ist das eben – die besten Ideen kommen aus heiterem Himmel. Ein paar Stunden nach dem Bekanntwerden von Johannas Tod war er in einem Fitnessstudio gewesen und hatte ordentlich trainiert. Später war er noch zum Entspannen mit einem großen Eiweiß-Shake an der Bar gesessen und hatte irgendein Magazin durchgeblättert. Nichts als Promis, frisch verliebt, frisch verlobt, frisch verheiratet und frisch geschieden. Wahnsinn, wie diese Presseleute aus sowas eine Super-Story machen konnten, reißerischer Text, dazu

Hochglanzbilder haufenweise. Und da hatte Hansi dann eben diese Idee gehabt.

„Ich bin ... also die Frage ... na ja, irgendwie ist das alles ein Wahnsinn, weil ... verstanden hab ich mich mit der Johanna super. Echt. Besser als mit jeder anderen, weil ... eigentlich hätte das gar nicht rauskommen sollen, aber jetzt, wo sie tot ist, gilt das ja eh nicht mehr, weil sie ja tot ist und ... Also sie und ich, wir haben uns verlobt. Gegenseitig ... also, ich mein einvernehmlich ... Wahnsinn, oder?“

Das Geniale an Hansis Idee, und das hatte er schon zwei Stunden nach dem ersten Geistesblitz realisiert, war, dass Johanna die Verlobung gar nicht bestreiten konnte. Nie mehr. Viele helfen ja ihrer Karriere durch die Beziehung zu einer oder einem Promi nach, aber in seinem Fall würde eine erfundene Beziehung zu einer Toten den Karriereschub bringen. Weil wenn man erst einmal in den Medien allgegenwärtig ist, dann ergibt sich der Rest schon von selbst. Offen gestanden hatte Hansi bis jetzt ohnehin nicht gewusst, was er tun sollte, wenn er gewänne (was ganz ausgeschlossen war), oder auch, was er tun sollte, wenn er nicht gewänne (was höchstwahrscheinlich war), oder überhaupt ... Als der Produzent bei einer früheren Sendung gesagt hatte, dass er ihn sich im Musikantenstadl vorstellen könnte, das wäre vielleicht für andere eine Beleidigung gewesen – für Hansi nicht. Musikantenstadl war auch okay. Kriegten die dort etwa schlechte Gagen? Oder waren dort die Dirndlblusen schlecht gefüllt? Oder konnte man seine Muckis in Lederhosen nicht herzeigen? Oder schmeckte dort das Bier anders? Na also! Aber eines war auf jeden Fall klar. Man(n) musste von sich reden machen. Warum also nicht verloben? Johanna tat’s ja nicht mehr weh.

„Das ist mir noch nicht untergekommen, da wehrt sich die Vernunft, dass ich das glauben soll, da hab ich eine – Wie heißt das so schön? – eine Blockade hab ich da, die was mir verbietet, mich weiter damit zu beschäftigen, weil sonst könnt sein, dass ich zwei Halbdepperte – Ich sag ‚Halbdepperte', weil die volle Wahrheit trau ich mir nicht auszusprechen – zwei Halbdepperte auf dem kurzen Dienstweg in die ewigen Jagdgründe schick, weil normalerweise muss man einen von die Trotteln nehmen und den anderen damit derschlagen! Und da soll mir kein Amnesty International und kein Tierschutzverein kommen, weil gegen eine Blödheitsübermacht hilft nur Notwehr, und den Paragrafen kenn ich!"

Gerlitz, der wegen eines Staus zu spät zur Dienstbesprechung gekommen war, hatte noch nicht viel versäumt, der Erzherzog tobte erst seit knapp zwei Minuten.

„Wollen Sie was wissen?!", wandte er sich jetzt abrupt an die Versammlung und für einen Moment war es totenstill im großen Besprechungszimmer. War das eine Fangfrage? Wenn einer ‚Ja' sagte, wäre er dann seinen Kopf los? Die Männer senkten die Blicke, beschäftigten sich mit ihren Fingernägeln und machten harmlose Gesichter.

„Wollen Sie wissen, wie viele Dienstvergehen sich die zwei da geleistet haben? Wollen Sie das wissen? Ich werd es Ihnen sagen, weil mir hat es der Herr Anwalt von dem Herrn Nachbarn von der Frau ... na, diese Sängerin da, gesagt. Und nicht nur mir hat der Herr Anwalt das gesagt, sondern auch dem Herrn Staatsanwalt, und jetzt momentan erzählt er es wahrscheinlich dem Herrn Reporter von dem einen Schmierblatt, und noch bevor der Pollmann sein drittes Leberkässemmerl zum Gabelfrühstück verdrückt hat, werden es alle Herren Reporter wissen. Ich sag's Ihnen also, damit Sie es auch wissen. Es waren elf. Elf Dienstvergehen für einen Spätnachmittag, das ist ganz schön, hat der Herr Anwalt gemeint, und der Herr Staatsanwalt hat ihm zugestimmt. Und ich, ich werde mich dem vollinhaltlich anschließen, was der Herr Staatsanwalt dazu zu sagen hat, er kann übrigens momentan nicht hier sein, weil er ins Ministerium zitiert worden ist, und ich werde auch bald dort antanzen müssen, aber das macht mir ja nichts, weil dort seh ich ja dann meine Lieblingsministerin, und die wird mir um den Hals fallen vor lauter Freude, weil wir die elf Dienstvergehen ja zum Glück bei einem Nullachtfünfzehnfall ohne jegliche öffentliche Aufmerksamkeit gemacht haben, da ist es ja wurscht, wird die Frau Ministerin sagen und dann wird sie grinsen und der Staatsanwalt und ich, wir werden uns fürchten, weil wenn die ihr Grinsen auspackt, da kehren die Terroristen um und nehmen den Putin gleich mit, weil in der Not müssen alle zusammenhalten, und gemeinsam flieht sich's leichter. Aber ich sag Ihnen einmal was ..."

Diesmal funktionierte es nicht. Hawelka konnte die verbalen Tiefschläge nicht ausblenden, er konnte sich nicht wegdenken, er konnte überhaupt keinen klaren Gedanken fassen, außer: ‚Scheißescheißescheiße!'

Die Aktion war eigentlich planmäßig verlaufen, Schierhuber war in das Haus des Nachbarn eingedrungen, wobei er die Tür nur ein ganz klein wenig beschädigt hatte. Der Ungustl war, wie erwartet, vor dem Computer gesessen, und hatte sich die Hawelka-entleert-seine-Blase-Live-Übertragung angesehen. Nachdem die erste Aufregung sich gelegt und das Geschrei des Nachbarn ein wenig nachgelassen hatte, war Hawelka dazugekommen, und dann hatte sich das folgende Gespräch ergeben: „Das ist Hausfriedensbruch, Sachbeschädigung, Amtsmissbrauch und Willkür, ihr könnt's euch gleich beim AMS[19] melden. Ich kenn wen im Ministerium, aus der Geschichte kommt's ihr nicht mehr raus, ihr ..."

„Schön sprechen", mahnte Schierhuber. Seine Pranke lag freundschaftlich auf der Schulter des Mannes.

„Wir sind sofort wieder weg, und die Türe wird auf unsere Kosten repariert", erklärte Hawelka, der sich ungeheuer erleichtert fühlte, was seine Stimmung in ungeahnte Höhen hob. „Wir wollen nur eines, die Aufzeichnung der Mordnacht. Ach ja, und die der letzten zwei Stunden – polizeiliche Ermittlungen sind natürlich reine Verschlusssache. Aber Ihre sonstigen Schweinereien interessieren uns nicht, die können Sie alle behalten."

„Das könnt's euch aufzeichnen ihr Mistelbacher[20]. Nie im Leben kriegt's ihr irgendwas von mir. Ich hab ein paar Kameras, weil im Nachbargarten seltene Vögel nisten, ich bin ein Naturfilmer. Ich will mit meinem Anwalt reden!"

Vielleicht war es Hawelkas unbedingter Wille, endlich einmal etwas Entscheidendes zur Lösung eines großen Falles beizutragen, vielleicht war es auch die unangenehme Situation und die Menge an Dienstvergehen, die nur dann entschuldigt werden würden, wenn sie etwas Brauchbares aus diesem Menschen herausholten und im Präsidium vorweisen konnten, viel-

---

19 AMS: Arbeitsmarktservice. Leider der größte Dienstgeber Österreichs

20 In der Nachkriegszeit kamen die meisten Wiener Polizisten vom Land, zum Beispiel aus der Stadt Mistelbach.

leicht war es eine Eingebung, jedenfalls sah er dem Ungustl fest in die Augen und sagte: „Alle deine Bekannten im Ministerium und alle Dienstvergehen unsrerseits werden dir nichts nützen, wenn wir Kinderpornomaterial bei dir finden." Er war dazu übergegangen, den anderen zu duzen, ihn schon wie einen Häftling zu behandeln, ein beliebtes Mittel bei Verhören.

„Seit wann sind wir per Du, du blöder ... Was?!? Kinderpornomaterial wollt's ihr bei mir finden? Das ist der größte Schwachsinn, den ich je gehört hab, da könnt's mit einem ganzen Regiment kommen und die Bude auf den Kopf stellen, den Computer checken, mit sowas hab ich nichts zu tun. Ihr findet's nichts!"

„Wetten?" Hawelka sah ihm tief in die Augen und begann, über das ganze Gesicht zu grinsen. „Was meinst du, Sepp, finden wir was bei ihm?"

„Auf jeden Fall", Schierhuber klang so, als gäbe es gar keine andere Möglichkeit. Und grinste ebenfalls.

„Wir holen eine Streife, oder zwei, es macht sich besser, wenn ein Uniformierter was findet. Und er wird was finden!" Jetzt lachten beide dem Ungustl ins Gesicht. Aus ebendiesem Gesicht verschwand alle Farbe, und der Gesichtsbesitzer sah fassungslos von einem zum anderen.

„Das macht's ihr nicht, oder? Solche Arschlöcher könnt's nicht einmal ihr sein! Ihr wollt's mir was unterschieben?!"

Hawelkas schlechtes Gewissen hielt sich in Grenzen. Obwohl er sonst ein fast tadelloser Beamter war, obwohl er noch nie Bestechungsgeld oder -geschenke angenommen hatte, obwohl er sich, so gut es ging, an die Vorschriften hielt, hatte er innerhalb einer Woche zwei Zeugen mit unerlaubten Mitteln unter Druck gesetzt. Aber der Kaplan war an Menschenschmuggel und Zwangsprostitution beteiligt, und dieser Mann hatte möglicherweise entscheidende Filmaufnahmen, die er nicht herausgeben wollte. Hawelka fand, dass ein paar Notlügen zu verkraften waren.

„Wir wollen nur die zwei Aufnahmen", sagte er sanft. „Nur die Mordnacht und die letzten zwei Stunden, und niemand wird irgendetwas bei dir finden."

„Überhaupt niemand", bestätigte Schierhuber.

Es war dann noch eine Weile so hin und her gegangen, aber am Ende hatten sie die Aufzeichnung der Mordnacht auf einem USB-Stick und die Aufzeichnung von Hawelkas Pinkelpause gelöscht. Dann waren sie unter wüsten Beschimpfungen und Drohungen des Ungustls abgedampft.

„... und deshalb sind die Disziplinarmaßnahmen ja auch erfunden worden, weil sie eine Disziplin unter die Leut bringen sollen, sonst könnten wir ja gleich sagen, macht's, was wollt's. Aber über das Strafmaß entscheide ich ja nicht alleine, da wird eine Dienstaufsichtsbehörde auch noch ein Wörtl mitzureden haben, und dann werden wir schon sehen, was in einem halben Jahr rauskommt. Henk! Weitermachen! Hawelka und Schierhuber, Sie kommen einmal mit raus auf den Gang, weil ich möcht Ihnen noch was mit auf den Weg geben."

Was die ganze Sache so unangenehm machte, war die Tatsache, dass Nachbar Ungustl offenbar tatsächlich paranoid war. Er hatte nämlich auch eine Kamera in seinem Zimmer installiert und, von Hawelka und Schierhuber unbemerkt, die ganze Aktion mitgeschnitten. Mit dieser Aufzeichnung war sein Anwalt noch in der Nacht beim Staatsanwalt aufgetaucht. Dieser hatte den Erzherzog angerufen. Das Desaster war perfekt.

Die Delinquenten marschierten hinter ihrem Richter und Henker in Personalunion aus der Versammlung. Es hätte gepasst, wenn Hohlstein oder Sojka ihnen nachgesehen und „Schade, waren nette Burschen, echt schade um sie ...“ gemurmelt hätte. Aber draußen auf dem Gang, keine drei Meter von der offenen Besprechungszimmertür, geschah etwas ganz und gar Ungeheuerliches. Der Erzherzog blieb stehen, drehte sich zu den beiden zum Tode Verurteilten um und sagte: „Es ist nicht meine Manier, dass ich vergess, wenn wer was bringt. Weil wenn einer was bringt, eine Leistung, oder einen Zeugen, oder ein Geständnis, dann hat er seine Arbeit gemacht, und dafür ist er da. Sie zwei haben was gebracht, und wenn der Film einmal g'scheit ausgewertet ist, dann hilft uns das vielleicht, diese blöde G'schicht zu beenden. Und weil die Zeit knapp ist, war die Methode auch richtig. Da kann der Trottel im Ministerium Leute kennen, wie er will, das ist die offizielle Seite, da müssen wir halt schau'n, wie wir wieder rauskommen, aber für unseren Fall war das gut, was Sie da g'macht haben. Weil ich bin mit allem einverstanden, aber mit dem bin ich nicht einverstanden, dass jetzt die Leut Beweismaterial nicht herausgeben und patzige Antworten geben, wenn man sie höflich bittet.“

Das Besondere an dieser Art der Belobigung war, dass der Alte, ganz nach seiner Manier, natürlich nicht daran dachte, seine Stimme zu senken und ihnen diese, sozusagen private, Ansicht im Vertrauen mitteilte, weil ihr Vorgehen ja offiziell verwerflich war, sondern wie üblich in voller Lautstärke trompetete, sodass das ganze Präsidium mühelos mithören konnte. Dann entfernte er sich Richtung Kanzlei und die beiden kehrten in den Besprechungsraum zurück, wo sogleich Applaus ertönte.

Schütz verdunkelte den Besprechungsraum, schaltete den Beamer ein und schloss sein Notebook an. Kopien des Materials wurden seit dem Vorabend im Computerlabor ausgewertet, kontrastoptimiert, geschärft, vergrößert und so weiter. Aber Henk hielt es für wichtig, dass die ganze Mannschaft ebenfalls den Film sah.

Der Naturfilmer hatte nicht an seiner Ausrüstung gespart, die Kamera löste extrem hoch auf und die Restlichtverstärkung zeigte den Film zwar in dem üblichen grünlichen Farbton, aber klar und kontrastreich, wie bei hellstem Sonnenschein.

„Jetzt wünsch ich mir die junge Staatsanwältin zum Kuscheln“, flüsterte der Schnackselstein Hawelka zu, als sie im Halbdunkel saßen und die Aufzeichnung begann. „Bist du dir ganz sicher, dass du das überleben würdest?“, fragte Hawelka. „Irgendwie kommt sie mir nicht wie der Kuscheltyp vor.“ Als Antwort kam ein undefinierbarer Tierlaut vom anderen – dann begann der Film.

Die Nachtsichtkamera lieferte ganz gute Bilder, man konnte die Details im Garten wunderbar erkennen. Im linken, unteren Eck war ständig die Uhrzeit eingeblendet. Es war zwanzig Uhr siebzehn, als Natascha den Garten von der Straße aus betrat. Sie ging zum Eingang, holte ihren Schlüssel aus der Tasche und sperrte auf. Dann drehte sie sich um und zeigte aus völlig unerfindlichen Gründen den Mittelfinger in einer eindeutigen Absicht. Dann ging sie ins Haus und schloss die Türe hinter sich.

„Dann passiert lange nichts, niemand betritt oder verlässt Haus und Garten“, erklärte Schütz und klickte die nächste Sequenz an.

Um exakt dreiundzwanzig Uhr achtunddreißig betrat eine schlanke Frau den Garten. Sie erinnerte Hawelka an jemanden, er konnte nur nicht sagen, an wen. Die Frau sah sich nervös im Garten um und versteckte sich dann rasch in einem Gebüsch.

„Stopp!", rief Henk. „Bevor wir uns anschauen, wie der Krimi weitergeht, möchte ich euch eine andere Einspielung zeigen. Er nickte Schütz zu, dieser drückte ein paar Tasten auf dem Notebook und das Bild des Beamers teilte sich, auf der linken Hälfte sah man weiterhin das Standbild mit der schlanken Frau im Garten, rechts tauchte der Ausgang vom *Hurra!* auf. Ein junges Mädchen mit Kapuze verließ das Geschäft.

„Das ist eine von unseren drei Verdächtigen. Wir warten noch auf die genauen Analysen aus dem Labor, Körpervermessungen, Bewegungsmuster und so weiter, aber soweit er konnte, hat der Harald schon für uns vorgearbeitet und ... aber das soll er selber erzählen." Wieder ein Wink an den jungen Schütz, der voll Stolz über das ganze Gesicht grinste.

„Ich hab mich ein bisschen gespielt und noch mehr Aufnahmen, als hier auf dem Ausschnitt zu sehen sind, miteinander verglichen. Also, wenn das IT-Labor was anderes herauskriegt, tät mich das sehr wundern. Nach meinen Ergebnissen sind das ein und dieselbe Person."

Murmeln ringsum, dann stellte Pollmann laut fest, was ohnehin offensichtlich war: „Also, da haben wir die zweifache Mörderin."

„Nein!", rief Schütz triumphierend. „Eben nicht. Einfache Mörderin vielleicht. Was sie im *Hurra!* gemacht hat, wissen wir nicht, aber im Garten war sie auf jeden Fall nicht die Täterin, sondern das Opfer. Das hier ist Johanna!"

Dann ließ er die Aufzeichnung weiterlaufen, und man konnte erkennen, wie sich die Gestalt, die als Johanna identifiziert worden war, im Gebüsch versteckte.

Dann ging alles sehr schnell. Eine große Frau tauchte auf, ging zielstrebig auf das Haus zu, Johanna kam hinter ihr aus ihrem Versteck und sprach die Frau offensichtlich an. Diese drehte sich um und Johanna stürzte sich auf sie. Es gelang ihr allerdings nicht, die Große zu überwältigen, die Frau riss sich los und stach zielsicher mit einer Schere zu. Johanna brach sofort zusammen und die Frau floh aus dem Garten.

„Also war es bei Amy doch die Johanna“, hatte Gerlitz gemurmelt und die meisten hatten zugestimmt.

„Was wir trotz ungefähr fünfzehntausend Mal Anschauen von dem Ausschnitt nicht herausgefunden haben, ist, wer die Schere mitgebracht hat. War es Johanna oder die fremde Frau? Ich kann's beim besten Willen nicht sagen. Zugestochen hat die andere, aber wir können nicht ausschließen, dass die Schere eigentlich von Johanna ist. Dass sie zuerst auf die andere losgegangen ist, habt ihr ja gesehen.“ Henk hatte noch eine ganze Weile laut vor sich hin sinniert und dann den entscheidenden Satz gesagt, der Hawelka und Schierhuber vernichtete: „Was auch immer die Auswertung des Filmes noch bringt, eines ist auf jeden Fall klar, Natascha Buric hat ein Alibi, das ist jetzt amtlich. Leute – wir haben soeben unsere Hauptverdächtige verloren und stehen wieder am Anfang. Besser gesagt – im Nichts.“

Geständnisse

Donnerstag, 17. September, 10:30 Uhr

„Natascha. Baby! Hör zu, Baby, wenn du das hörst, ruf mich sofort an, verstehst du? Ruf mich sofort an! Egal, was da schiefgelaufen ist zwischen uns, das ist alles Vergangenheit, all…“

Natascha grinste, schaltete das Handy auf Lautsprecher, legte es auf den Tisch und stellte sich vor den Spiegel. Während sie dem Sermon des aufgeregten Produzenten auf der Mailbox zuhörte, übte sie einige Gesichter und Posen, die sie in den nächsten Tagen einsetzen würde. Sie war in den letzten Wochen oft genug fotografiert worden, aber seit heute hatte ihre Bekanntheit eine andere Qualität gewonnen. Es kampierten Fotografen, Reporter und zwei Fernsehteams von Privatsendern vor der Grinzinger[21] Villa des Onkels. Dieser Onkel hatte das Gebäude selbstlos seiner Lieblingsnichte zur Verfügung gestellt, damit sie vom Tatorthaus, das übrigens auch ihm gehörte, wegkam. Der Onkel ging auf die sechzig zu, hatte ein bisschen Geld, ein paar Immobilien, er war unverheiratet und kinderlos. Wohin also mit dem Geld, was hat man davon, wenn man nicht Gutes damit tun kann? Und was läge näher, als die Familie zu unterstützen, oder zumindest einzelne Mitglieder der Familie, zum Beispiel seine Lieblingsnichte? Er selbst wohnte in Graz und kam sie nur gelegentlich besuchen. Es waren überaus herzliche und beglückende Abende, die Onkel und Nichte bei solchen Gelegenheiten erleben durften.

---

21 Wiener Gemeindebezirk, eine eher teure (in Wien sagt man dazu „noble“) Wohngegend

„... ruf mich sofort an. Und wenn sie dir nur einen Anruf erlauben und sagen, dass der für den Anwalt ist, dann ruf keinen von diesen Trotteln an, sondern mich. Mich, mich, mich! Ja? Ich kümmere mich dann um alles. Okay? Okay! Ciao, Baby, ich liebe dich. Verstehst du? Ich liebe dich und hol dich da raus!"

Jetzt lachte Natascha ein bisschen. „Ich bin schon lange raus, hab nur keine Zeit gehabt, meine Mailbox abzuhören. Schön hast du dir das vorgestellt, Jonny, wirklich schön", sagte sie zu ihrem Spiegelbild. „Ich bin die Maid in Bedrängnis, du der kühne Ritter auf dem weißen Ross, holst mich aus der Untersuchungshaft und zum Dank unterschreibe ich dir ein paar Verträge, ohne sie zu lesen, und du verdienst dich krumm und dumm." Sie wechselte die Pose vor dem Spiegel und stellte plötzlich erstaunt fest, dass sie fast sowas wie Sympathie für Jonny empfand, und das hatte nichts mit seinem Drogenvorrat, seinen Beziehungen oder seinen lukrativen Ideen zu tun, sondern eher damit, dass er so leicht zu durchschauen war. Ein offenes Buch. Aber es gab ungefähr drei Dutzend Dinge, die Natascha auf ihrer Prioritätenliste vor einem Anruf bei Jonny gereiht hatte. Abgesehen davon musste der Ritter sie gar nicht aus der Untersuchungshaft holen. Die Befragung hatte keine fünf Stunden gedauert, und mehr als vier Mal hatte sie den letzten Abend und die Nacht von Johannas Tod auch nicht schildern müssen. Natürlich hatte auch der Anwalt des Onkels ein bisschen was bewirkt, das musste sie zugeben. Aber wie auch immer – das Ganze war ein Glücksfall. Ihr Marktwert war gestiegen, und zwar kräftig.

„Ein Mord in einer Castingshow – gut. Bissi Interesse", flüsterte Natascha und flirtete mit ihrem Spiegelbild. „Zwei Morde in einer Castingshow – sehr gut.

Bissi mehr Interesse. Und wer weiß – vielleicht bleibt es ja gar nicht bei zwei Opfern."

Das Geständnis hatte Hawelka völlig unvorbereitet getroffen, daher hatte er nicht gewusst, wie er mit der Situation umgehen sollte und hatte es möglicherweise an moralischer Unterstützung mangeln lassen. Henk hatte sie wieder ins Weinviertel geschickt, um die Prinzipalin nochmals in die Mangel zu nehmen. Am späten Vormittag waren sie losgefahren.

„Ich treff mich mit der Mariann'", verkündete Schierhuber zwischen Stockerau und Sierndorf.

„Mit wem?"

„Mei Ex."

„Was?"

„Ja."

„Aber ... Ex, ich meine ..., meinst du deine ... Ex-Frau? Die Frau, von der du ... geschieden bist?"

„Ja. Ex."

„Aber ... das war doch schon vor ... zwanzig Jahren, oder so, das mit der Scheidung, oder?"

„Achtzehn."

„Achtzehn, ja. Ja ... und jetzt trefft ihr euch ... nach ... achtzehn Jahren?"

„Ja."

„Ist irgendwie ... lange her, oder? Ich meine, dass ihr ... und äh ... warum?"

„Wegen der Scheidung."

„Jetzt?!? Nach achtzehn Jahren?"

„Nein, die ist ganz frisch, die Scheidung." Schierhuber konzentrierte sich ungewöhnlich intensiv auf die Straße vor ihm. Das war noch nie vorgekommen.

„Aber du hast mir doch erzählt, du bist vor ... na ungefähr achtzehn Jahren geschieden worden."

„Nicht meine Scheidung. Ihre Scheidung.“

„Na, ist ihre Scheidung nicht auch deine Scheidung gewesen?“

„Damals schon, jetzt nicht. Sie hat sich von dem anderen scheiden lassen.“

Endlich verstand Hawelka. Soweit er sich erinnern konnte, hatte ihm sein Partner einst bei einem tiefsinnigen Gespräch erzählt, dass ihn die Frau damals wegen irgendeines Postenkommandanten verlassen hatte. Das gemeinsam gebaute Haus war aus unerfindlichen Gründen ihr zugesprochen worden. Der Postenkommandant hatte damals ein gebrochenes Nasenbein abbekommen. Über all die Jahre hatte Schierhuber keinen Kontakt mit der Ex gehabt. Nur zu ihrem Bruder, seinem Ex-Schwager, der in Weitra wohnte und Schnaps brannte, pflegte er nach wie vor eine freundschaftliche Beziehung.

„Sie will nach Wien ziehen.“

„Na ja, schön ... aber was hast du damit zu tun.“

„Eh nix.“

„Und das Treffen?“

„Nur so.“

Den Rest der Fahrt schwiegen sie.

Das nächste Geständnis war nicht etwa von der Prinzipalin gekommen, sondern von Johanna selber. Als sie Lotti von dem Video der Mordnacht erzählten, nickte sie nur müde und seufzte tief auf. Dann stand sie auf und holte ihr Handy.

„Ich nehme an, Sie haben Johannas Anrufe verfolgt, also wissen Sie auch, dass sie mich noch kurz vor dem Besuch bei Natascha angerufen hat.“

„Ja, klar“, murmelte Hawelka nur. So weit waren sie mit der Handyauswertung noch nicht. Vielleicht hatte er es aber in der Besprechung auch nur überhört.

„Ich hab mir schon hundert Mal überlegt, ob ich das löschen soll, aber irgendwie … ist es ja doch die letzte … Erinnerung, die letzten Worte von ihr und …“ Sie konnte nicht mehr weitersprechen, reichte ihm nur das Handy. Er rief die Mailbox ab und schaltete auf Lautsprecher, um Schierhuber mithören zu lassen. Lotti atmete tief durch, stand rasch auf und verließ den Raum.

„Hallo Lotti Karotti, ich bin's, Jojo, hey, ja, also, schade, dass du nicht abhebst, ich weiß ja, dass du bös bist auf mich, aber weißt du, ich muss das jetzt tun, ich weiß, dass das genau das Richtige ist, vergiss die Show, vergiss den Sieg, es sind ganz andere Dinge, die zählen. Du hast dich so für mich ins Zeug gelegt, die anderen auch, Lena und alle, sogar Archie, aber … nein, das reden wir ein anderes Mal aus, das geht nicht über die Mailbox, ich muss dir was anderes sagen: Ich hab mit Amy geredet, das heißt, ich hab sie nie alleine erwischt, aber nach dem Auftritt in der *Gigacity* bin ich ihr nach, ganz wie eine Detektivin, mit Kapuzenshirt, inkognito und so, du weißt schon … Aber sie ist mit einem Typen in der Umkleidekabine von einem G'wandg'schäft verschwunden, ich glaub wirklich, die wollten dort bumsen. Ich wollt schon gehen, aber dann ist er wieder rausgekommen und abgezogen. Ich bin dann zu ihr in die Umkleidekabine, sie hat sich schon wieder mit Wodka getröstet, aber ich hab sie so weit gekriegt, dass sie zusagt, sie hat mir versprochen, nichts über unsere … Anfangsaktionen zu verraten, und bei dem Projekt will sie unbedingt dabei sein, aber was viel wichtiger ist … wie ich raus bin, hab ich das Gefühl gehabt, dass uns wer beobachtet, eine Frau, die mir irgendwie bekannt vorgekommen ist, aber ich könnt nicht genau sagen, woher … Jedenfalls, wie ich weg bin, hat die Amy noch gelebt, das musst du mir glauben. Vielleicht war diese Frau ... Also vielleicht hab ich ja die Mörderin gesehen. Wie auch immer, ich will jetzt niemand sehen und mit niemand reden, bevor ... Ich geh heute zu Natascha, wenn die mitmacht, dann ... Gerade nach dem Tod von Amy wäre das ... aber du kennst sie ja ... da ist alles möglich, bei ihr muss man auf alles gefasst sein, aber probieren will ich es doch, ach Lotti, du wirst sehen, es wird alles gut ... Ich melde mich später noch einmal ... Schade, dass du nicht abhebst. Ciao!"

„Das ist stark", murmelte Schierhuber.

„Also war sie es nicht. Also war es diese Frau. Oder sollte der Anruf nur eine Art Alibi sein? Oder ..." Es wäre übertrieben zu behaupten, dass Hawelka jetzt klarer sah. Er ging raus, um die Prinzipalin zu suchen.

„Gut, dass Sie mir das vorgespielt haben."

„Ja. Aber davon wird Johanna auch nicht wieder lebendig."

„Das nicht, aber vielleicht kann der Täter oder die Täterin schneller gefasst werden."

„Vielleicht." Die Energie, die sie ursprünglich ausgestrahlt hatte, war gänzlich gewichen.

„Was wollte sie denn mit Natascha besprechen? Was hat sie mit Amy geredet? Was wollte sie überhaupt? Ich versteh es noch nicht."

„Ich versteh es selber auch nicht", seufzte die Prinzipalin. „In den letzten Wochen ist sie mir irgendwie ... entglitten. Wir haben das Ganze eigentlich so geplant, dass wir diesen Kampf David gegen Goliath gewinnen, dann wären ihr doch alle Türen offengestanden und sie hätte eine große Zukunft gehabt. Aber irgendwie hat sie sich in die Rolle der Natürlichen so hineingesteigert, dass sie unbedingt das erfüllen wollte, was die Leute von ihr geglaubt haben. Sie wollte auf das

Finale der Show verzichten, sie wäre Erste geworden, aber sie hatte die Idee, dass sie alle Lügen und alle Manipulationen aufdeckt. Die von uns, die von den anderen, die vom Sender – und überhaupt alles. Sie hat davon geträumt, die anderen zu überzeugen – zumindest die Mädels, die noch im Rennen waren. Von den Burschen hätte sowieso keiner gewonnen, die waren für den Plan nicht so wichtig. Aber wenn sie und Amy und Natascha sich zusammengetan hätten und gleichzeitig ausgestiegen wären – was glauben Sie, was das für Schlagzeilen gegeben hätte? Sie hatte die Idee, dass sie in einem kleinen Club live singen sollten. Ohne TV-Rechte, ohne Live-Übertragung, ohne Tournee, ohne Tonträger, ohne, dass irgendwer die Songs downloaden konnte, sie wollte die Popularität nutzen, um eine ... Wie soll ich sagen? Eine kleine Revolution im Showgeschäft einzuläuten. Ich hab ihr gesagt, dass das eine verklärte und allzu romantische Idee ist, dass Amy viel zu sehr mit ihren eigenen Problemen beschäftigt ist und Natascha ohnehin nur das große Geld im Sinn hat, aber sie war nicht davon abzubringen. Sie wollte ... eine Art Jugendbewegung auslösen, dem Wahnsinn der großen Geschäftemacher entgegentreten. ‚Das Bedürfnis ist da!', hat sie gesagt. ‚Es muss nur einmal jemand anfangen!' Sie hat da eine richtiggehende Mission vor sich gesehen. Ach, sie wollte so viel, war so ... begeistert von diesen Ideen – und jetzt ist sie tot."

„Und wer könnte ..."

„Wenn ich das wüsste, hätte ich es Ihnen schon gesagt, das können Sie mir glauben. Oder ihn selber umgebracht."

„Ihn?"

„Ihn oder sie, das ist eigentlich ganz egal."

Sie fuhren wieder Richtung Wien.

„Und?"

„Na ja."

„Ja, eh."

Er war froh, dass Schierhuber seine Meinung teilte. Zurück im Präsidium gaben sie die Aufnahme der Mailbox ab, die Hawelka mit seinem Smartphone gemacht hatte.

„Das war g'scheit, Pepi", lobte die Berlakovic. „Bis wir die Genehmigung zur Übernahme vom Handyprovider haben, ist der Fall schon lange bei den Akten."

„Na ja, weiterhelfen tut uns das Ganze aber nicht, außer, dass wir die Johanna als Mörderin von Amy ausschließen können. Natürlich könnte sie auch gelogen haben, um sich sozusagen selbst ein Alibi durch den Anruf zu verschaffen, aber angesichts der Tatsache, dass die beschriebene Frau sie dann im Garten von der Buric erstochen hat …"

„Das denk ich mir auch."

„Wie weit sind die anderen?"

„Leider nichts Neues. Heute müsst's meine Sendung hören, die Betti und die Janne kommen zu mir."

„Mach ich", versprach Hawelka. Dann gingen sie in die ehemalige Besenkammer, die zu einem Büro für Schierhuber und ihn umfunktioniert worden war, und begannen, die Berichte der letzten Tage zu tippen. Erst gegen halb neun verließen sie das Präsidium.

„Achtung, liebe Freunde und -innen, hier ist Radio Berlakovic, das wahrscheinlich beliebteste Radio der Stadt, wenn nicht sogar von ganz Österreich! Und diese Sendung wird was ganz Besonderes, liebe Freunde, denn ich habe nicht einen Studiogast, und auch keine Studiogästin, oder wie heißt denn das, Janne? Wie? Also

Gastfrau kann es nicht heißen, oder? Gästin ist eh super. Also, ich habe nicht nur eine Studiogästin, sondern zwei Studiogästinnen, weil die Karin hat abgesagt. Ja, liebe Hörer, ihr habt es erraten, wir machen heute aus dem Radio ein Dreimäderlhaus, ich habe meine Kolleginnen eingeladen, wir werden eine Sommernacht für euch feiern, und wir haben schon vorgefeiert, die Janne, die Betti und ich. Aber jetzt sagt's einmal ‚grüß Gott' zu den Millionen Zuhörerinnen und Zuhörern da draußen."

„Grüß Gott, ich bin Janne Frischauf, danke der Herta für die Einladung, hab wegen meiner Schwangerschaft keinen Tequila getrunken und kann daher die Sprecherprüfung auswendig sagen: In Ulm, um Ulm und rund um Ulm herum."

„Grüß Gott, ich bin die Betti -na Sommer und ich habe – hihi! – die Prüfung auch bestanden, hat die Herta gesagt, obwohl ich – hihi! – schon drei Tequila gekostet hab und nichts vertrage, aber hört's einmal: In Ulm und Ulm, ah nein, in Ulm rum Ulm, nein, in Ulm und um Ulm herein, hihi ..."

Hawelka grinste. Es könnte ein lustiger Abend werden und ihn ein bisschen von der blöden Sache mit dem Mitschnitt des Ungustls ablenken. Er ließ den Fernseher ohne Ton laufen, hörte Radio Berlakovic und trank Bier. Draußen schien ein Gewitter im Anzug zu sein, es war unglaublich schwül, und obwohl er alle Fenster geöffnet hatte, entstand keinerlei Zug in der Wohnung.

„Ja, Freunde, wir geben euch heute Nacht Tipps und Tricks für ein erfülltes Liebesleben ... Haha, nein, meine Buben, reingefallen, das hättet's ihr gerne. Aber es zahlt sich trotzdem aus, hier ist Spaß und gute Laune und Tipps und Tricks für die besten Drinks der Saison, denn, Kollege Schierhuber, der Mensch lebt nicht von

Zwettler Bier und Jägermeister alleine. Außerdem mögen wir es heute Französisch. Ich weiß, was jetzt alle denken, aber wir meinen Musik, Janne, sag an ..."

„Bonsoir, das ist Zaz mit *Je Veux*, liebe Kollegen."

Während die Musik lief, überlegte Hawelka, ob er Schierhuber anrufen und sie ihre Version eines beschwingten Sommerabends feiern sollten, aber er fürchtete die Folgen am nächsten Tag und ließ es bleiben. Das Dumme an der Musik zwischen dem Geplauder des versammelten Auskunftsbüros war, dass sich seine Gedanken sofort wieder um den Fall drehten, den er ja eigentlich an diesem Abend ausblenden wollte.

‚Das Motiv', dachte er. ‚Was ist das Motiv? Wenn wir das haben, haben wir auch die Täterin. Wer war die Frau? Die Prinzipalin war eindeutig kleiner. Lena, ihre Assistentin, war eindeutig dürrer, obwohl ... das konnte sie vielleicht kaschiert haben, aber warum sollte sie Amy umbringen? Hatte sie eine intime Beziehung zu Johanna gehabt und von deren Plänen erfahren, mit Amy und Natascha gemeinsame Sache zu machen? War sie eifersüchtig geworden? ‚Morgen rede ich mit Henk darüber', dachte er. ‚Wir sollten sie nochmal in die Mangel nehmen.'

„Ja, liebe Leute, heute ist französischer Abend und unsere Cocktailspezialistin Janne wird den begeisterten Radiohörern jetzt verraten, wie man einen Kir royal zubereitet. Das ist Frankreich pur. Das ist ... was weiß ich. Janne, erzähl einmal, was da für Zeug hineinkommt ..."

Die Frischauf erklärte die Mixtur des Kir royal, dann die eines anderen Drinks, dann kicherte die Sommer dazwischen, dann lachte die Berlakovic laut, dann lachten sie alle drei, dann ... Die Radio-Party war ein voller Erfolg, zumindest für das Sende-Team. Schließlich spielten sie Michel Sardous *Champs Elysées* und sangen mit.

Trotz der leckeren Rezepte blieb Hawelka bei seinem Sommerdrink: reiner Gerstensaft ohne Beifahrer[22]. Während des Liedes ging er duschen und fühlte sich kurzzeitig erfrischt, aber schon nach wenigen Minuten schwitzte er wieder. Das befreiende Gewitter ließ immer noch auf sich warten.

„Das Gewitter lässt immer noch auf sich warten und das ist schade, sonst hätten wir auf meinem Balkon im Regen tanzen können, stattdessen schwitzen wir hier wie die Schweine ... das ist eigentlich ein blöder Spruch, schwitzen Schwein überhaupt? Was sagst du, Betti?"

„Ob Schweine schwitzen? Ich ... hihi weiß nicht ... ich kenn keines ... kein Schweinderl ..."

„Also da bin ich anderer Meinung, ich glaube, dass unter den Kollegen ganz viele Schweinderln sind", unterbrach die Berlakovic und grunzte ein paar Mal ins Mikrofon.

‚Da hat sie Recht', dachte Hawelka, ‚das glaub ich auch. Es gibt überhaupt viele Schweinderln. Der Ungustlnachbar von der Buric, zum Beispiel, ist auch so ein Schweinderl. Wozu soll er sonst drei oder vier Kameras mit Blick auf den Nachbargarten montiert haben? Wahrscheinlich liegt das Mädel öfter im Garten und sonnt sich oben ohne, nichtsahnend, dass er sie ...'

Hawelka richtete sich mit einem Ruck auf. Was hatte er da eben gedacht? Der Ungustl filmt Natascha und sie ahnt nichts? Ja. Das hatte er gedacht, aber dann hatte er plötzlich einen Bildausschnitt vom Vormittag

---

22 Beifahrer ist sozusagen die Zugabe zu einem Genussmittel: der Rum zum Tee, der Grappa im Espresso oder, wie bei Schierhuber, der Jägermeister zum Bier.

vor sich: Natascha war bei der Haustür stehen geblieben, hatte ihren Schlüssel aus der Tasche geholt und aufgesperrt. Dann hatte sie sich umgedreht und den Mittelfinger zu einer obszönen Geste gehoben. Dann war sie ins Haus gegangen.

‚Wem hat sie da den Finger gezeigt?', fragte sich Hawelka. „Jemand, der auf der Straße gestanden ist? Der kann die Haustür aus dem Winkel doch gar nicht sehen ... das war doch ... wie direkt in die Kamera ... das heißt ... der Finger war für den Ungustl! Sie hat gewusst, dass er sie beobachtet. Obwohl er Tag und Nacht die Außenjalousien unten hat! Das heißt, sie muss von den Kameras gewusst haben!'

Sein Puls hatte mächtig beschleunigt. Er überlegte, konnte aber keinen klaren Gedanken fassen. War da was? War das was? War es das? Er musste mit jemandem darüber reden. Radio Berlakovic wurde erbarmungslos abgedreht und er rief Schierhuber an.

Abschiednahme

Freitag, 18. September, 9:00 Uhr

Die „Abschiednahme“ war nach langen Verhandlungen, Drohungen, Beschimpfungen, viel Rechtsanwaltsblabla und einem Machtwort des Senderchefs eine österreichische Lösung geworden, also ein Kompromiss.

Die nächsten Verwandten der beiden Toten waren derart unflexibel, dass sie sich glatt weigerten, die Begräbnisse zusammen abzuhalten und den Termin zu einer günstigen Sendezeit zu fixieren.

„Aber wir lassen es uns nicht nehmen, diesen jungen Frauen, diesen begabten Künstlerinnen jene Ehre und Aufmerksamkeit angedeihen zu lassen, die sie zweifelsohne verdient haben. Wir lassen uns unsere Trauer nicht nehmen, und wir lassen es uns auch nicht nehmen, eine gemeinsame, würdevolle Feier zu begehen, anstatt die Show fortzusetzen. Eine Trauerfeier für die vielen Fans, in deren Namen wir unserer Betroffenheit Ausdruck verleihen möchten“, wie der Chef des Senders in einer Presskonferenz erklärt hatte.

Die Planung bedurfte einigen Fingerspitzengefühls, die verbliebenen (eigentlich hinterbliebenen) Egomaniacs äußerten diverse Wünsche, wie ihre Auftritte gestaltet werden sollten.

„Ich werd eine weiße Lilie vor dem Bild niederlegen“, kündigte der Neo-Verlobte Hansi an, „und dann vielleicht dort knien bleiben für den Rest der Show ... ich meine, für den Rest der Trauerfeier. Wahnsinn! Aber das brauch ich jetzt, weil die Trauer ... frisst mich total auf.“

Jeff dachte an einen Auftritt mit drei Garderobewechseln, zuerst in Johannas Retro-Look mit der Strickweste, dann würde er sich mit einigen eleganten Bewegungen das Zeug vom Körper reißen, darunter Lederjacke, enge Jeans und ein aufgemaltes Tattoo, als Hommage an Amy, und am Schluss als er selbst, nackt, bis auf einen Minislip, unendlich alleine, unendlich traurig.

David, der Musterschüler und Wunschschwiegersohn, war weniger kompliziert, bestand allerdings darauf, ein Abschiedslied für die beiden zu singen.

Natascha hingegen war erst gar nicht zur Besprechung gekommen, sondern hatte eine Liste mit den Dos und Don'ts geschickt und ihre Teilnahme von der schriftlichen Zusage des Senders abhängig gemacht. Sie wollte zwei Solonummern und fünf Minuten Redezeit für eine persönliche Botschaft an „meine beiden lieben Freundinnen und Vorbilder".

Holger, der Showmaster unter den Moderatoren, bestand darauf, seine Abschiedsrede am Anfang der Sendung zu halten. „Das wird das Publikum gleich in Trauerstimmung versetzen, so haben wir einen guten Einstieg."

Der Regisseur bekam einen Hustenanfall und schluckte seine Entgegnung hinunter. ‚Es ist ja das letzte Mal, dass ich mit dem Trottel zusammenarbeiten muss, es ist ja das letzte Mal', sagte er tonlos sein Mantra auf. Dann ging er zum Chef der Ausstattung, um das Bühnenbild zu besprechen. Dieser hatte sich vor einer Viertelstunde eine Motivationszigarette aus eigenem Anbau gegönnt und war demensprechend zwangskreativ.

„Wir verzichten auf allen Pomp und Kitsch. Klar?"

„Klar", murmelte der Regisseur.

„Bühne leer. Aushang schwarz. Kein Pomp. Kein Kitsch. Auf der Bühne links hinten stehen zwei Staffeleien. Klar?"

„Klar.“

„Auf den Staffeleien stehen die Porträts von den zwei ... Weibern, die Angy und die ... die ... die ... andere halt. Die Porträts lass ich gerade vom Zeppo machen, einem Maler, den ich von der Akademie her noch kenn, ich bin einmal mit seiner Frau vierzehn Stunden lang in einer Badewanne in Hernals[23] gesessen und wir haben ...“

„Klar.“

„... und erst nachher haben wir bemerkt, dass kein Wasser in der Wanne war, weil die für eine Sperrmüllsammlung bereitgestellt war, am Gehsteig, vor dem Haus. Zeppo hat uns die ganze Zeit gemalt und schwarzen Tee getrunken ...“

„Und der macht die Porträts?“

„Welche Porträts? Nein, das waren keine Porträts, das waren Ganzkörperstudien, also ... Badewannenstudien, man hat uns ja beim ... aber sehr abstrakt, das hat irgendwie ...“

„Nein, ich meine jetzt. Hörst du? Jetzt! Jetzt macht er die Porträts von Amy und Johanna?“

„Genau. Klar. Die Porträts. Ja. Aber er macht sie nicht fertig. Er macht es so, dass man die Gesichter gut erkennt, aber bewusst nicht fertig. Bei beiden Bildern sieht man, dass die Arbeit noch nicht fertig ist, so wie die beiden mit dem Leben noch nicht fertig waren, so wie sie mit ihrer Karriere noch nicht fertig waren. Eine Metapher für das frühzeitige, gewaltsame Ende des Lebens. Ungefähr ein Viertel des Bildes bleibt weiß. Er hat gemeint, das linke untere Eck lässt er frei, aber ich

---

23 Hernals ist ein Stadtteil von Wien. Der 17. Wiener Gemeindebezirk.

hab' ihm gesagt, dass die Symbolik besser ist, wenn es das rechte Eck ist. Klar?"

„Okay."

„Vor den Staffeleien ist ... nichts, gar nichts, ich meine gar nichts. Also überhaupt nichts. Auf der anderen Bühnenseite steht ein weißer Flügel, red mit dem Vesely, ich will einen blinden Pianisten."

„Kennt er keinen, also keinen, der das in der Zeit hinkriegt. Wir hätten das schon einmal gebraucht."

„Und?"

„Na ja, der Cermak hat sich eine dunkle Sonnenbrille aufgesetzt und ist von einem kleinen Mädchen auf die Bühne geführt worden. Mit Vom-Blatt-Spielen war da natürlich nichts, er hat ganz schön improvisieren müssen."

„Dann machen wir es diesmal genau so, er soll gleich anfangen, die Songs auswendig zu lernen. Am Beginn der Übertragung spielst du einen Film ein, ich hab das Animationsstudio schon beauftragt. Man sieht zwei weiße Tauben, oder sind das Möwen? Nein, eh Tauben, also zwei weiße Tauben, die am blauen Himmel fliegen, dann kommt irgendein Falke und sticht sie ab und dann liegen sie blutverschmiert ..."

„Ist das nicht ein bisschen gar viel?"

„Ja, ja, na dann halt nicht abstechen, er erledigt sie, sie fallen auf den Asphalt, der Asphalt muss schon sein, sonst kommt der Kontrast nicht so gut ... also Asphalt, unbedingt nasser Asphalt, der glänzt so schön. Also, die Tauben liegen da, die eine oder andere Feder wird noch vom Wind bewegt, dann machst du einen Schnitt auf die Porträts und die Show beginnt, ganz dezent mit einem Knabenchor. Klar?"

„Klar."

„Genau. Kein Kitsch, kein Pomp. Nach jedem Beitrag geht der jeweilige Künstler, oder wer sich halt dafür hält, vor zu den Staffeleien und legt eine Blume ab. Am Schluss marschiert das gesamte Publikum vorbei, eine endlos lange Schlange, wer keine Blume hat, bekommt eine beim Vorgehen in die Hand gedrückt, und dann wird abgelegt, zack, zack, zack. Am Schluss müssen sich vor den Porträts kleine Grabhügel wölben. Kleine Grabhügel aus Blumen."

„Ein schöner Gedanke."

„Klar."

Überzeugungsarbeit

Freitag, 18. September, 9:30 Uhr

Das Besprechungszimmer war voll, und diesmal hatte Hawelka es gar nicht erwarten können, bis sie anfingen. Aber seine Geduld wurde hart auf die Probe gestellt, weil Henk und Nimmervoll noch einen Termin mit dem Pressereferenten hatten und die Besprechung auf halb zehn verschoben worden war.

Hawelka und Schierhuber waren seit ungefähr drei Uhr morgens im Präsidium, und um halb fünf war die Berlakovic dazugestoßen.

„Das ist echt super, dass du uns hilfst, Herta", hatte er sich beim Auskunftsbüro bedankt.

„Die Betti und die Janne schlafen in meiner Wohnung, die Janne hat sich zum ersten Mal seit ewigen Zeiten einen kinderfreien Abend mit ihrem Mann ausgehandelt, da hab ich nicht das Herz gehabt, sie aufzuwecken, und die Betti hab ich dort gelassen, weil sie eine leichte Schlagseite gehabt hat, wie sie schlafen gegangen ist. Die Cocktails, wisst's eh ..." Ihr selber merkte man nichts an, sie war im Jagdfieber, wie die beiden anderen.

„Vielleicht ist es ja auch nichts. Vielleicht ist es nur eine Kleinigkeit, vielleicht reime ich mir da was zusammen, aber ..."

Er erklärte ihnen noch einmal, was er schon am Telefon kurz umrissen hatte.

„Natascha, also die Buric, hat den Finger in die Kamera gezeigt. Das macht sie doch nur, wenn sie sicher ist, dass das auch jemand sieht, oder?"

„Sicher."

„Logisch."

„Wenn aber kein Mensch in der Nähe ist, und sie den Finger trotzdem gezeigt hat, dann hat sie offensichtlich gewusst, dass sie gefilmt wird, dass jeder Schritt, den sie in ihrem Garten tut, aufgezeichnet wird, stimmt's?"

„Äh ... ja."

„Wahrscheinlich."

„Weil wenn du ab und zu fotografiert wirst oder ab und zu gefilmt, dann zeigst du doch nicht aufs Geratewohl den Finger ins Leere, in der Hoffnung, dass hinter dem Busch ein Hobbyfilmer steht. Nein, du machst so eine Geste nur, wenn du sicher bist, dass du immer gefilmt wirst, sobald du den Garten betrittst. Zum Beispiel, weil die Kameras mit Bewegungssensoren ausgestattet sind. Sobald sich etwas im Bereich der Kamera bewegt, schaltet sie sich ein. Und Natascha hat das gewusst."

„Warum?"

„Wieso?"

„Das muss sie uns irgendwann selber sagen. Vielleicht hat sie die Kameras genauso zufällig entdeckt wie der Sepp und ich. Vielleicht war sie beim Nachbarn, und der hat zufällig seinen Computer noch laufen gehabt, und sie hat ihren eigenen Garten gesehen. Vielleicht hat sie der Ungustl mit den Filmen erpresst, vielleicht wie sie den Chef vom Sender im Garten beglückt hat, um sich Vorteile zu verschaffen, ehrlich gesagt, ich weiß es nicht!"

„Okay."

„Okay."

„Aber eines ist auf jeden Fall klar: Ein besseres Alibi hätte ihr niemand geben können."

„Hm."

„Hm."

„Sagen wir, du brauchst ein Alibi, Sepp, weil du für eine bestimmte Zeitspanne keines hast. Dann kannst du mich fragen, und als Freund und Partner würde ich bestätigen, dass du die ganze Zeit bei mir warst. Aber eine misstrauische Natur könnte denken: Klar gibt er ihm ein Alibi, sie sind schließlich ein Team. Und falls wir irgendwann einmal Streit hätten, dann könnte es doch passieren, dass ich meine Aussage widerrufe. Ein falsches Alibi, das einem ein Mensch gibt, ist also eine ziemlich unsichere Sache."

„Stimmt."

„So gesehen ..."

„Aber ein Film ist unbestechlich. Ein Film ist ein unwiderlegbarer Beweis. Da ist die Zeit eingeblendet, da sieht man, wann wer wo was gemacht oder nicht gemacht hat. Das weiß die Buric natürlich."

„Na schön, Pepi, sie wollt vielleicht ihre Unschuld beweisen, und das hat sie jetzt mit dem Film. Aber zur Täterin führt uns das noch nicht", sagte die Berlakovic. Sie hatte zum ersten Mal seit siebzehn Tagen Kaffee statt Tee gemacht.

„Außerdem", meldete sich Schierhuber mit leichter Zweiflermiene, „sie hat beim Verhör gar nicht erwähnt, dass sie der Nachbar immer filmt. Zumindest hat der Sigi nichts darüber erzählt."

„Ich sage, dass sie gewusst hat, dass wir den Ungustl früher oder später durchleuchten und dabei auch sein Filmarchiv finden. So kam sie unauffälliger zum perfekten Alibi."

„Und?"

„Und?"

„Sie hat eine Komplizin gehabt. Die Täterin war von ihr beauftragt!"

Schierhuber und die Berlakovic sahen Hawelka an. Der zwettlerische Zweiflervirus hatte mittlerweile auch das Auskunftsbüro befallen. Er musste Überzeugungsarbeit leisten.

„Wenn ich sie, ich meine, wenn ich wen loswerden will, mach ich mir doch nicht selber die Hände schmutzig. Ich meine, die arbeiten doch mit allen Mitteln. Die einen kaufen Votingstimmen in Indien und Facebookfreunde weiß Gott wo, da werden die doch auch eine Auftragskillerin auftreiben können."

„Auftragskiller sind aber meistens männlich", konnte sich der Spezialist Josef Schierhuber nicht verkneifen zu bemerken.

„Ja, aber das war eine Frau. Das haben wir doch gesehen."

„Na ja, aber ... wenn er sich verkleidet hat?"

„Das war eine Frau, verkleidet hin oder her. Schau dir die Videoausschnitte nochmal an, man kann die Gesichter nicht erkennen, aber eine Frau bewegt sich anders ... in den Hüften und so ... Schau dir zum Beispiel die Betti an ... das ist, wie ... na jedenfalls, so kann sich kein Mann bewegen." Komisch, dass ihm bei der weiblichen Bewegungslehre gleich die Sommer eingefallen war.

„Ja, eh."

„Aber da kannst du schon Recht haben, dass es jemand anderer für sie getan hat", sagte jetzt auch die Berlakovic. „Muss ja nicht gleich eine Auftragskillerin gewesen sein. Vielleicht ... irgendeine Freundin, oder ... was weiß ich ..."

„Wir müssen Natascha noch näher unter die Lupe nehmen. Vergangenheit, Bekannte, Umfeld und so weiter. Bisher haben wir sie nur als Verdächtige betrachtet.

Aber als Auftraggeberin ... Zum Beispiel das Handytelefonat, bei dem Johanna sie um eine Aussprache bittet. Es wäre interessant, wer den Treffpunkt vorgeschlagen hat."

Sie gingen an die Arbeit. Die Berlakovic recherchierte in Online-Foren zur Show, las Zeitungsartikel und Interviews, trug Maße, Gewichte, Kleider- und Schuhgrößen in eine Tabelle ein und druckte dutzende Fotos aus. Hawelka und Schierhuber wiederum ackerten die Protokolle der beiden Morde durch, studierten die Videos und druckten Standbilder aus. Als die Reinigungskräfte ins Präsidium kamen, hatten sie im großen Besprechungszimmer Fotos aufgehängt, Flip-Chart-Bögen vollgezeichnet und eine Zusammenfassung geschrieben.

Endlich war es halb zehn – und die Besprechung begann.

Debakel

Freitag, 18. September, 11:00 Uhr

Die Pressekonferenz war ein voller Erfolg. Natascha sah aus, als hätte sie seit Tagen nicht gegessen und geschlafen. Ihre tolle Mähne war einem Bubikopf gewichen, was ihrem Gesicht eine ungeahnte Verletzlichkeit verlieh. Noch vor drei Tagen hatte sie durch kühn geschnittene, meist hautenge Kleidung bei der männlichen Zuseherschaft interessante Assoziationen hervorgerufen, aber bei der Pressekonferenz trug sie eine Art Sack, der vielleicht weitläufig mit einem Nonnenkostüm verwandt war. Schwarz wie ihre Lidstriche und die Anzüge ihrer vier Begleiter. Am Anfang entschuldigte sie sich mit gesenktem Kopf und leiser, gebrochener Stimme durchs Mikrofon bei den Anwesenden, dass sie die Bodyguards mitgebracht hätte, aber es sei ihr nahegelegt worden, sich zu schützen, denn ...

„... ein offenbar verrückter Serienmörder läuft immer noch frei herum – und mittlerweile halte ich es auch für möglich, dass ich das nächste Opfer sein könnte. Aber eigentlich möchte ich nicht von mir reden, ich bin gar nicht wichtig. Die Show ist nicht wichtig. Wer gewinnt, ist nicht wichtig. Nichts ist mehr wichtig. Amy und Johanna sind nicht mehr, das ist es, woran ich ständig denken muss. Thomas Bernhard hat gesagt: ‚Im Angesicht des Todes ist alles lächerlich', aber ich möchte das so nicht stehenlassen ..."

Bis zum gestrigen Abend hatte Natascha nicht gewusst, dass ein Typ namens Thomas Bernhard überhaupt existierte. Aber Kaltenböck, der Haus- und Hoftexter von Jonnys Produktionsfirma, hatte gemeint, ein paar von den Medienleuten würden ihn vielleicht kennen, und es käme bei solchen Ansprachen immer gut, irgendwen zu zitieren. Sie hatte Kaltenböck hinter Jonnys Rücken engagiert, denn Pressekonferenzen wie diese mussten gut vorbereitet sein. Die Texte würden helfen, die neue Natascha aus der Taufe zu heben.

„... eigentlich wollte ich hier gar nicht vor Ihnen sprechen, es fällt mir momentan sehr schwer, meine Gefühle zu äußern, zu nahe, zu frisch ist das alles noch ... zu unbegreiflich ... zu ...“ Planmäßig versagte ihr die Stimme, und die Wimperntusche unterm Augenlied sorgte ohnehin schon von Anfang an für tränende Augen, jetzt hatten sich endlich zwei größere gelöst und liefen die Wangen hinunter, die Blitzlichter zuckten im Hundertstelsekundentakt.

„Ich weiß, dass ich ... verdächtigt werde, ich weiß, dass viele von Ihnen denken: ‚Auch wenn die Polizei scheinbar keine Beweise hat und sie laufen hat lassen, irgendwas wird doch dran sein, irgendwann werden sie sie festnageln.‘ Das ist sehr, sehr schmerzhaft für mich, weil ... auch wenn wir scheinbar Konkurrentinnen waren, die Wahrheit ist, dass Johanna und ich uns ... sehr nahe ... sehr, sehr nahestanden, und ...“

Wieder brach sie ab, suchte verzweifelt und mit fahrigen Bewegungen so lange nach einem Taschentuch, bis ihr endlich einer der Bodyguards eines reichte, sie schnäuzte sich, schluckte tapfer und sprach dann – womöglich noch leiser als zuvor – weiter.

„Ich kann jetzt nicht mehr reden ... ich ... aber ich verspreche Ihnen, es wird die Zeit kommen ... Wenn ich so weit bin, werde ich die volle Wahrheit sagen ... Alles, alles werde ich sagen, oder singen, oder schreiben, oder ... ach, ich weiß nicht.“

Das war nun nicht die volle Wahrheit, denn natürlich wusste Natascha sehr genau, was sie tun würde.

Nämlich alles von dem Angedeuteten. Sie würde darüber reden, in zahlreichen Talkshows und Exklusivinterviews, sie würde darüber schreiben (lassen), und zwar in dem Buch, für das sie am Vorabend Kaltenböck als Ghostwriter engagiert hatte. Der verfasste nicht nur Songtexte, sondern war ein routinierter Viel- und Schnellschreiber, und Geschwindigkeit war in der jetzigen Situation das Wichtigste. In vier Wochen sollte der ‚Enthüllungsroman' fertig sein, und in spätestens zwei Monaten musste sich das Buch in den Buchhandlungen stapeln. Mit dem Album konnte sie sich etwas länger Zeit lassen, hier sondierte sie noch die Angebote, die momentan im Stundentakt eintrafen. Natascha war in Höchstform, sie fühlte sich blendend.

„Ich fühle mich ... sehr traurig und auch sehr, sehr müde ... Bitte verzeihen Sie mir, dass ich diese Pressekonferenz jetzt beenden muss, aber ..."

In diesem Moment kam der Produzent nach vorne zum Tisch. Natascha erstarrte. Was machte dieser Trottel da? Jonny ließ sich durch die Bodyguards nicht beirren, ging zu Natascha und legte ihr den Arm um die Schulter, bevor sie es verhindern konnte.

„Meine Damen und Herren, bitte haben Sie Verständnis, dass sich Natascha jetzt ausruhen muss. Sie hat viel mitgemacht in den letzten Tagen, und ich werde alle Ihre weiteren Fragen beantworten. Ich möchte dir, Natascha, nur noch eines sagen, gleich hier, vor laufenden Kameras, als klares Statement: Wir alle fühlen mit dir und ich ganz besonders, das solltest du wissen. Meine Damen und Herren, auch wenn wir es geheim halten und noch ein wenig abwarten wollten, zumindest bis nach der Show, ich glaube, jetzt ist der richtige Zeitpunkt, es vor aller Welt zu bekennen und zu sagen, dass sich nichts daran ändern wird, was auch immer geschieht: Natascha und ich, wir lieben uns und werden uns demnächst verloben. Das habe ich dir versprochen, mein Engel, und dieses Versprechen halte ich auch. Denn in schwierigen Zeiten wie diesen brauchst du mehr denn je jemand, der dir Halt und Sicherheit gibt, die Sicherheit einer großen Liebe. Und meine Liebe zu dir ist unvergänglich! Danke, meine Damen und Herren."

Es ist gänzlich unmöglich, Nataschas Gefühle in diesen Minuten auf herkömmliche Art und Weise zu beschreiben. Das Schwierige an der Situation, das, was ihr schier unmenschliche Kräfte abverlangte, war die Tatsache, dass sie angesichts der Kameras, der Mikrofone und der Reporter ihre wahren Gefühle in keiner Weise zeigen durfte.

„Die Herta hat Folgendes über das Haus in der Peter-Jordan-Straße herausgefunden. Es ist ein Doppelhaus, jede Hälfte groß genug für zwei Wohnungen. An der Rückseite des Hauses beginnt eine zwei Meter fünfzig hohe Mauer, die das Grundstück teilt. Zwischen den Doppelhaushälften und der Straße ist die Trennung durch einen schmiedeeisernen Zaun gegeben", erklärte Hawelka.

„Spannend", witzelte Pollmann dazwischen.

„Warte", gab Hawelka zurück. „Das Interessante ist, dass das ganze Doppelhaus ein und derselben Person gehört. Reinhard Buric, dem Onkel von Natascha Buric."

„Na ja, das ist gängige Praxis, wenn du so einen Mordskasten in einer teuren Wohngegend hast. Du teilst Haus und Grundstück, machst vier Wohneinheiten und kassierst ordentlich Miete, das ist ganz normal", sagte Gerlitz.

„Josef", fragte Henk, „auf was willst du eigentlich hinaus?"

„Wir sind davon ausgegangen, dass Natascha einen Komplizen oder eine Komplizin gehabt hat ... Also ... Komplizin eher, wegen der Figur und ... der Art, wie sich die Frau bewegt hat ..."

„Das will ich hoffen!", rief Hohlstein.

„... aber im Laufe unserer Frühschicht haben wir anhand der Fotos und der Videos festgestellt, dass das vermutlich keine Komplizin ist."

„Nein?"

„Nicht?"

„Was?"

„Wer denn? Der Opa vom Erzherzog? Komm schon, Pepi, mach's nicht so spannend."

„Nein. Die Frau ist Natascha selbst. Verkleidet. Bei beiden Morden." Jetzt hatte er es gesagt. Schierhuber hatte ihn gewarnt, die Berlakovic hatte ihn gewarnt.

„Weißt, Pepi", hatte sie gemeint, „es kann schon sein, ich glaub dir's ja auch ... sicher kann es so sein, aber ... vielleicht auch nicht." Schierhuber hatte nur stumm vor sich hin gezweifelt. Er blickte in die Runde. Was er sah, war wenig ermutigend. Er packte das nächste Argument aus.

„Die Frau auf den Videos hat eine vom Kollegen Schütz als am wahrscheinlichsten errechnete Körpergröße zwischen einsvierundsiebzig und einssechsundsiebzig. Natascha Buric ist einsvierundsiebzig groß."

„Ja. Das sind ungefähr drei Millionen Menschen in Österreich. Und von den Egomaniacs und ihren Freunden sind es auch mindestens die Hälfte. Ich hab die Maße schon bei der ersten Videoauswertung rausgeschrieben: Johanna, einsdreiundsiebzig, Natascha einsvierundsiebzig, Amy einszweiundsiebzig,

Jeff einssechsundsiebzig, David einssiebenundsiebzig, Hansi einsneunundachtzig, Rudi, der Jurykasperl, einsneunundsiebzig, Jonny, der Produzent, einssiebenundsiebzig, Cosy-Rosi, die Jurysexbombe, einsvierundsiebzig, Holger, der Moderator, einssechsundsiebzig, Marc, der Assistent, einsachtundachtzig, Kurtl, der Regisseur, einsfünfundsiebzig, Vasco, der Choreograph, eins..."

„Okay, Martin, das reicht. Danke! Ich glaube, wir haben alle verstanden, dass es viele Leute aus dem Umfeld von Amy und Johanna mit ähnlicher Größe gibt." Henk nickte Hawelka zu, fortzufahren.

„Meine Theorie ist folgende: Aus vielen dieser Doppelhäuser wurden zwei einzelne, mit verschiedenen Wohneinheiten."

„Stimmt."

„Aber ... im Keller ließ man oft eine Verbindungstür, zum Beispiel um die Abzweiger und Zähler von Wasser, Strom und Gas besser zu erreichen. Und wenn wir im Hause Buric so eine Verbindungstür finden ..."

„Dann sagt das noch gar nichts. Das ist doch ein Märchen ... Nur, weil sie den Finger in die Kamera gezeigt hat?"

„Nein, ich glaube, das hat sie unabsichtlich gemacht", gab Hawelka zu, „der ist ihr so rausgerutscht, sie macht das immer mit dem Ungustlnachbarn. Aber eigentlich hat es ihr genügt, auf dem Video gut sichtbar im Haus zu verschwinden."

„Und dann zieht sie sich um, geht durch den Keller ins Nachbarhaus und verschwindet von dort als die mysteriöse Killerin auf die Straße?" Nimmervoll schüttelte den Kopf.

„Wir haben uns die Handyverbindungen nochmal angesehen. Die Gespräche sind definitiv nicht aufgezeichnet worden. Aber die letzten beiden Verbindungen zwischen Johanna und Natascha sind von Natascha ausgegangen."

„Ich will ja nicht unhöflich sein, aber ..." Schütz konnte seinen Satz nicht mehr beenden, weil der Erzherzog eintrat und ohne weiteres loslegte.

„Da lasse ich einmal eine Dienstbesprechung aus, weil ich beim Arzt bin, aber zum Arzt geh ich nicht mehr, weil das ist gar nicht so g'sund, wie man glauben möcht, jetzt fühl ich mich noch schlechter als vorher. Aber jetzt bin ich ja da und kann hören, ob was weitergegangen ist bei die Herren. Ich hoff, dass mir der Henk nicht wieder das Waldviertler Dumm-Dumm-Geschoss[24] abschießt, weil das hat ein Navi eingebaut, das lotst es sicher von einem Hundstrümmerl zum anderen. Und ich steh beim Ministerrapport. Ich! Wollen Sie wissen, wie oft ich in die letzten dreißig Jahr beim Ministerrapport gestanden bin? Null komma Null Mal genau bin ich bei einem von diese ... Politiker g'standen und hab Manderl machen müssen. Aber jetzt muss ich! Weil der Nachbar dort den Anwalt gewechselt hat, und der kennt wen im Ministerium und so weiter, Sie wissen ja, wie das in Österreich ist. Also Ministerrapport. Gut. Ich bin ein Mensch, der was zu allem Ja und Amen sagt, und mich werden S' bei jeder Gaude dabeihaben, weil wie heißt es so schön? – Der Zweck heiligt die Mittel. Wenn also das Ganze ein Erfolg ist, dann Schwamm drüber, und da geh ich auch zum Ministerrapport, sogar, wenn es eine Ministerin ist. Aber

---

24 Eigentlich „Dum-Dum-Geschoss": Es handelt sich um sogenannte Teilmantelgeschosse, die ursprünglich in Dum Dum, im Norden von Kalkutta, gefertigt wurden. Durch die besondere Bauweise richtet diese Munition großen Schaden an und ist nach der Haager Landkriegsordnung geächtet.

wenn sich, wie jetzt, herausstellt, dass der Schmarren nichts gebracht hat, sondern eigentlich noch das Alibi von der ... na, dem Mäderl halt, bestätigt, dann sag ich: Danke! Danke, dass Sie mir einen Ministerinnenrapport verschafft haben, weil ich hab schon Angst gehabt, dass ich keinen mehr z'sammbring bis zur Rente. Dann sag ich Lob, Dank und Anerkennung im Namen des Dienstes!', sag ich, sonst sag ich nichts, aber eines sag ich Ihnen, das kommt davon, wenn Sie anfangen, Ideen zu haben, jeder fangt jetzt damit an, Ideen zu haben, eigene Ideen sind jetzt die neueste Mode, und dann kommt sowas dabei raus, wenn S' Ideen haben. Wenn Sie ein bisserl mehr Klinkenputzen und das kriminalistische Handwerk pflegen täten, dann hätten S' keine Zeit zum Nachdenken. Gegen das bin ich schon lange, weil wenn einer zu viel nachdenkt, dann ist es kein Wunder, dass er eine Idee hat, und dann kommt hintennach der Ministerrapport. Aber passen S' auf, dass ich nicht auch einmal eine Idee hab. So, und jetzt möchte ich hören, wo wir sind und wie wir weiter vorgehen."

Finale

Montag, 21. September, 20:00 Uhr

Es war Montagabend und Hawelka hörte Johnny Cash. Nicht gerade sein Lieblingssänger. Er hörte Cashs Interpretation der Nine-Inch-Nails-Nummer *Hurt*. Nicht gerade sein Lieblingslied. Der Song holte einen auch in der fröhlichsten Stimmung ganz schnell ganz hinunter. Aber Hawelka war nicht in der fröhlichsten Stimmung, und ganz hinunter musste er auch nicht geholt werden, weil er schon ganz unten war. Aber um sich in Selbstmitleid zu suhlen, war die Nummer durchaus geeignet.

Freitagmittag hatte er etwas getan, das er in seiner ganzen Laufbahn im Polizeidienst noch nie getan hatte. Er hatte sich krankgemeldet, obwohl ihm gar nichts fehlte.

Körperlich zumindest.

Gleich nach der Besprechung und dem erzherzoglichen Abschmettern von Ideen war er zum Arzt gefahren. Dem Doktor hatte er etwas von einem aggressiven Darmvirus erzählt, wegen dem er sich nicht weiter als drei Meter von der Toilette entfernen konnte. Nun saß er also den vierten Tag in seiner Wohnung und gab sich düsteren Gedanken hin.

Er hatte eine Idee gehabt, er hatte sich gemeinsam mit der Berlakovic und Schierhuber daran gemacht, Motiv, Mittel und Möglichkeit zu überprüfen. Sie hatten einen plausiblen Ablauf rekonstruiert. Sie hatten sogar durchgespielt, was passiert wäre, wenn zum Beispiel gleich nach dem Mord an Johanna jemand Alarm geschlagen, und, zum Beispiel, bei Natascha geläutet hätte. Sogar das wäre sich ausgegangen, dass sie da schlaftrunken geöffnet hätte und ihr Alibi somit wind-

und wasserdicht wäre. Aber sie hatten keine Beweise, und wenn sie je eine kleine Chance gehabt hatten, Henk und die anderen vielleicht doch noch dazu zu bringen, in diese Richtung weiterzuermitteln, dann war diese Chance durch das Eintreffen und den Vortrag des Alten plötzlich gleich null gewesen.

Stattdessen war der ganze Club mit Begeisterung auf die Argumentation von Gerlitz eingegangen, der sich offenbar auf Jeff, die Diva, eingeschossen hatte.

„Wer spielt bei seinen Auftritten immer mit seiner weiblichen Seite? Wer kann sich bewegen wie eine Frau und sich sicher auch auf Anhieb so verkleiden und schminken wie eine Frau, sodass es ihm jeder abnimmt? Wer hätte etwas davon gehabt, wenn nicht nur eine, sondern nach und nach alle drei Mädels aus dem Rennen gewesen wären? Wer hat Größe und Statur wie die geheimnisvolle Blonde, die in den Videos zu sehen war?“, hatte er sich in der Zusammenfassung seines Vortrages an dem bewussten Morgen ereifert. Allen hatten seine Argumente eingeleuchtet, und Henk war ganz auf seiner Seite gewesen.

„Es stimmt, dass sich unsere Ermittlungen nach dem Reinfall mit dem Punk hauptsächlich auf Frauen konzentriert haben.“

Gerlitz und Hohlstein waren noch am Freitag losgezogen, um den Burschen zum Verhör zu holen, während ein Dutzend Kollegen damit beschäftigt war, alle Aufzeichnungen und Unterlagen auf die Jeff-Variante hin zu untersuchen. Aber da hatte Hawelka sich schon entschuldigt gehabt und war zum Arzt gegangen.

Aber leider war es nicht so, dass Hawelka krank „feierte“ und sich mit leichten Mädchen und schweren Jungs vergnügte, sondern während der ganzen Zeit nur daran dachte, was die anderen und er selbst übersehen hatten, warum er sich geirrt hatte und so weiter. Schierhuber war am Sonntag ohne seinen Partner zum Nataschahaus gefahren und hatte sich ohne weiteres mit einem Nachschlüssel Zutritt zur anderen Doppelhaushälfte verschafft. Dann hatte er angerufen.

„Zwei Wohneinheiten, es sind beide vermietet, aber die obere ist nur im Winter bewohnt, die untere gar nicht, weil es keine Wohnung, sondern ein Büro ist. Eine Firma mit russischem Namen, die auch zu den Bürozeiten nur unter einer Handynummer zu erreichen ist."

„Und der Keller? Gibt es eine Verbindung?" Hawelka war ein wenig aus seiner Lethargie erwacht.

„Ja. Da ist eine Tür, die ist nicht einmal versperrt. Aber ob sie benutzt worden ist, lässt sich nicht feststellen."

Eine halbe Stunde war Hawelka in fiebriger Aufregung gewesen, dann hatte er sich eingestanden, dass sich dadurch genau nichts änderte. Motiv, Mittel, Möglichkeit waren schon vorher da gewesen.

Aber sie hatten keinen einzigen Beweis!

Schierhuber hatte versprochen, am Montag nochmals mit Henk zu reden, aber viel versprach Hawelka sich nicht davon[25]. Im Übrigen war es ihm auch kein Trost, dass die Spur zu Jeff offenbar bisher auch nicht den gewünschten Erfolg gebracht hatte.

Hurt war zu Ende, und Hawelka griff nach dem MP3-Player, um die Wiederholungstaste zu drücken. An diesem Abend übrigens zum fünften Mal. In dem Moment meldete sich sein Handy, und er war sofort

---

25 Sein Partner war nicht gerade als wortgewaltiger Wahlkämpfer bekannt.

fest entschlossen, nicht abzuheben. Außer, wenn es Schierhuber war, denn ein Team ist ein Team, und wenn sein Partner anrief, konnte er den Anruf nicht ignorieren. Er nahm also mit einer matten Bewegung sein Handy und sah aufs Display. Es war nicht Schierhuber, sondern die Berlakovic. Warum er trotzdem abhob, wusste er nicht.

„Pepi, du brauchst Abwechslung, das geht nicht, dass du in deiner Wohnung herumknotzt und dir selber leidtust. So schlimm ist das jetzt auch nicht. Immerhin haben die anderen Schlaumeier den Fall auch noch nicht aufgeklärt, und der Erzherzog hat schon ganz andere zur Sau gemacht, das zählt gar nicht. Und die G'schicht mit der Nötigung von dem Ungustlnachbarn, da fällt unserer Rechtsabteilung schon was ein, ich hab einen Freund in der Personalvertretung, der sagt, die boxen dich da raus ... Ich erinner mich, ein paar Jahre bevor du und der Sepp zu uns gekommen seid, hat der Siegl einmal einen deutschen Bischof verhaftet, weil er ihn für einen Stricher gehalten hat, und ...“

„Herta, bitte! Es geht mir gut. Danke. Ich brauch nur ein bisschen Ruhe. Vielleicht können wir morgen telefo...“

„Pepi, bitte! Wenn's dir so gut geht, wie du dich anhörst, dann muss ich mir ernsthafte Sorgen machen, und ich will mir keine ernsthaften Sorgen machen, weil die Mädels gleich wieder zu mir kommen und wir uns gemeinsam die Abschiednahme anschauen und da ... Hey! Ich hab eine Idee! Wenn's nach dem Alten geht, ist es zwar gefährlich, wenn nicht sogar verboten, eigene Ideen zu haben, aber die hier ist wirklich super. Schau, eigentlich wollten wir ja einen Mädelsabend vor dem Fernseher machen, aber ab sofort erkläre ich dich zum Mädel – und dann kommst du auch. Das lenkt dich ab. Wenn du dich alleine fürchtest, dann darf der Sepp auch kommen, ihr müsst auch gar nicht viel mitbringen. Sagen wir: eine Flasche Tequila und ihr seid's dabei. Na, wie findest du das?"

„Und was machen wir dann?"

„Hörst du mir nicht zu? Die Abschiednahme anschauen! Das Ersatzbegräbnis! Das ist ein bisschen was fürs Gemüt, weil mir doch die zwei toten Sängerinnen leidtun, aber hauptsächlich ist das wieder was zum Fremdschämen und Lästern, weißt eh, das Übliche: Wer was anhat, wer sich peinlich benimmt, wer besser singt, wer schlechter heuchelt und so weiter und so weiter. Schon alleine der Moderator ist ein Schlager. Der hat heute übrigens am Vormittag eine Sensation für die Sendung angekündigt, aber wahrscheinlich will er nur bekanntgeben, dass er aufhört. Er will damit dem Sender zuvorkommen, der ihn absag'ln[26] will. Eh klar, er war eigentlich eine komplette Fehlbesetzung, dabei hat er sich jahrelang als Quotenschwuler sicher fühlen können, man sagt ja, dass sein Outing vor ein paar Jahren nur aus diesem Grund ..."

„Ja, Herta, super, das ist wahnsinnig lieb von dir, aber ..."

„Wart, Pepi, sie kommen, ich melde mich gleich wieder, oder steig einfach in den Wagen, in drei Minuten geht's los."

„Herta! Ich will nicht, verstehst du mich nicht?"

Aber die Berlakovic hatte schon aufgelegt. Hawelka seufzte und legte das Handy weg. Er schloss die Augen. Was er jetzt am allerwenigsten brauchte, war ein

26 Absag'ln: hochdeutsch „absägen". Aus einem Beziehungs- oder Berufsverhältnis hinauskomplimentieren

Fernsehabend mit der geballten Weiblichkeit des Auskunftsradios. Das Handy meldete sich. ‚Ich dreh es ab', dachte er, nahm es auf und wollte die „Aus"-Taste drücken. „Bettina Sommer" stand auf dem Display. Ohne nachzudenken hob er ab.

„Josef, die Herta sagt, du bist ... ganz fertig. Das tut mir echt leid! Vielleicht tät dich so ein Abend in unserem Hendlstall echt ablenken, hm?"

„Ich ... weiß nicht, ich ... bin heute einfach keine gute Gesellschaft, ich ..."

„Dafür sind wir eine gute Gesellschaft, Pepi!", dröhnten die Berlakovic und die Frischauf im Chor. Bettina Sommer hatte also auf Freisprechen geschaltet. Das war ihm irgendwie peinlich. „Jetzt komm schon, es hat gerade angefangen. Trauermusik und ernste Mienen, der Moderator im schwarzen Anzug, mein Gott, ist der peinlich. Hast du gewusst, dass er früher als Transvestit in einer Revue aufgetreten ist, Betti?", hörte man die Chefin des Aufkunftsradios. „Dort hätte er auch bleiben sollen", meinte die Frischauf, „als Moderator hab ich ihn immer schlecht gefunden." „Also, komm schon, Josef", lockte jetzt die Sommer wieder.

„Ich ... ihr seid wirklich lieb, alle miteinander, aber ich ... kann heute keine Abschiednahme brauchen und keine Egomaniacs, die Trauer heucheln und traurige Lieder trällern, und keine Begräbnisreden und auch keinen Moderator, der als Transve... Moment ... Was?"

„Was ‚Was?'"

„Der Moderator ist früher in einer Revue aufgetreten? Als Frau verkleidet?"

„Hast du Vorurteile, Pepi?", lachte die Berlakovic, um dann gegen ihre Gewohnheit plötzlich zu verstummen. Ein echtes Auskunftsbüro hat eben auch eine überdurchschnittlich schnelle Auffassungsgabe. Die anderen beiden sahen in das Gesicht ihrer Chefin und begriffen ebenfalls.

Kurtl, der Regisseur, war in seinem Element. Die nervöse Anspannung, die ihn vor einer Live-Übertragung immer überkam, war wie weggeblasen. Ruhig gab er seine Anweisungen an die Kameraleute und die Assistenten an den Pulten. Es war ein guter Sendungseinstieg, schöne Bilder, perfekte Zuspielungen, die Live-Band war um sechs Streicher erweitert worden, alles paletti. Die noch lebenden Egomaniacs waren vollzählig erschienen, und nicht einmal Natascha hatte gezickt. Die Sendung war auf Schiene, und die Einschaltquoten würden die besten der letzten zehn Jahre sein. Außerdem hatten mehr als zehn ausländische Sender die Übertragung gebucht. ‚Und den Affen da seh ich auch zum letzten Mal eine Sendung bei uns moderieren', dachte Kurtl zufrieden.

„Der Tod ist so etwas Großes, so etwas Unvorstellbares, meine Damen und Herren", sagte Holger, der Moderator, in seiner Einleitung, „dass er uns immer wieder fassungslos zurücklässt. Was auch immer wir gehört, gelesen oder uns ausgedacht haben, wenn wir plötzlich mit dem Tod konfrontiert sind, ist nichts mehr so, wie wir es uns vorgestellt haben. Ich wiederhole: Der Tod lässt uns fassungslos zurück ..."

„... oder tot", grunzte Kurtl und wandte sich an den Chefredakteur. „Hast du das so geschwollen geschrieben?"

„Sicher nicht! Das improvisiert er."

„Der hat noch nie improvisieren können. Das hat er auswendig gelernt. Das muss er aus irgendeinem schlechten Buch haben. Peter, sag ihm, er soll sich an den Text halten."

Einer der größten Vorteile Schierhubers war, dass er nicht lange fragte (eigentlich auch nicht kurz fragte, noch eigentlicher gar nicht fragte). Der große Sendesaal, aus dem die Abschiednahme übertragen wurde, lag wesentlich näher bei Hawelkas Wohnung am Schöpfwerk als bei Schierhubers. Dennoch war Hawelka sicher, dass sie fast zeitgleich dort ankommen würden. Während der Fahrt hörten sie das Berlakovic'sche Web-Radio auf den Handys. Diesmal ohne großen Unterhaltungsfaktor, die B. hielt sie nur über alles am Laufenden, was sich gerade live abspielte. Manchmal hielt sie auch einfach das Mikro zum Fernseher und übertrug den Originalton.

„Fernsehgeschichte", sagte der Moderator soeben, „wird mit Blut geschrieben, meine Damen und Herren, das ist die traurige Wahrheit. Denken wir daran, dass wir nie zuvor solche Quoten und solches Publikum hatten. Ich selbst liebe das Fernsehen und werde kein Opfer scheuen, um stets untrennbar mit der Geschichte dieses Mediums verbunden zu sein, auch wenn das heute meine letzte Sendung ist, denn es ist nicht nur eine Abschiednahme von zwei jungen Künstlerinnen, sondern auch eine Abschiednahme von mir. Wenigstens vorläufig."

„Er soll die Goschen halten, die blöde Sau!", schrie Kurtl jetzt. Seine gute Laune bei Beginn der Sendung war dahin. „Peter, sag ihm, er hat seine Anfangsmoderation schon um drei Minuten überschritten."

„In Zukunft wird man nicht ans Fernsehen denken können, ohne mich dabei im Hinterkopf zu haben, und das ist nicht Egoismus, meine Damen und Herren, sondern der pure Wille zur Unterhaltung. Ja, wir sind dazu da, Sie zu unterhalten, und ich werde meinen Beitrag dazu leisten. Oft gibt es ja beim Fernsehen einen Schnitt, aber ich glaube, unser Regisseur hat nicht den Mut, jetzt wegzuschalten, zu sehr liebt er sensationelle Bilder, und zu sehr ist es ihm in Fleisch und Blut übergegangen, dieses ‚Alles für die Quote'. Ich habe hier eine Schere mitgebracht." Er zeigte sie in die Kamera.

„Ich halte diese Schwafelei nicht mehr aus, ich spiel eine Übertragungsstörung ein, bevor mir schlecht wird, wurscht, ob's mich kündigen oder sonst was ..." Der Regisseur sah wirklich aus, als hätte er einen Magendurchbruch.

„Vielleicht halten Sie es für pietätlos, wenn ich jetzt eine Schere herzeige, wenn man bedenkt, dass die beiden jungen Damen, wegen denen wir uns hier zusammengefunden haben, durch Herzstiche mit ebensolchen Scheren gestorben sind. Aber ich habe Ihnen für heute Abend eine Sensation angekündigt – und Sie sollen Ihre Sensation habe. Zum ersten Mal in der Geschichte des Fernsehens! Aber dazu begrüßen Sie nun mit mir unsere Egomaniacs!"

‚Er will es auf offener Bühne tun, vor laufenden Kameras, er wird zustechen. Aber glaubt er, alle vier zu erwischen, bevor ihn jemand aufhält? Oder hat er es nur auf Natascha abgesehen? Bringt er nur Frauen um?', überlegte Hawelka, als er auf den Parkplatz des Senders einbog. Dann sah er den Schranken und bremste. Gleichzeitig tauchte plötzlich von links der Schierhuber'sche Benz auf. Dann war da kein Schranken mehr, und die Rücklichter des Benz' entfernten sich rasch in Richtung Bühneneingang. Hawelka stieg aufs Gas und folgte. Er kam gerade rechtzeitig, um zu sehen, wie ein kahlköpfiger Sicherheitsmann seinen Gummiknüppel zog und auf Schierhuber losstürmte, den er für einen wahnsinnigen Attentäter hielt. Als Hawelka aus dem Wagen sprang, musste es sich der Mensch anders überlegt haben, denn er streckte sich neben dem Bühneneingang aus und sah verdattert in die Luft, während Schierhuber die Tür aufriss.

Hansi, David, Jeff und Natascha kamen planmäßig unter dem Applaus des Saalpublikums auf die Bühne, sie sahen ernst und würdevoll und sehr traurig aus. Natascha hatte es sogar irgendwie geschafft, dass ihr eine Träne über die Wange lief, als die Dreierkamera eine Totale ihres Gesichts lieferte.

„Na endlich", bemerkte Kurtl. Die Egomaniacs blieben vor den Porträts der Ermordeten stehen. In dem Moment tauchten Hawelka und Schierhuber in ungefähr fünfzehn Metern Entfernung aus den Kulissen auf.

„Nehmt Abschied!", forderte der Moderator, der hinzugetreten war, die Egomaniacs feierlich auf und hielt die Schere mit beiden Händen vor sich wie ein Kreuz.

Das wäre jetzt der Moment gewesen, wo Hawelka zum Helden hätte werden können. Er hätte seine Dienstwaffe ziehen können. Wenn er eine dabeigehabt hätte. Er hätte auch ohne Dienstwaffe auf die Bühne stürmen können und den Moderator entwaffnen. Aber sie waren ein Team, und Hawelka sah das Glitzern in den Augen seines Partners.

„Zugriff?", fragte Schierhuber.

„Wart noch ..." Hawelkas Gedanken rasten. Würde der Moderator tatsächlich jetzt und hier ...?

„Nehmt Abschied!", rief der Moderator noch einmal.

Er befand sich jetzt hinter den vier Andächtigen. Er hatte immer noch die Schere in der Hand und holte ein Foto aus seiner Sakkotasche.

„Ausschalten?“, fragte Schierhuber nochmals. In dem Moment kamen drei Sicherheitsleute des Senders von Gott weiß woher auf sie zu.

„Es ist die Zeit der Abschiednahme und die Zeit der Geständnisse und auch die Zeit der Reue. Ich möchte etwas gestehen. Ihnen hier im Saal und Ihnen zu Hause vor den Bildschirmen. Ich habe jemanden belauscht. Und ich habe etwas erfahren. Und das hat mich neugierig und wütend gemacht, und ich habe ...“

„Und ich hab letztens Flatulenzen entweichen lassen, dass der Zeus vor Neid erblasst wär ... Was will dieses eitle, aufgeblasene Arschgesicht eigentlich?“, fauchte Kurtl im Regieraum.

„Wir sind von der Polizei“, erklärte Hawelka demjenigen der Security-Typen, dem er am ehesten zutraute, sinnerfassend zuhören zu können.

„Ausweis?“

„Da“, sagte Schierhuber und zog ein Großkaliber unter seinem Rock hervor. „Geht's da rüber und setzt's euch auf den Boden, dann stört's keine Amtshandlung.“

Mittlerweile hatte der unterbeschäftigte Kameramann von Kamera fünf, der eigentlich die Stimmung im Saal einfangen sollte, Hawelka, Schierhuber und die Securitys bemerkt und hielt aufs Geratewohl drauf.

„Mein Gott, der Typ da hat eine Waffe in der Hand!“, rief die Bildassistentin im Regieraum.

„Behalt die Fünfer im Auge, aber nicht draufschalten, wir müssen den Trottel noch ausreden lassen“, sagte Kurtl. „Funk raus, was da los ist.“

„Meine Damen und Herren, ich weiß nicht, was mit Amy geschehen ist, wer ihr junges Leben auf grausame Weise zerstört hat, aber ich weiß, dass Johannas Leben von der Frau auf diesem Foto ausgelöscht wurde – mit einer Schere wie dieser.“ Holger hielt zuerst die Schere, dann das Foto vor die nahe herangefahrene Zweierkamera.

„Zugriff?“

„Nein, Sepp!“

„Denn diese Frau ist aus einem bestimmten Garten in der Peter-Jordan-Straße gestürzt, den sie kaum zwei Minuten davor betreten hat und den kaum eine Minute vor ihr Johanna betreten hat. Und das Foto zeigt diese Frau, wie sie die Stufen des Nachbarhauses hinaufeilt und sich noch rasch umdreht, sich versichert, dass sie niemand beobachtet. Trotz Verkleidung und Schminke und falschen Haaren: Da bist du zu erkennen. Du! Natascha Buric!

„Du blödverbrunzte Arschlochsau, du grindige! Du verhurtes Drecks...“

Natascha ließ einen Schwall unflätiger Schimpfworte los, das heißt, eigentlich spie sie die Beschimpfungen richtiggehend aus, ihre Stimme hatte nichts Menschliches mehr und auch ihre Kräfte waren übermenschlich. Noch bevor irgendjemand überhaupt realisiert hatte, was vor sich ging, hatte sie dem Moderator die Schere entrissen und ihm ihr Knie in den Unterleib gerammt. Mit einem Wehlaut krümmte er sich vornüber. Nataschas Gesicht verzerrte sich, und sie stieß einen tierischen Schrei aus. Für ein paar Augenblicke bot sich der gekrümmte Rücken des Moderators ihr dar wie ein Tisch.

„Sepp! Sie ist wahnsinnig, du musst sie ausschalten.“

„Wird gemacht.“

Sie waren näher gekommen, aber immer noch lagen fast zehn Meter zwischen Schierhuber und Natascha.

„Scheiße, was ist das?“, schrie irgendwer im Regieraum auf.

„Sie wird doch nicht ...“

„Zweier voll auf die Schere, Janos, schalt einen zusätzlichen Spot drauf, ich will die Schere funkeln sehen“, befahl Kurtl, ohne nachzudenken.

Im nächsten Moment ertönte ein ohrenbetäubender Knall, und dann waren Hand und Schere aus dem Bild verschwunden, nur noch ein Arm ragte in die Höhe. Dann senkte sich der Arm, und die Besitzerin sah mit grenzenlosem Staunen auf den Stumpf, aus dem zunächst kaum Blut kam.

„Erledigt“, meldete Schierhuber und steckte seinen Colt Python wieder in den Hosenbund.

Epilog

„Ich bin nicht kleinlich“, trompetete der Erzherzog. „Mich werden Sie nicht paragraphenreiten sehen, das ist nicht meine Manier. Und wenn es die Umstände erfordern und einer zufällig seine Privatwaffe dabei hat, dann muss er im Sinne der Nothilfe davon Gebrauch machen, auch wenn die mit Munition geladen ist, die einen Hydranten pulverisieren könnt. Ich muss sagen, dass es mich sogar wundert, dass der Schierhuber nur die Hand entsorgt hat und nicht die ganze Depperte, die früher drangehängt is an der Hand.“ Die Männer lachten ein bisschen, offenbar war Hofrat Zauner heute außergewöhnlich gut gelaunt. Er nahm ein offizielles Schreiben zur Hand und las es quer. Dann gab er den Inhalt bekannt.

„Die Frau Ministerin hat den Rapport abgesagt, sie gibt mir zu verstehen, dass die Personalabteilung es geschafft hat, die Klage wegen Nötigung abzuwenden. Stattdessen will sie die Herren Hawelka und Schierhuber sowie meine Wenigkeit zu einer kleinen Feier mit Belobigung und Fototermin laden. Um adäquate Kleidung wird gebeten. HENK!“ Der Angesprochene hob den Kopf, Zauner ging auf ihn zu und drückte ihm das Schreiben in die Hand. „Sie werden die zwei Helden schön verpacken und mit ihnen dorthin marschieren, weil Sie haben erstens die Untersuchung brav geleitet und müssen die Gesichtswäsche eh für die Zukunft üben, außerdem kann ich auf den Grinser von der – jetzt hätt ich bald Frau gesagt – gerne verzichten. Ich werd also am – wann ist das?“ Er nahm Henk das Schreiben wieder ab, warf einen Blick darauf und gab es zurück. „... am kommenden Dienstag einen aggressiven Darmvirus haben, wegen dem ich mich nicht weiter als drei

Meter vom Klo werd entfernen können. Das soll aber nicht heißen, ich scheiß auf die Frau Ministerin. Das hab ich nicht gesagt!"

Wieder lachten die Männer. Der Erzherzog war tatsächlich ungewöhnlich aufgekratzt. Die Berlakovic erzählte später, dass seine Geheimtochter um dauerhafte Versetzung nach Innsbruck angesucht hatte und diesem Wunsch von Seiten des Ministeriums ungewöhnlich rasch entsprochen worden war. Vielleicht war das aber auch nur reiner Zufall und hatte mit der guten Laune des Erzherzogs gar nichts zu tun, vielleicht freute es ihn einfach, dass der Fall gelöst war.

„BERLAKOVIC! Ich hab da ein Problem, aber das ist in meinem Alter normal, da werden die Probleme nicht weniger, sondern mehr. Mein Problem ist, ich hab mich geirrt und muss mich entschuldigen. Ich hab dem Zeitungsheini einmal tief in die Augen geschaut, weil ich ein paar unangenehme Sachen aus seiner Vergangenheit auf meinem Schreibtisch hab liegen. Fazit: Unser Freund Sojka, der heute nicht hier sein kann, hat gegen ein bisserl Kleingeld verraten, was wir so ermittelt haben. Ich hab Ihnen also Unrecht getan, und das tut mir leid. Aber dem Sojka hab ich Recht getan, weil der sitzt derzeit bei der internen Untersuchungskommission und wird hoffentlich, wenn er dort aufsteht, direkt in die Frühpension marschieren. HENK! Weitermachen!"

Der Alte setzte sich, die Berlakovic war wegen seiner Entschuldigung richtig rot geworden, ein Ereignis, das schon lange nicht mehr vorgekommen war. Henk ging vor und ergriff das Wort.

„Dass die Buric noch im Krankenhaus gestanden hat, wissen eh die meisten von euch. Scheinbar war der erste Mord noch eine Tat im Affekt, sie hat den Erpressungsversuch von Amy mitbekommen und die verkleidete Johanna zum Treffen verfolgt. Sie wollte die beiden belauschen und hat gehofft, so zu erfahren, was Amy gegen Johanna in der Hand hat. Aber die beiden anderen waren sich zu rasch einig. Als Johanna weg war, hat Natascha Amy aufgefordert, ihr Johannas Geheimnis zu verraten, es gab Streit und – zack!"

„Glaubst du ihr das?", fragte Nimmervoll. „Die will sich durch die Affektgeschichte doch nur ein milderes Strafmaß rausholen. Ich glaube, sie hat Amy ganz bewusst umgebracht, um es Johanna in die Schuhe zu schieben und so die Favoritin loszuwerden, ohne sie umbringen zu müssen."

„Möglicherweise hast du Recht", bestätigte Henk, „ich halte sie auch für sehr raffiniert, auch wenn ihr Anwalt jetzt schon auf verminderte Zurechnungsfähigkeit hinarbeitet. Irgendwann hat sie sich wohl gedacht, dass das zu unsicher ist mit der Johanna als Täterin, und sie selbst beseitigt."

„Und ab wann hat sich der Moderator eingemischt?"

„Der Moderator ist der wahre Verrückte in der Sache. Er ist nicht sehr beliebt gewesen beim Sender, und dass er rausgeflogen wäre – egal, ob *Egomania* weitergeht oder nicht –, war ein offenes Geheimnis. Er hat überall Verschwörungen gegen sich gewittert. Irgendwann hat er sich dann in die fixe Idee verliebt, dass Johanna, die Königin der Herzen und der Quoten, es auf seinen Posten abgesehen hatte."

„Na klar, weil die keine anderen Hobbys gehabt hat."

„Er hat sich derartig hineingesteigert, dass er sie verfolgt hat. Tagelang. Er war zwar im *Hurra!* nicht dabei, aber an dem Abend, als sie selbst ermordet wurde, hat er sie bereits den ganzen Tag verfolgt. Er parkte dann genau vis-a-vis vom Doppelhaus. Aus dem Auto heraus hat er dann auch Fotos gemacht."

„Und er ist nachher nicht ausgestiegen, um zu sehen, was mit Johanna ist?“

„Nein“, seufzte Henk. „Er hat sofort an eine publikumswirksame Enthüllung gedacht, die seinen Marktwert steigern sollte.“

„Was für ein krankes Arschloch“, stieß Schütz hervor.

„Na ja, wir haben ihn natürlich schon wegen unterlassener Hilfeleistung, Vertuschung, Irreführung der Behörden und drei, vier anderen Kleinigkeiten angezeigt, aber was er tatsächlich dafür ausfasst, kann man nicht sagen. Immerhin hat er ja dann zur Aufklärung beigetragen, und das bringt mich zum nächsten Punkt: Ich möchte vor euch allen die beiden Gruppeninspektoren Hawelka und Schierhuber extra erwähnen. Wir waren ein gutes Team bei diesem Fall, aber die beiden haben sich doch irgendwie besonders hervorgetan. Erstens vor Ort, als es wirklich gefährlich wurde, da haben sie möglicherweise sogar einen Mord verhindert, und zweitens hat der Pepi den wahren Sachverhalt schon vorher geahnt und rekonstruiert, leider hat es ihm am letzten Beweis gefehlt, aber dass wir deinen Ansatz nicht weiterverfolgt haben, das tut mir leid.“

Die Kollegen klatschten, Schierhuber sah ausdruckslos auf die Tischplatte vor sich und Hawelka wurde rot wie zuvor die Berlakovic. Dann drehte er sich zu seinem Partner und raunte ihm zu: „Na bitte, das hätten wir.“

„Eh klar“, entgegnete Schierhuber lässig.

Holger, der Moderator, bekam eine mittelprächtige Geldstrafe und eine kurze Bewährungsstrafe. Der Sender entließ ihn mit einem beachtlichen Körberlgeld vorzeitig aus seinem Vertrag. Es war ein bisschen Ironie des Schicksals, dass er seine erste Sendung bei einem deutschen Privatsender ausgerechnet am ersten Tag von Nataschas Prozess moderierte. Das Sendungsformat war eine Art *Aktenzeichen XY ... ungelöst* in neuem Gewand. Holger, der Moderator, wurde als Fernsehdetektiv auf bisher ungelöste Fälle losgelassen. Die Quoten der ersten Folge waren erstaunlich gut.

„Danke, dass Sie alle gekommen sind", sagte Natascha, als sie den Gerichtssaal nach dem Urteil verließ und noch einen Moment bei den Reportern hielt, ohne dass die Justizbeamten sie daran hinderten. Das Urteil hatte sich schon lange abgezeichnet. Wegen des hohen Stresses bei der Show, wegen dieser emotionalen Ausnahmesituation war sie für ihre Taten nicht in vollem Umfang verantwortlich, nur bedingt schuldfähig, in jedem Fall aber haftunfähig, und dementsprechend in eine psychiatrische Anstalt einzuweisen.

Sie trug ein bodenlanges weißes Kleid, hatte den Kopf kahlrasiert und ein schlichtes, handtellergroßes Holzkreuz hing über ihrer Brust. „Ich danke Ihnen wirklich. Ich fühle nichts als Reue und Demut. Denn wissen Sie – ich habe Jesus gesehen." Sie hob ihr ernstes Gesicht und schaute in die Kameras. „Diese Begegnung hat mich total verändert. In der Untersuchungshaft habe ich bereut und gebetet, aber es war kein Leben mehr in mir, bis er gekommen ist. ‚Fürchte dich nicht', hat er zu mir gesagt, ‚dir wird vergeben werden, denn siehe, ich habe Großes mit dir vor. Du hast eine Aufgabe auf Erden, und ich will sie dir zeigen.' Dann ist Jesus gegangen, und ich war alleine in der Zelle." Die Reporter sahen sich an. Das war guter Stoff für die Schlagzeilen.

„Was für Aufgaben hat Jesus denn gemeint?", fragte eine Radioreporterin und hielt Natascha das Mikro vor die Nase.

„Ich habe alles aufgeschrieben, aber nur das, was Jesus mir diktiert hat."

„Was hat er diktiert?", wollte ein junger Journalist wissen.

„Ich habe beschlossen, alle Menschen an seiner Botschaft teilhaben zu lassen, weil es zu wenig Liebe auf der Welt gibt. In ein paar Wochen kommt mein Buch heraus, in dem ich über die schrecklichen Taten berichte, die ich begangen habe, als ich noch eine andere war, und auch darüber berichte, wie Jesus mir verziehen hat und was er mir geraten hat, um alles wiedergutzumachen." Die Reporter sahen sich ein weiteres Mal an. Dann gingen Natascha und ihre Begleiter zum Wagen. Während die Justizbeamten vorne einstiegen, nahmen die Begleiter im Fonds Platz. „Na ja, hätte schlimmer kommen können", stellte der Anwalt des Onkels fest. Natascha nicke und wandte sich an ihren anderen Begleiter. „Wie war ich?"

„Super, Baby", sagte Jonny, der Produzent.

Mein besonderer Dank gilt:

Franziska Wohlmann
Christina Kindl-Eisank
und dem Team vom Haymon Verlag

Günther Pfeifer
Hawelka & Schierhuber laufen heiß
Ein Waldviertler Mordbuben-Krimi
280 Seiten, € 12.95
HAYMON taschenbuch 180
ISBN 978-3-7099-7803-0

Ein schräges Ermittlerduo, ein schauderhafter Mord und keine Zeugen!

In dem winzigen Dorf Vestenötting ist ein Unglück passiert. Hawelka und Schierhuber werden ins Waldviertel berufen, um der Sache auf den Grund zu gehen. Der Birnstingl ist nämlich nicht von allein in seine Kreissäge gefallen. Jammerschade nur, dass im Dorf zwar alle alles wissen, aber keiner etwas gehört oder gesehen haben will … Pures Krimivergnügen, eine Riesenportion Humor und Figuren, die man einfach ins Herz schließen muss.

Edith Kneifl
Taxi für eine Leiche
Ein Wien-Krimi
224 Seiten, € 9.95
HAYMON taschenbuch 190
ISBN 978-3-7099-7814-6

Krimispannung mit original Wiener Schmäh: In einem schäbigen Vorstadtkino wird die Leiche eines alten Mannes gefunden. Schon der dritte Tote in einem Monat. Weil die Polizei nicht weiterkommt, geht die Kinobesitzerin Hermine K. selbst auf Mörderjagd. Immer tiefer wird sie in Intrigen verwickelt, die mindestens so düster und grotesk sind wie die Filme, die sie in ihrem Kino zeigt.
Vergnügt verbindet Edith Kneifl erstklassige Krimispannung mit viel schwarzem Humor. Das Buch zum Kultfilm von Wolfgang Murnberger ist abgründig und eigentümlich wie die Wiener Seele selbst!